Terapia peligrosa

TERCIOPELO

Terapia peligrosa

Lois Greiman

Traducción de Isabel Hernández

TERCIOPELO

Título original: *Unplugged*
Copyright © 2006 by Lois Greiman

Primera edición: septiembre de 2010

© de la traducción: Isabel Hernández
© de esta edición: Libros del Atril, S.L.
Marquès de l'Argentera, 17. Pral.
08003 Barcelona
correo@terciopelo.net
www.terciopelo.net

Impreso por Litografía Roses, S. A.
Energía 11-27
08850 Gavá (Barcelona)

ISBN: 978-84-92617-52-4
Depósito legal: B. 32.456-2010

A Caitlin Alexander, la única editora
que cree que soy tan divertida como
yo creo que soy. Gracias por todo
lo que haces. Eres la mejor.

Capítulo uno

El matrimonio y la extinción de incendios no son
para los cobardes; son para los valientes.

PETE McMULLEN,
poco después de su primer divorcio.

—¿*E*stá usted casada?

Apenas hacía treinta y cinco minutos que conocía a Larry
Hunt y ya me hacía semejante proposición. Pero el detalle de
que me estuviera mirando como si fuera la mismísima hija de Satanás daba a entender que lo nuestro jamás funcionaría. El hecho de que estuviera sentado al lado de su esposa también suponía un problema para nuestra dicha conyugal. Tras sopesar los
hechos, juzgué que debían de estar casados desde hacía veinticuatro años.

Pero yo no soy parapsicóloga. Soy psicóloga. También he
sido camarera de cócteles, algo que me reportaba mayores ingresos y una clientela más cuerda, pero suponía estar de pie demasiadas horas.

Dos semanas antes, la señora Hunt había llamado a mi consulta para solicitar una sesión de terapia. Mi despacho, la Consulta Psicológica de Los Ángeles, se encuentra en el lado sur de Eagle
Rock, a muy pocos kilómetros de Pasadena, aunque poco tiene
que ver con el glamour del Desfile de las Rosas de la mañana del
1 de enero.

A raíz de aquella llamada, el señor Hunt parecía estar preguntándose cómo narices había ido a parar al despacho de una
loquera de segunda clase, y decidió llenar sus cincuenta minu-

tos tratando de sonsacarme información sobre mi vida privada. Pero supuse que lo que realmente quería saber no era si estaba casada, sino qué me hacía pensar que estaba cualificada para asesorarles a él y a su, por el momento, callada mujer.

—No, señor Hunt, no estoy casada —dije yo.

—¿Cómo es eso?

Si no hubiera sido un paciente, quizá le hubiera dicho que si yo estaba casaba, lo había estado o planeaba hacerlo no era asunto de su incumbencia. Tal vez fuera mejor que se tratara de un paciente, puesto que esa respuesta en particular hubiera parecido algo inmadura y tan sólo un poco defensiva. No es que desee secretamente el matrimonio ni nada por el estilo, pero si alguien quiere venir a ayudarme con los trabajos del jardín de vez en cuando, tampoco le voy a hacer ascos. Incluso mi ex novio número setenta y siete, Victor Dickenson, también conocido como Vic *el Viril* entre los que lo conocen íntimamente, había sabido abordar este asunto sin problemas.

—Larry —le reprendió la señora Hunt. Era una mujer menuda con el pelo rubio y estropajoso, traje de chaqueta y pantalón violeta. Llevaba unos zapatos de plataforma que pertenecían a una generación distinta de la de su ropa y me hicieron preguntarme si tendría una hija quisquillosa que se habría propuesto poner al día el calzado de su madre. Sus ojos parecían burbujas, recordándome a los peces de colores que solía tener cuando era niña, y cuando la mujer volvió la vista hacia mí, era evidente que también había estado preguntándose cosas acerca de mí.

Entre los pacientes está muy extendida la creencia de que un psicólogo tiene que tener pareja estable para poder saber algo acerca del matrimonio. Yo jamás he sido una langosta y, sin embargo, sé que saben mejor con una cucharada de mantequilla fundida y un chorro de limón.

No contaba con demasiada información sobre los Hunt, pero supe por sus fichas de cliente que Kathy tenía cuarenta y tres años, cuatro menos que su marido, quien trabajaba para una empresa que se llamaba Alquiler de aparatos Mann. Ambos se sentaron en mi confortable sofá de color crema, aunque afirmar que se sentaron juntos hubiera sido un arriesgado ejercicio de romántica imaginación. Entre el traje de chaqueta y pantalón y la rígida espalda del señor Hunt había suficiente espacio como para que pasara un tráiler, un camión de plataforma y todo lo demás.

Les dediqué a ambos mi sonrisa profesional, la misma que da a entender que estoy muy por encima de las insultantes incursiones en mi vida personal y que no los asesinaría mientras durmieran por haberlo hecho.

—Es usted una mujer de buen ver —prosiguió el señor Hunt—. Tiene un buen empleo. ¿Cómo es que continúa soltera?

Consideré decirle que, a pesar de mis relaciones en el pasado con hombres como él, había conseguido mantener algunas células del cerebro en funcionamiento. Pero aquello se hubiera podido considerar poco profesional. Además de falso.

—¿Cuánto tiempo llevan casados? —pregunté, dándole la vuelta a su pregunta con la deslumbrante ingenuidad de la que sólo un psicoanalista licenciado podía hacer gala. Eran las cinco de la tarde de un viernes y hacía cinco días y diecinueve horas que no tocaba un cigarrillo. Lo había contado de camino al trabajo aquella mañana.

—Veintidós años —dijo la señora Hunt. No parecía estar muy emocionada con el número. Quizá ella también había estado echando cuentas de camino al trabajo—, el próximo mayo.

—Veintidós años —repetí, y silbé con admiración mientras me reprendía a mí misma por haberme pasado de años. Fue su conjunto de color pastel lo que me despistó—. En este caso deben de estar haciendo algo bien. ¿Y no habían seguido ninguna terapia hasta el día de hoy?

—No —respondieron al unísono. Por la expresión en sus rostros, intuí que era una de las pocas cosas que continuaban haciendo en tándem.

—Es porque no creían necesitar ayuda o porque…

—Yo no creo en esta porquería —la interrumpió el señor Hunt.

Me volví hacia él magistralmente serena, lo que demuestra el estado de madurez que he alcanzado. Cinco años atrás me hubiera sentido ofendida. Veinte años atrás le hubiera llamado cara perro y le hubiera dado una colleja.

—Entonces, ¿por qué está usted aquí, señor Hunt? —le pregunté con mi melodiosa voz, una suave mezcla de curiosidad y preocupación.

—Kathy dice que no… —se detuvo—. Quería que la acompañara.

Así que la vieja Kat no le proporcionaba sexo. Vaya, vaya.

—Bueno —dije—. Supongo que sabrán que no tienen que contarme nada que les haga sentir incómodos.

Los volví a mirar, uno después del otro. El señor Hunt frunció sus pobladas cejas. La señora Hunt apretó la boca. No parecían sentirse demasiado cómodos con nada de su vida. Quizá sólo con los intercambios fortuitos del tipo «cómo te ha ido el día» (siempre que no requirieran un contacto ocular prolongado).

Me aclaré la voz. No terminaba de dar en el blanco con los Hunt. Pero la ley de las estadísticas decía que él quería más sexo y ella quería, vamos a ver, un buen *lifting* y un viaje de ida a Tahití. Parecía cansada. También parecía lo suficientemente alterada como para que los pelos se le pusieran de punta en cualquier momento.

De acuerdo a mis procedimientos actuales, no suelo preguntar a mis clientes si tienen hijos, pero en el caso de los Hunt, una confirmación escrita era casi tan necesaria como los refrescos en una fiesta de graduación. Ella tenía la mirada de la madre de familia. Seguro que tenían un buen puñado de mocosos.

—Y, por supuesto —proseguí—, todo depende de cuáles sean sus objetivos.

—¿Objetivos? —preguntó el señor Hunt, con cierto recelo. Como si yo fuera a querer engañarle para inducirle a la salud mental y la felicidad conyugal.

—Sí —giré levemente la silla y crucé las piernas. Llevaba un vestido sin mangas de color rojo anaranjado y una chaqueta a juego de Chanel. Al comprar la ropa en una pequeña tienda de segunda mano en Sunset Boulevard, puedo vestir un poquito mejor que la media de pordioseros de Los Ángeles y todavía puedo permitirme mis sandalias de talón abierto y lino de colores de 12,95 dólares. Los zapatos hacían juego con el ribeteado del conjunto y sentaban bien a los músculos de mis pantorrillas.

me importara? ¿Crees que me importa algo cuántos cortadores de mármol alquila el señor Mann a la semana?

—Sí, así es —dijo ella, con las mejillas encendidas y los ojos desorbitados—. Creo que te importan más las cortadoras de mármol que yo.

La habitación se sumió en un repentino silencio. Traté de contener una sonrisa de orangután eufórico. La primera media hora había sido el equivalente conversacional al pábulo. Pero esto… esto era algo a lo que hincar el diente.

Quince minutos más tarde conducía a los Hunt a la puerta de la calle. No parecían precisamente radiantes, pero habían accedido a poner en práctica un par de consejos. Él recogería lo que desordenara regularmente y ella le haría el desayuno los martes y los domingos.

Me despedí de ellos amigablemente con la mano, me di la vuelta con un suspiro y me dejé caer en una de las dos sillas enfrente de la mesa de la recepción. Mi recepcionista se encontraba detrás. Se llama Elaine Butterfield. Habíamos confraternizado en quinto grado de primaria, tras resolver que los chicos eran estúpidos y repugnantes. A grandes rasgos, continúo pensando que son estúpidos. Aunque a veces huelan muy bien.

—¿Quieres que pidamos comida china? —pregunté.

Elaine clasificó un documento en el archivador sin volverse hacia mí.

—No puedo —dijo—. Tengo una prueba mañana por la mañana.

Elaine es actriz. Lamentablemente, no sabe actuar.

—¿Y por eso no vas a comer?

—Se me hincha la cara con la comida china.

Elaine jamás ha tenido la cara hinchada. A los diez años era regordeta y tenía los dientes salidos; a los treinta y dos era tan guapa como para hacer que odiara a mis padres y a cualquier antecedente de muslos gruesos que se hubiera meado en mi charca genética.

—¿Para qué es la prueba? —Hacía unos días que no oía ninguna de sus espantosas frases, algo muy poco propio de Laney. Normalmente las despachaba por la oficina cual humo de hierba en un concierto de Mick Jagger.

—Sólo se trata de un pequeño papel en un culebrón.

—¿Un culebrón? —le pregunté, tratando de enderezarme en la silla—. Te encantan los culebrones. Son un trabajo estable.

—Sí, bueno… —Se encogió de hombros y volvió a clasificar otro documento—. Lo más probable es que no consiga el papel.

—¿Laney? —procuré ver su rostro, pero lo mantenía oculto—. ¿Te pasa algo?

—No. —Estaba pasando los dedos por las uves. El único expediente por clasificar era el de Angela Grapier. Elaine tenía un coeficiente intelectual que provocaría a Einstein un infarto. No cabía la menor duda de que sabía que el nombre de «Angie» venía antes de «Vigoren».

Me puse en pie.

—¿Qué te ocurre?

—Nada. Sólo estoy cansada.

—Tú nunca estás cansada.

—Sí lo estoy.

—Laney —le dije, rodeando la mesa y tocándole el hombro. Ella se volvió hacia mí como un cachorro al que le han soltado una reprimenda.

—Se trata de Jeen.

Yo parpadeé, incapaz de creer lo que veían mis ojos. Tenía la cara hinchada. Y su nariz, perfectamente delineada y de poros perfectos, estaba roja.

—¿Qué? —dije.

—No es… —Ella meneó la cabeza—. Nada. No te preocupes por mí. Sólo es que…

—¿Jeen? —repetí como un loro. Entonces caí en la cuenta. Hacía unas semanas que se veía con un tipo menudo y miope llamado Solberg, a quien tuve la mala pata de presentarle. Había sido una verdadera crueldad por mi parte, pero en aquel entonces estaba metida en un lío. Algunos le llamaban J.D. Hube de creer que su verdadero nombre era Jeen, puesto que Elaine no era lo suficientemente vengativa como para inventarse semejante nomenclatura. Lamentablemente, no se podía decir lo mismo de los padres de J.D. Era bajito, con escaso pelo, e irritante, pero tenía un chollo de trabajo en una empresa llamada

NeoTech y un coche despampanante—. ¿Qué pasa con él? —le volví a preguntar, y de pronto me imaginé lo peor—. Él no… Oh, Dios, ¡Laney! No te habrá tocado, ¿verdad?

Ella no respondió.

La ira se disparó cual juegos artificiales en mi cabeza. Hay quien cree que tengo algo de mal carácter. Mi hermano Michael me solía llamar Chrissy *la Chalada*. Pero se merecía todas y cada una de las collejas que recibió—. ¡Maldito enano repugnante! —solté—. Le advertí que no…

—No. —Elaine lo negó con la cabeza, con el ceño fruncido—. Ése no es el problema, Mac.

Hice una mueca. Dios santo, ¿significaba aquello que Solberg la había tocado? ¿Significaba aquello que a ella le había gustado? ¿Significaba aquello que el mundo se derrumbaba bajo mis…?

—Maldita sea, Laney —dije, asaltada por un terrible presentimiento—. No te habrá pegado, ¿verdad?

—Por supuesto que no —dijo ella mientras cruzaba su mirada verde botella lánguidamente con la mía. Si no fuera una heterosexual declarada, le hubiera pedido matrimonio al instante.

Me relajé un poco.

—Entonces, ¿cuál es el problema?

—Él sólo… —Se encogió de hombros de nuevo—. No me ha llamado, eso es todo.

Esperé las malas noticias. Pero Elaine no estaba muy comunicativa.

—¿Y?

Me lanzó una mirada de desaprobación mientras dejaba caer el expediente de Grapier en el compartimiento XYZ.

—No sé nada de él desde que se fue a Las Vegas.

—Ah, claro —dije. Recordé que Elaine me había hablado de la presencia de NeoTech en una colosal convención de tecnología. Al parecer, allí J.D. era una especie de rey de los *frikis*. Tendría que haberle prestado más atención, pero tenía algunos asuntos de los que ocuparme. El sistema séptico de mi casa, por ejemplo. Había sido instalado algo antes del mioceno y amenazaba con lanzar su veneno al pasillo y llegar a mi anticuada cocina.

También estaba mi vida amorosa. Bueno, en realidad, era inexistente.

—Debe de estar ocupado —dije yo.

—Se suponía que teníamos que asistir a la inauguración de Universo Electrónico la semana pasada.

Meneé la cabeza, sin llegar a comprender.

—Universo Electrónico —dijo ella—, una tienda de aparatos electrónicos de tecnología punta. La única en el país, creo.

—Podéis visitarla la semana que viene. Seguro que continúa abierta.

Ella bajó la vista y se miró las manos.

—No me importa que nos lo perdiéramos, claro está. A ver, una vez has visto un trozo de plástico gris, ya los has vistos todos, pero… él estaba muy ilusionado y… —Se encogió de hombros como si quisiera dejar correr el tema—. Hace ya casi tres semanas que se marchó.

—Bueno… —iba a decir—. ¿Tres semanas? —No me parecía que hubiera pasado tanto tiempo desde la última vez que vi al enano doble de Woody Allen—. ¿De verdad?

—Diecisiete días y medio —dijo ella.

Hice una mueca. Había estado contándolos. Una mujer tiene que estar bastante desesperada para contar los días.

—Tú misma me dijiste que se trataba de un asunto muy importante —le recordé—. Lo más probable es que esté ultimando los detalles. Este tipo de cosas.

—Me dijo que me llamaría cada día.

—¿Y no has sabido nada de él?

—Al principio sí. Me llamaba cada pocas horas. Y me mandaba algún correo electrónico, y a veces también me enviaba faxes —me sonrió abatida—. Me dejaba mensajes de texto con corazoncitos.

Puaj.

—Vaya, vaya —dije yo.

—Y de repente… nada. —Ella se encogió de hombros, volvió la mirada hacia el escritorio y revolvió entre unos papeles—. Ni siquiera sé si ganó la Bombilla de Oro.

—¿La qué?

—Es un galardón de la industria. Estaba muy ilusionado

con haber sido nominado al premio cuando se marchó, pero ahora —se aclaró la garganta—. Creo que ha conocido a otra persona.

Parpadeé.

—¿Solberg?

—La convención era en Las Vegas —dijo ella, como si aquello lo explicara todo. Pero no lo hacía. Ella prosiguió como si estuviera explicando la lección a un pato retrasado—. En Las Vegas hay más mujeres bellas per cápita que en cualquier otra ciudad del mundo.

—Vaya, vaya.

Ella frunció levemente el ceño. Aquel gesto no suscitaba ni una sola arruga en su cutis de papel de arroz. Si no la quisiera con locura, la odiaría.

—Resulta duro tener que competir con un centenar de chicas semidesnudas haciendo malabares con armadillos y sacando fuego por la boca.

—¿Armadillos? —pregunté. No pude evitar sentirme impresionada. Los armadillos suelen ser muy duros.

—Tiene muchos puntos a favor, Mac —dijo ella.

Mantuve mi rostro completamente inexpresivo, esperando a que Elaine terminara el chiste. Pero no lo hizo.

—¿Has oído su risa? —le pregunté.

Ella me dedicó una sonrisita sensiblera.

—Parece un asno acelerado.

—¡Uf! —dije—. Entonces estamos hablando del mismo tipo.

Ella inclinó la cabeza en un gesto de censura.

—He visto a muchos hombres desde que me he trasladado aquí, tú lo sabes.

No podía estar más de acuerdo. Laney recibía propuestas de matrimonio de tipos que ni siquiera habían salido del útero materno.

—Pero Jeen —se detuvo. No me gustaba nada el aire ensoñador de su mirada—. Jamás se ha jactado del número de flexiones que puede hacer o de lo rápido que puede correr un kilómetro.

—Bueno, lo más probable es que no pueda hacerlo…

Ella me detuvo con una mirada, probablemente justificada.

El tacto no se encuentra entre mis mayores virtudes. Cuando sepa cuáles son, os las haré saber.

—Ni siquiera sé cuál es su signo de zodiaco —dijo ella.

—Es escorpión.

—¿Lo sabes?

Lamentablemente, sí.

—Laney —dije, tomándole la mano e intentando encontrar el modo más agradable de hacerle saber que su novio era un idiota—. Sé que te gusta y todo lo demás. Pero en realidad...

—Jamás se ha intentado acostar conmigo.

Me quedé boquiabierta. Solberg me había hecho proposiciones a los dos segundos y medio de conocerlo. Me gustaría pensar que es porque soy más sexy que Elaine pero de momento no parezco estar clínicamente muerta, a pesar de los cinco días y veinte horas desde mi último cigarrillo.

—Estás de broma —dije yo.

—No

—¿No te llama culito de mazapán?

—No.

—¿No te mira el escote hasta que se le humedecen los ojos?

—No.

—¿No hace ver que tropieza y te toca las tetas?

—¡No!

—Vaya

Ella meneó la cabeza.

—Yo creía que realmente le importaba. Pero... —Se rio un poco, aparentemente de su propia estupidez—. Al parecer no estaba interesado en mí. Ya sabes... en ese sentido.

Levanté una ceja. Sólo una. Me reservo las dos para los extraterrestres violetas con apéndices vivientes.

—Seguimos hablando de Solberg, ¿verdad?

Ella frunció el ceño.

—¿Ese *friki* menudo? ¿El que tiene la nariz como un albatros?

Ahora sencillamente tenía un aspecto triste, algo que me hizo sentirme avergonzada, aunque, en realidad, toda aquella situación era ridícula. Solberg vendería su alma a cambio de un rápido vistazo a una exhibicionista anémica. Pondría a la venta su ordenador portátil por cogerle la mano a una mujer del calibre de Elaine. Y a ella le gustaba de verdad. ¿Qué tenía todo aquello de extraño?

—Escúchame, Laney. Lo siento. Pero en realidad no hay nada de lo que preocuparse. Llámale. Dile que… —respiré hondo y procuré ser imparcial—. Dile que lo echas de menos.

—Ya lo llamé. A Las Vegas.

Ahora me tocaba a mí fruncir el ceño. Laney no suele llamar a los chicos. Lo único que tiene que hacer es pronunciar «pito pito gorgorito» y recoger a un pretendiente de su tejado.

—¿Ninguna respuesta? —le pregunté.

Ella se aclaró la garganta. La emoción le empañaba los ojos.

—¿Laney? —dije.

—Respondió una mujer.

—¿Una mujer? Como… —Era inconcebible—. ¿Alguien como tú y como yo? —dije señalándonos—. ¿Un ser humano?

A ella no le parecía divertido.

—Bueno… —me reí—. Debía de ser la mujer de la limpieza.

—¿La mujer de la limpieza?

—O… —Estaba empezando a flaquear, pero mi fe en Elaine era ciega—. Quizá era… su tía abuela que venía a visitar… al pringado de su sobrino favorito.

Ella apartó la mirada. ¿Había lágrimas en sus ojos? Oh, ¡mierda! Si había lágrimas en sus ojos, iba a tener que encontrar a Solberg y asesinarlo.

—¿Le preguntaste quién era? —le dije.

—No. Yo… —meneó la cabeza—. Estaba demasiado sorprendida. Ya sabes. Simplemente pregunté por él.

—¿Y?

—Me respondió que no estaba.

—¿Y ya está?

—Yo estaba… no lo sé… —Se encogió de hombros, parecía inquieta mientras revolvía unos cuantos documentos más en la mesa—. Le llamé algo más tarde.

—¿Y?

—Ninguna respuesta.

—¿Le dejaste algún mensaje?

—En el móvil y el fijo. —Volvió a fijar la mirada en el escritorio—. Un par de veces.

—Lo siento —dije yo, derrochando sinceridad—. Pero me temo que la respuesta es obvia. —Ella me miró a los ojos—. Nuestro pequeño amigo el *Friki* está muerto.

—¡Mac!

No pude evitar echarme a reír.

—Escúchame, Laney —dije yo, apretándole la mano—. No seas ridícula. Solberg está loco por ti. Lo más probable es que se haya demorado en Las Vegas.

—Lo más probable es que se haya pegado un revolcón en Las Vegas.

La miré absorta. Elaine Butterfield jamás utiliza semejantes expresiones vulgares.

—Quizá me debería haber… —Se detuvo—. ¿Crees que tendría que haberme acostado con él?

Me abstuve de decir lo que hubiera sido un pecado de dimensiones bíblicas. Hay una palabra que se llama «brutalidad». Estaba segura de que incluso Jerry Falwell pensaría que la homosexualidad era un juego de niños en comparación con aquello.

—Elaine, relájate —dije—. Estoy segura de que aparecerá en un par de días. Te traerá tulipanes y te llamará culito de fresa, bomboncito helado y todas esas cosas desagradables que suele decir.

—Ojos de ángel —dijo ella.

—¿Cómo?

—Me llama ojos de ángel. —Ella me miró con dichos ojazos—. Porque yo lo salvé.

—¿De qué?

—De ser un idiota.

Cielo santo. Si no conociera a aquel tipo, quizá me llegaría a gustar.

—Volverá, Laney —dije yo.

Ella dejó escapar aire delicadamente.

—No lo creo, Mac. De verdad que no lo creo.

Me eché a reír.

—Tú no eres cerebrito Laney Butterfield.

—Intento abordarlo desde un punto de vista práctico.

—Elaine, dulzaina. Elaine, sosaina. La vaina de Elaine.

Me lanzó una mirada.

—¿Elaine, azotaina? —sugerí—, ¿tontaina?

—La peor era la última —dijo ella.

—Sí. —La escuela secundaria había sido todo un reto—. Simon era un idiota de dimensiones épicas.

Ella asintió distraídamente.

—Pero sabía rimar. Que es todo lo que le puedes pedir a…

—Cualquier idiota con cerebro más pequeño que sus pelotas —terminé yo por ella. Era una cita directa de mi hermano Pete. Siempre he temido que lo empleara como insulto.

Elaine sólo pudo esbozar una débil sonrisa.

—Escúchame, Laney —suspiré. Doce años en la Escuela Católica Sagrado Corazón me habían enseñado un montón de cosas. Sobre todo a colar chicos en la rectoría para un revolcón rápido. Aunque hasta aquel preciso instante no supe que también había aprendido a ser una mártir—. Voy a encontrar a Solberg por ti.

Ella lo negó con la cabeza pero yo me adelanté.

—Porque yo sé… estoy convencida de que simplemente se ha retrasado.

—Mac, aprecio tu confianza en mi aspecto físico. De verdad. —Ella me apretó la mano—. Pero no todos los hombres creen que soy una diosa —respondió ella.

—No digas eso —le advertí, y me eché hacia atrás—. No quiero oír ninguna porquería modesta saliendo de tu boca.

—Yo no…

—Déjalo —le advertí de nuevo—. Si dices una sola palabra negativa sobre ti misma, voy a culpar a Solberg por ello. Y entonces… —Entré en mi despacho y cogí el bolso de debajo de la mesa, al lado de la litografía de Ansel Adams—. Cuando lo encuentre, voy a darle semejante patada en el culo que va a llegar hasta el próximo sistema solar.

—Mac, no puedes culparle por no encontrarme atractiva.

—Tú cierra la boquita.

—Se ha librado de mí.

Me volví hacia ella bruscamente.

—¡Él no se ha librado de ti! ¿De qué estás hablando?

—¡Escúchame! —Abrí la puerta de la entrada de par en par—. Quizá sea un enano raquítico, pero no hay ninguna razón para pensar que se ha vuelto completamente loco. Bueno.. —corregí—, no tenemos ninguna prueba definitiva de que se haya vuelto completamente loco.

—Chrissy…

—Voy a encontrarlo —dije.

Y cuando lo hiciera, o bien le daría un mamporro en la cabeza… o le prepararía un bonito velatorio irlandés.

Capítulo dos

Si el dinero no da la felicidad, ¿qué demonios la da?

GLEN MCMULLEN,
padre, esposo y filósofo de andar por casa.

*S*olberg vivía en La Canada, en una mansión de estilo Nueva Era con vistas al derroche de esplendor de San Gabriel al norte y a la llamativa opulencia de Pasadena al sur. Lo sabía porque lo había llevado a su casa apenas hacía tres meses. Estaba borracho y baboso. Lo había arrojado a su cama, dado una patada en la espinilla, y tomado prestado su Porsche para volver a mi casa. Quizá la expresión «tomar prestado» no es el término más adecuado pero el caso es que conocía la dirección de su casa. No sé cocinar unas judías refritas pero tengo un sentido de la orientación que deja sin respiración.

Según el reloj digital del salpicadero, llegué a su casa a las 10:17 horas. Trabajaba sobre la premisa de «no dejes para mañana lo que puedas hacer hoy». Quizá fuera cierto, pero mi presente era asquerosamente oscuro y algo tormentoso. Si fuera de esas personas que veían películas de terror en su infancia, me hubiera pegado un susto. Lamentablemente, lo era. Había visto *Pesadilla en Elm Street* tres veces.

Pero ahora era una mujer adulta, tenía un doctorado y suficientes tarjetas de crédito humeantes que lo demostraban, así que aparqué delante del garaje de tres plazas de Solberg y salí del coche. Mi pequeño Saturn empezó a pitar tras mi salida. Se pone un poco paranoico cuando dejo las llaves puestas en el contacto, pero creí que no había demasiado peligro de robo en un barrio cuyos residentes gastan más dinero en sus coches que el invertido en mi educación. Además, a la Policía de Los Ángeles le gusta esconderse en esta parte de la ciudad. Lo más probable era que hubiera un policía en todas las cafeterías entre Montrose y Glendale.

Con todo, sentía que me faltaba la respiración mientras subía la cuesta de hormigón y miré a mi derecha. Los aspersores estaban en funcionamiento, formando un arco sobre la suave extensión del inmaculado césped de Solberg. Iluminado por las luces de seguridad, me pareció que el césped había sido cortado recientemente, pero supuse que aquello no constituía una prueba acerca del paradero actual de su propietario. Lo más probable era que tuviera un batallón de personas que iban cada miércoles y viernes para impedir el avance de la maleza en su césped real. En Sunland, a lo que yo llamo hogar, hubiera recibido a las malas hierbas con los brazos abiertos y un fertilizante tres en uno. Cualquier cosa es preferible a los cardos y el polvo.

Llamé al timbre. Se oyó una tonadilla electrónica en las entrañas de su casa. Esperé. Nadie respondió. Lo volví a intentar. Se volvió a oír la misma tonadilla. Volví a echar un vistazo a mi alrededor, me llevé la mano a la frente y miré en su interior por la ventana junto a la puerta. El vestíbulo estaba iluminado por un candelabro gigantesco compuesto por pequeñas piezas colgantes de vidrios de forma rectangular. La entrada se dispersaba en todas las direcciones en una monocromática esterilidad. No se veía ninguna pared en nueve metros. Tampoco se veía ningún pringado enano y *friki*.

Tras introducirme en sus arbustos espinosos, eché un vistazo a la siguiente ventana. Las vistas eran más o menos las mismas, aunque algo más oscuras. Recorriendo el perímetro de la casa al tiempo que trataba de evitar sus entusiastas aspersores, comprobé todo posible orificio arquitectónico. No se había dejado abierta ninguna puerta ni había ninguna ventana entornada. Mmm.

Una vez hube dado la vuelta a la casa, no me lo podía creer. ¿Dónde estaría aquella pequeña comadreja? Parecía que hubiera estado esperando durante toda su patética vida a una mujer que no deseara exterminarlo y cuando aparece la chica… *Voilà!* De repente, desaparece.

ocurrió nada, como suele ocurrir cuando el coche no está encen-
filido. Así que abrí la puerta del conductor. El Saturn empezó a
mássar, haciendo gala de sus características inseguridades.
por su–¿Puedo ayudarla en algo? —le pregunté, consiguiendo, o
A juzgeí, dotar a mi tono de una elegante mezcla de arrogancia
mamá esía. Como si contara con el derecho divino para hojear la
uno de ondencia de Solberg cual psicópata perseguidor.
judicialetola. —Me dedicó una deslumbrante sonrisa. Tenía los
mo quierperfectamente alineados, como si fueran perfectas per-
Volví lutas. En aquel momento y en aquel lugar, me juré pro-
Frunciendle aquellos dentífricos blanqueadores.
al final del cı—dije. A los psicólogos se les paga por escuchar. La
Todo estaba tı amena no es mi especialidad.

Era un pasılones pirata ajustados, advertí, eran casi tan gran-mano por la vei poder albergar a la mejor amiga de Barbie, Midge,
piración, no fuer de arriba de color salmón apenas le llegaba a la
las buganvillas y ñ.
test de estrés, volví ın, que no tenía ni un centímetro de celulitis
estar merodeando, aslio del resto de la población femenina.
bre. Estaba lleno hasta ldo en mi jardín trasero —señaló vaga-
el camino con aire desprecyi su coche aparcado en el camino.

Me encerré en el Saturn jue pude decir tras recibir semejante
Encendiendo la luz interior, apıirándola por la ventana unos die-
en el asiento de atrás. Freddy ımanejar situaciones sociales tam-
hondo para recuperar fuerzas y
Solberg.

Había una factura de la compañía emiga de Jeen… Solberg…
nes del banco y varias cartas de organizacı…
tales pidiéndole que lo salvara todo, de las ameı.
marinos.   ıtios.

Pero no encontré muchas pistas. E independienten
mi preocupación por la difícil situación de los leones əguraba».
—vamos a ver, Dios sabe que no quiero perder a una espə per-
que me hace ver más delgada—, sentía demasiada curiosidaıico,
por conocer el paradero de aquel peculiar enano como para de-ə-
dicarle demasiada atención en aquel preciso momento.

—Ah, sí.

—¿Ya ha vuelto? Bueno, lo esperaba la semana pasada, pero no responde el teléfono.

—¿Lo estás esperando? —No quería parecer sorprendida, pero era una mujer muy atractiva, con pelo y todo. ¿Por qué le iba a importar si Solberg volvía? A menos que necesitara saberlo para soltar a su rottweiler y echarle el candado a la puerta de su casa.

—Discúlpeme. —Se echó a reír, se quitó un guante y me tendió la mano. Tenía una uña rota. Exhalé un suspiro de alivio para mis adentros. No es que me sienta insegura acerca del estado de mis cutículas—. Soy Tiffany Georges. La vecina de Jeen. —Nos dimos la mano. Tenía la piel suave, pero la palma de la mano era dura y ligeramente callosa. Quizá levantaba pesas. O quizá un pequeño nautilo. O quizá tenía un entrenador personal. Siempre he querido tener un entrenador personal. Uno de esos tipos en cueros que te hace sudar con echarle una sola mirada a sus pectorales. Pero los entrenadores personales cobran unos cien dólares la hora. Por ese dinero, supongo que podría estar repantigada con una bolsa de galletas mientras hiciera flexiones con un solo brazo para entretenerme. Desnudo. Completamente desnudo y...

—¿Y usted es?

Me percaté de que continuábamos con las manos estrechadas. Ella mantenía firme el antebrazo. Yo hice lo propio y solté sus dedos.

—Christina McMullen —dije, absteniéndome de añadir «doctora». Soy una mujer segura e independiente. Aquello no era un concurso. Ella se aclaró la garganta.

—Así que eres amiga de Jeen.

—Mmmm. —Parecía algo vengativo por su parte obligarme a decírselo dos veces—. Sí, es una forma de hablar.

—¿Trabajan juntos?

—No.

—Ah, entonces usted tampoco sabe cuándo va a volver.

—¿Está usted segura de que no ha vuelto todavía?

Ella hizo una mueca. Quizá se estaba preguntando por qué aquella extraña desconocida no sabía que confiscar la correspondencia de Solberg era un delito. Yo misma me lo preguntaba.

—No lo creo —dijo ella—. No he visto su Porsche en la calle. —Parecía preocupada—. Iba a invitarle a cenar a mi casa pero, tal como le he dicho, no responde el teléfono.

La debía de estar mirando con la boca abierta, pero la idea de que aquella mujer quisiera invitar a Solberg a cualquier cosa que no fuera un linchamiento me dejaba atónita.

—¿Es usted…? —De repente parecía avergonzada—. ¿Es usted su novia?

—¡No! —Dios, no—. Sólo soy una amiga de una amiga. —Me dolía tener que decir aquellas palabras—. Poco más que eso, en realidad. La amiga de una conocida.

—Ah. —¿Le importaba? ¿Parecía aliviada? ¿Se había vuelto el mundo loco?—. Bueno… —Ella sonrió—. Le debe de haber pedido que recoja su correspondencia.

Miré en dirección a mi regazo. Sí, su correspondencia estaba justo allí, y me habían enseñado, desde la infancia, que mentir era pecado.

—Sí —dije—. Sí, así es.

Ella asintió con la cabeza.

—Bueno, pues si tiene noticias de él, dígale que me llame, ¿de acuerdo?

—Claro. Así lo haré.

—Bueno… entonces, adiós.

—Adiós.

Ella se echó hacia atrás. Cerré la puerta y puse en marcha el coche. La mujer continuaba agitando la mano en mitad de la calle. Giré en Amsonia Lane y aceleré con gran estruendo en dirección a mi casa, donde la propagación entre las especies continúa siendo mal vista.

Capítulo tres

Las excusas son como los anos. Todos tenemos uno
y todos huelen mal.

CONIE McMULLEN,
tras poner en duda otra de las mentiras
bien ensayadas de su hija.

*L*a comisaría era igual como la recordaba.

No había estado ahí desde que intenté convencer al teniente
Jack Rivera para que me dejara desentrañar el misterio de la
muerte de Andrew Bomstad. Había sido un célebre extremo cerrado del equipo de fútbol americano de Los Angeles Lions.

No había sido una oferta del todo altruista por mi parte,
pues Bomstad había fallecido en el suelo de mi despacho y la
policía de Los Ángeles creyó que yo era en parte responsable de
ello. A mi modo de ver, yo tenía un gran interés en el caso, pero
Rivera me tumbó.

Y no sólo me refiero a la investigación.

Pero ya no suelo pensar en el día en que retozamos juntos
en el suelo de mi vestíbulo, salvo en algunas pesadillas vergon-
zosamente vívidas.

Quizá fuera estúpido por mi parte volver a entrometerme
en aquel terreno, pero llamé a NeoTech y descubrí que Solberg
no había vuelto al trabajo. De hecho, nadie lo había visto desde
finales de octubre, cuando sus compañeros de trabajo tomaron
un vuelo de vuelta a Los Ángeles y se despidieron de él. Neo-
Tech no me proporcionó mucha más información, aunque estaban convencidos de que volvería antes de que terminara el mes.

Unos cuantos dolores de cabeza y varias llamadas de teléfono revelaron que Solberg tenía previsto volver a Las Vegas en el vuelo 357 de American Airlines. Pero no hubo manera de saber si efectivamente había cogido el avión.

Mi comentario acerca de la muerte de nuestro pequeño y peculiar amigo ya no me parecía tan divertido. Quizá era la culpabilidad lo que me había conducido a la guarida de Rivera. Quizá era algo más. Estaba bastante segura de que no eran las hormonas.

—¿Puedo ayudarle en algo? —La persona que estaba detrás de la recepción era una mujer ancha y de piel oscura, con los lóbulos de la oreja como si durante un tiempo hubieran colgado de ellos botes de pintura. Casi le llegaban hasta la mandíbula y actualmente lucían unas plumas de pavo real de siete centímetros adornadas con abalorios de colores. La placa encima de la mesa decía SADIE.

—Me gustaría efectuar la denuncia de una desaparición —dije.

—Muy bien —convino ella, y deslizó por el mostrador un cuaderno de notas amarillo hasta ponerlo frente a mí. Tenía los pechos tan grandes como para que un alpinista se perdiera en ellos y la expresión de su rostro era completamente inexpresiva. No hubo ningún «ah, Dios mío, ¿quién se ha perdido?» o ni siquiera ningún «siento su pérdida (algo bastante literal)». Parecía aburrida y un poco fastidiada. No me hubiera extrañado que me hubiera preguntado si quería patatas fritas con mi denuncia. Al parecer, Solberg no era la primera persona en desaparecer en Los Ángeles. De hecho, quizá ésta sea la razón por la cual las masas acuden en tropel a esta ciudad. Quizá esto fuera lo que me había llamado a ella.

—¿Cómo se llama él o ella?

—J.D. Solberg

—¿J.D.? — Ella me dirigió su turbia mirada con acusadora lentitud.

—Jeen, supongo.

Ella apoyó su peso sobre una pierna. Le llevó su tiempo.

—¿Supones?

—Es Jeen —dije, desafiándola a que me retara. Era un sábado por la mañana, por el amor de Dios, y estaba cumpliendo con mi derecho civil.

Ella garabateó algo en su cuaderno.

—¿Cuándo desapareció ella?

—Es un hombre. —O algo parecido. Removí un poco los pies—. Y no ha desaparecido… exactamente. Digamos que no ha reaparecido.

Ella puso cara de pocos amigos. A aquella mujer le sobraba actitud. En aquel preciso momento, hubiera dado un miembro de importancia menor de mi cuerpo por un poco de su medicina. Tenía el estómago revuelto.

—¿Cómo? —Casi lo pronunció como si fueran dos sílabas. La intimidación era su especialidad. Tendrían que haberle dado una placa y soltarla en la calle con tan sólo su expresión de malos amigos y un meneo de cabeza. No le haría falta nada más.

Me aclaré la garganta, enderecé la espalda y me abstuve de mirar detrás de mí. Tenía todo el derecho de estar allí, y las probabilidades de que Rivera apareciera para recordarme que en el pasado había actuado como una estrella del porno sobreexcitada eran astronómicas. No había ningún motivo por el que preocuparse.

—Asistió a una convención y no ha vuelto —le expliqué.

—¿Cuánto tiempo hace que se marchó?

—Dieciocho días.

Su expresión no cambió un ápice.

—¿Cuál es su relación con él?

—¿Cómo dice? —dije, recurriendo a mi tono de psicóloga licenciada.

Torció la boca y entornó los ojos. Tenía las cejas depiladas hasta el punto de la extinción, pero su cabello compensaba aquella pérdida. Lo tenía enrollado cual trenzada colmena en la cabeza.

—¿Es usted su hermana? ¿Su madre? ¿Qué?

Su madre. Sí, aquella mujer tenía carácter y probablemente se deshacía de los bandoleros como si fueran moscas, pero yo soy irlandesa, y estaba convencida de que podía sobrellevarla si fuera necesario.

—Soy una conocida suya —dije.

—¡Una conocida!

—Correcto. —Enderecé la espalda—. Soy una amiga y él…

—No puedo archivar ninguna denuncia de alguien que sea un amigo —dijo ella, meneando la cabeza para enfatizarlo.

—¿De qué me está hablando?

—Tiene que ser un pariente o algo similar. Con todo, ¿adónde se fue?

—¿Qué?

A juzgar por la expresión de su rostro y el contoneo de sus caderas, hube de suponer que se le estaba agotando la paciencia, y yo soy una profesional con experiencia.

—¿Dónde se celebraba la convención de la que nunca volvió?

—Ah. La convención. Creo que tuvo lugar en Las Vegas.

Ella levantó la ceja y apoyó el puño abierto en su costado carnoso.

—¿Las Vegas?

—Sí.

—Chica, ¿conoces Las Vegas?

—Oiga… —Quizá había perdido mi tono profesional.

—Ahí ocurren cosas que no son ilegales en el resto del país.

—Soy perfectamente consciente de ello…

—¿A su J.D. le gustan las mujeres?

Me quedé boquiabierta.

—Porque ahí hay mujeres para aburrir. Hay más espectáculos y mujeres que facturas pendientes de pago. ¡Las hay a montones! —Ella meneó la cabeza, en un gesto de admiración o incredulidad. Resultaba difícil saberlo—. En el Zar hay una chica rusa que hace girar aros alrededor de su…

—Limítese a tramitar la puñetera denuncia —espeté.

Estaba claramente ofendida y resoplaba por la nariz.

—Muy bien, pero si quiere conocer mi opinión, su hombre se ha ido para siempre.

Creo que farfullé un poco.

—No es mi hombre.

Ella se encogió de hombros, me lanzó una mirada vaga, y volvió a inclinar la cabeza.

—Eh. Seguro que está mucho mejor sin él.

—No es mi hombre —le repetí.

—Bueno, entonces su —sonrió con suficiencia y abrió comillas en el aire— conocido ha desaparecido. Las *strippers* tienen el trasero más duro que albaricoques y…

Pegué un puñetazo en el mostrador.

—Me importa un pimiento lo duros que tengan los traseros o…

—¿Hay algún problema?

Reconocí la voz de inmediato. Penetró en mi conciencia como un Absolut doble. Me quedé completamente paralizada, esperando estar equivocada y poder fundirme en la alfombra gris e industrial bajo mis pies. Esperé unos instantes, pero la fusión no tuvo lugar, así que me di la vuelta lentamente.

—Teniente —dije, y ahí estaba, Jack Rivera, en todo su esplendor oficial, con sus infalibles ojos oscuros y una expresión tan dura como su trasero.

—Señorita McMullen —dijo él.

Nos miramos a los ojos. Hacía unas pocas semanas habíamos hecho cosas peores.

Me aclaré la garganta. Él hizo una mueca.

—¿Qué estás haciendo aquí?

Fruncí los labios y me negué a moverme, inquieta, pero resultaba difícil mirarle a los ojos sin recordar el sonido de la ropa rasgada. La suya, no la mía. Ya no hacen las camisas como antes.

—Estoy denunciando la desaparición de una persona —dije.

—¿Sí? —dijo sin apartar su mirada de la mía—. ¿A quién has perdido?

Le dediqué una tensa sonrisa, haciéndole saber que todo iba como la seda y que ni apreciaba ni necesitaba su ayuda.

—Justo le estaba dando la información a tu secretaria.

—¿Ah? —Él desvió lentamente su mirada de medianoche hacia dicha secretaria. Quizá pensó que si apartaba la mirada de mí, podía sacar una pistola Taser y apuntarle en la sien. Tampoco era una mala idea.

—Un tal Jeen Solberg —dijo Sadie, dando un resoplido y meneando la cabeza—. No es ningún pariente suyo.

Rivera intensificó la mueca. Rivera no tiene un gran repertorio de expresiones.

—¿J.D Solberg? —dijo él, todavía sin mirarme.

—Eso es lo que ella dice.

—¿Dice ella adónde se marchó?

—Ella dice…

—Ella está aquí presente —dije, tras apañármelas para abrir los dientes apretados.

Él se volvió hacia mí, poco menos que entusiasmado, para acordarse de mi existencia, y entonces pareció suspirar internamente.

—Ya me ocupo yo de esto, Sadie —dijo él.

—Mejor para mí —soltó ella, y se marchó arrastrando los pies.

Aquella estancia de la comisaría estaba atestada de escritorios y separadores, pero había pocos empleados y todos estaban muy alejados el uno del otro. Al parecer, no dejaban que asuntos como los asesinatos o los tumultos interfirieran en sus fines de semana.

Rivera me miró fijamente. Relajó un poco las cejas. La hendidura de una cicatriz atravesaba la comisura derecha de su boca. Reparé en ella la primera vez que lo vi. Incluso antes de descubrir que tenía el trasero de un modelo de ropa interior y la actitud de un hombre de Neanderthal.

—Acompáñame a mi despacho —dijo él, dándose la vuelta.

Consideré negarme a hacerlo. Pero en aquel momento me vino a la cabeza la expresión de tristeza de Elaine y lo seguí diligentemente.

Unos minutos más tarde él cerraba la puerta tras de mí y se sentaba en el otro extremo de su escritorio. Señaló la silla que quedaba enfrente. Tenía las mangas arremangadas. Sus muñecas eran de hueso ancho, su piel del color del café de avellanas.

Me senté en el borde de la silla y procuré no pensar en la última vez que habíamos estado juntos. Él llevaba unos vaqueros azules gastados y una camiseta de manga larga ceñida a su inexistente barriga. Olía casi tan bien como el *soufflé* de huevo con pollo desmenuzado que él había traído en aquellas pequeñas cajas de comida china para llevar.

—¿Así que no encuentras a tu amiguito tecnológico? —preguntó él.

Consideré decirle por enésima vez que Solberg no era mi

amigo. De hecho, consideré decirle un sinfín de cosas, como que no me importaba lo bien que olía o que continuaba siendo un cretino como la copa de un pino.

—No estaría aquí —dije en lugar de ello—, si no fuera porque Elaine está preocupada por él.

—¿Elaine? —preguntó él como si no se acordara de ella.

Fruncí el ceño. Cualquier persona con un ápice de testosterona y una única neurona en funcionamiento se acuerda de Elaine.

—Mi secretaria —le aclaré. Paciencia no me faltaba.

—Ah, claro —dijo él, y reclinándose levemente en la silla juntó las manos y las apoyó en la hebilla del cinturón. Llevaba unos pantalones de traje oscuros y una camisa azul marino sin corbata. Tenía la cara delgada, el cuello oscuro, sin rastro de vello en el hueco del cuello. Tragué saliva—. Tu leal empleada.

Me negué a levantar la mirada, aunque sabía exactamente a qué se refería. Elaine le había mentido por mí en una o dos ocasiones. Él no lo había encontrado ni creíble ni divertido.

—Ella ha estado… —Respiré hondo y me lancé. El agua estaba helada—. Han estado saliendo juntos últimamente.

—Elaine —dijo él, y a continuación hizo una pausa— y Solberg. —Le temblaron ligeramente los labios.

—Sí.

Él se encogió ligeramente de hombros, dando a entender que a él no le correspondía cuestionar los fenómenos místicos del cosmos.

—¿Y él ha desaparecido?

—Sí.

Los segundos se expandían y contraían.

—No lo habrás asesinado, ¿verdad?

Por sólo un momento, me permití la fantasía de romperle un yunque en la cabeza. Pero no iba a hacerlo. Aquello estaba muy mal. Y no conocía a nadie que tuviera un yunque.

—Eres tan chistoso como recordaba —dije yo.

—Hay cosas que no cambian nunca.

Su sonrisa, por ejemplo. No se le podía llamar sonrisa, puesto que las comisuras de su boca apenas se movían. En lugar de ello, sus ojos brillan con satánica malicia.

—¿Dónde vive él? —preguntó.

—¿Cómo? —Con todo, la fantasía del yunque era entretenida.

—Solberg —dijo él, deslizando un cuaderno por su escritorio mientras se enderezaba—. ¿Cuál es su dirección?

Se la di.

Él se detuvo mientras escribía.

—Esto no pertenece a nuestro distrito.

—¿Cómo?

—La Crescenta tiene su jurisdicción allí.

—¿De qué me estás hablando? Su casa está a menos de media hora de aquí.

Él se encogió de hombros. El movimiento fue lento y apenas discernible.

—Los distritos de policía son territoriales. Creía que a estas alturas ya lo sabrías.

Algo brillaba en sus ojos. No sabía lo que era ni tampoco me importaba. Había aprendido la lección en mi última confrontación con él. Jack Rivera, con los ojos oscuros del color del chocolate y la voz de madera quemada se encontraba en una zona de acceso restringido, como los cigarrillos y los postres con gramos de grasas que superaban los tres dígitos.

—Muy bien… —Me puse en pie y me arrojé el bolso teatralmente a la espalda. A Glenn Close le hubiera quedado muy bien—. ¿Dónde está La Crescenta?

—Siéntate —dijo él.

—Me encantaría charlar con usted, teniente —dije—, pero me temo que no dispongo de mucho tiempo para…

—Siéntate —repitió.

Así lo hice, aunque no sé por qué. Quizá fuera porque es un policía, aunque sabe Dios que no he sido muy dócil con las figuras de la autoridad en el pasado.

Creo que el padre Pat, el patriarca de la Escuela Católica Sagrado Corazón, una vez me llamó hija de Satán, pero recuerdo este episodio de un modo un tanto borroso, puesto que en aquel momento estaba envuelta en una bruma de deseo provocada por un chico llamado Jimmy. Si se lo pedía, podía sacar gelatina por la nariz. Es difícil resistirse a un chico con semejante capacidad nasal.

—Tomaré nota de la información —dijo él.

Deseé continuar estando de pie para poder mirarlo por encima del hombro.

—No tienes que hacerme ningún favor.

Se le crispó el músculo de la mandíbula, dejó caer el bolígrafo en el cuaderno y extendió las manos.

—Mira, respecto a lo de la otra noche…

Yo levanté la ceja superior.

—¿La otra noche?

—Cuando nosotros… —Dejó escapar aire. Sus ojos se entrecerraron levemente. Eran afilados y letales, únicamente suavizados por el suntuoso borde de sus pestañas, que tanto le daban un aire malévolo como tremendamente sexy. Me extrañaba que no se las cortara para afilar su fría mirada—. La otra noche —repitió—, en tu casa.

Parpadeé como si estuviera confundida. Pero no lo estaba. Aquel hombre era un imbécil y yo lo sabía.

—Lamento comunicarle que no tengo ni idea de lo que me está hablando, teniente —dije yo.

Se le volvió a contraer el músculo en la mejilla.

—Sé que ha pasado mucho tiempo.

Lo miré perpleja.

—Tendría que haberte llamado.

Había resuelto no ponerme nerviosa, pero de pronto me encontré a mí misma de pie y caminando en dirección a la puerta. Elaine podía librar sus batallas sola.

—Gracias por su tiempo, Rivera.

—Maldita sea, escúchame —dijo él.

Le miré por encima del hombro, en un gesto altivo.

Él también estaba de pie.

—He estado ocupado.

—¡Ocupado!

—Ha sido de locos. El trabajo…

Llegado a este punto le interrumpí.

—Todo está bien. Lo comprendo perfectamente —dije, buscando el pomo de la puerta. De algún modo, él lo alcanzó antes que yo.

—Espera un segundo.

Pero sí que había estado esperando. Y sólo hay un par de cosas que me gusten menos que esperar. El ejercicio era lo primero que me venía a la cabeza.

Lo fulminé con la mirada.

—¿Qué quieres, Rivera?

—Me surgió un imprevisto —dijo él—, algo relacionado con mi ex mujer. Tenía que ocuparme de un asunto.

Recordé a su ex mujer. Nos conocimos en un parque de perros en circunstancias poco convencionales. Era bonita como una flor y dulce como un caramelo. No me costaba demasiado imaginarme el imprevisto que había surgido.

—Nada importante, debo suponer —dije yo.

—Bueno, en realidad… —Él frunció el ceño, sin advertir mi comentario mordaz—. Tuvimos un problema, pero lo hemos solucionado.

¿Solucionado? Sentí mi estómago haciendo caída libre desde una altura de siete metros.

—Bueno… me alegro por ambos —dije, y asentí con la cabeza para recalcar mi euforia—. De verdad.

Rivera hizo una mueca antes de caer en la cuenta.

—No, mierda. —Dio un manotazo en la puerta, a menos de treinta centímetros de mi cabeza, y miró con impaciencia por la ventana—. No me refería a que hubiéramos vuelto juntos.

—Ah —dije. Mi corazón efectuó una complicada maniobra en mi pecho. No sé por qué. No es que me importara. No me podía importar menos. Quizá oliera a ardiente deseo, pero aquel hombre no era mi tipo. Mi hombre ideal ha estudiado en una de las universidades de la Liga de la Hiedra y no lleva esposas como quien lleva calzoncillos.

—Vaya… cómo lo lamento —dije.

Él me miró fijamente.

—¿De verdad?

Me encogí de hombros con fabulosa indiferencia.

—Parecía muy maja. Dulce, incluso.

—Fue ella… —Resopló fuertemente por la nariz y se enderezó ligeramente—. El caso es que… fue ella… quien me llamó cuando estaba en tu casa.

—Ella —dije. Él arqueó las cejas en actitud interrogativa o

de irritación, o una mezcla de las dos—. Fue ella quien te llamó —le corregí yo.

Creo que apretó los dientes.

—Parecía urgente. Pensé que sería mejor ocuparse de ello cuanto antes.

—La cuestión es que… —se detuvo, probablemente para recordar cuál era la cuestión— debería haberme puesto en contacto contigo después. Decirte que no podría verte al día siguiente.

—Y al siguiente —añadí amablemente.

Él volvió a mirar por la ventana. El músculo volvía a hacer de las suyas en la mandíbula.

—Sé que ha pasado mucho tiempo.

—Ahora discúlpame —le dije, dirigiéndome de nuevo a la puerta—. Me tengo que marchar. Creo que me he dejado la tostadora encendida.

Él me sujetó el brazo.

—Maldita sea, McMullen, estoy intentando disculparme.

Le dediqué la expresión más dulce de mi rostro.

—Te deseo lo mejor.

—Podrías ponerme las cosas más fáciles.

—¡Más fáciles! —El tono de mi voz se elevó un poco. La indiferencia estaba empezando a convertirse en histeria—. Habíamos quedado —le recordé—. Llegas un mes tarde.

—Así que te has conformado con Solberg.

Me quedé boquiabierta.

—¿Qué?

—Tiene dinero. Lo reconozco.

—¿Crees que estoy saliendo con Solberg?

Él inclinó la cabeza hacia atrás y se echó a reír.

—Podrías haberte inventado algo mejor.

—¿De qué narices estás hablando?

—¡Elaine! —dijo él—. ¿Y Solberg?

Enderecé la espalda.

—Así que piensas que Solberg y yo hacemos buena pareja, ¿no?

Él se encogió de hombros.

—Pasaba mucho tiempo en tu casa, ahora que lo pienso. A las siete de la mañana. A las cinco de la tarde. Vamos a ver… —Él volvió a apartar la vista. La tensión se reflejaba en su mandíbula y cuello—. Sé que te encuentras sola pero… ¿Solberg?

Resultaba difícil evitar darle una patada en la entrepierna. Pero la autodisciplina me salvó el día. Eso y la idea de compartir una celda con una mujer que escupía tabaco llamada Cárcel.

—Quítame las manos de encima —le dije—, o te juro por Dios que pienso presentar cargos contra ti.

—Escúchame, McMullen…

—¡Mueve el culo! —espeté, y me solté bruscamente de él. Él me fulminó con la mirada, pero yo ya estaba a punto de salir.

Sadie se apartó tambaleándose de la puerta justo cuando yo salía de la habitación. Mirando disimuladamente a la izquierda, removió entre algunos papeles de una mesa cercana como si no le pudiera importar menos que yo saliera acompañada de los conejos de Duracell.

—¡Volverá! —bramé.

Ella levantó la mirada, sin cejas a la vista.

—¿De qué me estás hablando, guapa?

—Solberg, volverá —contesté con un gruñido, y me dirigí con aire resuelto hacia la puerta.

Estoy convencida de que ni el mismísimo Freud hubiera resuelto la situación con más soltura.

Capítulo cuatro

> Si no te sale bien a la primera, túmbate en tu sillón
> de masaje La-Z-Boy con un caja de cervezas y una pe-
> lícula porno. Las cosas no se arreglarán pero puedes
> estar seguro de que te importará un carajo.
>
> VICTOR DICKENSON,
> más conocido como Vic *el Viril*.

*M*e tomé el resto de la mañana libre y tres bollos recubiertos de jarabe de arce para poner freno a la sarta de insultos que le había soltado a Rivera.

Pero por la tarde volví a la carga. Hacia las tres formalizaba una denuncia en la estación del sheriff de Briggs Avenue. Ahí nadie me acusó de salir con alguien ajeno a mi especie ni me tentó a darle una patada en las gónadas.

Cuando volví a casa, estaba sonando el teléfono.

Descolgué antes de que saltara el contestador automático, pero nadie respondió.

Volvió a sonar cinco segundos después de que lo colgara.

—¿Hola?

—Chrissy.

—Mamá. —Perfecto. Aquello me enseñaría a consultar el identificador de llamadas. No es que no quiera a mi madre. Sólo que me resulta más fácil con un poco de distancia entre ambas. Pongamos unos tres mil kilómetros y uno o dos desiertos inhóspitos por en medio.

—Estoy tan contenta de haberte encontrado. —Su tono de voz era tenso—. ¿Sabes algo de Peter John?

—¡Pete! —Mi corazón se aceleró unos segundos. Pete es mi hermano mediano y probablemente el causante de cuatros años de acné juvenil. Me gustaría culparle de otras cosas, también. Digamos que de la disminución de la capa de ozono y del decepcionante número de calorías de un bote de mantequilla de cacahuete, pero ello no sería del todo justo—. No, no sé nada de él. ¿Por qué? —pregunté, e inmediatamente después empecé a revolver en los armarios, pasando el cable del teléfono por la esquina de mi antiguo refrigerador. El contacto familiar tiende a hacerme querer comerme mi peso en grasas saturadas.

—Se ha marchado.

—¿Marchado? —repetí, abandonando momentáneamente mi búsqueda—. ¿Qué quieres decir con que se ha marchado?

—Pues que se ha ido. Holly está preocupadísima.

Holly es la novia de Pete. Todavía no ha cometido la estupidez de convertirse en la señora McMullen, pero no parecía bueno para la preservación de su salud mental. Ella le había dejado mudarse con ella en una especie de prueba para ver si podían convivir apaciblemente. Si Holly tuviera el cerebro de una pasta de té, se refugiaría en un convento antes de que se pronunciaran las palabras fatales. La historia ha demostrado que los hermanos McMullen no son buenos esposos. Tampoco son geniales como seres humanos.

—¿Te ha llamado? ¿O hecho alguna visita?

—¡Una visita! —Sujeté la puerta del armario hasta que se me emblanquecieron los nudillos de la mano—. ¿Aquí?

—Siempre ha querido visitar Los Ángeles, ya lo sabes.

—¡No! No, no lo sabía. —Sentí un pánico inexplicable. Quizá fuera porque Pete, en nuestros años de juventud, disfrutaba lanzando roedores muertos como si fueran confeti y obligándome a comer objetos desagradables disfrazados de comida. Ahora mismo no quiero entrar en detalles, pero Pete es un idiota.

—Bueno, siempre lo ha querido, y Holly cree que quizá esté de camino a tu casa.

Volví a rebuscar en el armario. Con más presteza. ¿Dónde narices estaba la mantequilla de cacahuete? Necesitaba una ración de grasa, lo tenía comprobado.

—¿Chrissy?

—Sí, estoy aquí.

—Así que si sabes algo de él, me llamarás, ¿verdad?

—Sí. —Después de marcar el 091.

—Si él aparece, podríais volver a casa juntos.

La cabeza me empezó a dar vueltas.

—¿Cómo?

—Se acerca el Día de Acción de Gracias.

—Lo sé, pero…

—Hace meses que no te vemos.

—Bueno, en realidad no puedo marcharme…

—Apuesto a que Elaine visitará a sus padres. —Su voz tenía un tono irritantemente quejumbroso, al que siguió el más completo silencio. Yo enderecé la espalda.

—Mucho me temo que mi trabajo…

—¿Sí o no?

Carraspeé.

—¿A qué te refieres?

—Si volverá a casa durante las vacaciones.

—En realidad no lo sé.

Era una vil mentira. Elaine había comprado los billetes de tren hacía más de tres semanas. Sentí que las gotas de sudor brotaban en mi frente como los dientes de león en el jardín de mi padre.

—Es tan buena chica. Seguro que vuelve.

—Bueno, quizá. Yo no…

—Jamás ha causado la más mínima preocupación a su madre. ¿Recuerdas cuando estaba en la escuela primaria? ¿Te acuerdas? Llevaba flores a su madre siempre que…

Pude sentir cómo emergía un grano en mi piel mientras ella hablaba.

—Eh, mamá —dije—, creo que acaba de llegar alguien.

—¿Alguien? —dijo casi sin aliento. No es fácil hacer perder la respiración a mi madre—. ¿Es Peter John?

Quizá, pero lo más probable es que sólo fuera mi diabólico plan por deshacerme de ella antes de que me explotara la cabeza cual juegos artificiales chinos.

—No lo sé —dije yo—. Será mejor que lo vaya a mirar.

—Llámame si es él.

—Desde luego —dije yo, y colgué el teléfono como el ser deleznable que soy.

Después de ello, recorrí la cocina como una aspiradora, tragándome todo lo que me permitían las manos.

La culpabilidad y el hecho de que me sintiera como un balón de agua a punto de reventar me persuadieron de que debía salir a correr. Me até los cordones de las zapatillas y subí por la avenida Grapevine, para luego cruzar por la calle Orange. Al volver a casa, olía a zumo de mofeta fermentado, pero me sentía un poco mejor. A veces corro para evitar que la grasa impida la salida del aire de mis pulmones. Aunque a veces sólo lo hago porque no tengo ninguna camisa de pelo de camello.

Comprobé el identificador de llamadas en lugar del contestador porque me quedaba unos centímetros más cerca. Nada. Así que me duché, y exhausta por la euforia del ejercicio, me senté en la cocina para pensar detenidamente en algunas cuestiones… como Pete y su afición a colocar roedores muertos inteligentemente entre mis sábanas… o mi padre y su afición a las hijas de los demás. O Rivera.

Su recuerdo despertaba en mí ardientes y oscuros sentimientos. Pero pensar en él no me hacía ningún bien, sobre todo teniendo en cuenta que todavía no he perfeccionado el arte del vudú, así que sería mejor pensar en cualquier otra cosa, como el paradero del rey de los *frikis*.

Continuaba en paradero desconocido, a pesar de mis indiscutibles artes detectivescas. De hecho, ni siquiera sabía del lugar en el que no se encontraba, aunque estaba bastante segura de que podía descartar mis dependencias más inmediatas, concretamente mi cocina.

Pero quizá me estaba precipitando. Quizá tendría que volver a mirar en mi frigorífico. Lo hice. Ahí no estaba. Pero había una bolsa de judías verdes, una caja de barritas de merluza y otra con pedazos de tarta de queso envasados individualmente.

Volvía a tener hambre, quizá por haber salido a correr o por haber hablado con mi madre, así que saqué un pedazo de tarta y lo degusté al tiempo que reflexionaba. No estaba mal, ni siquiera congelado.

Me senté a mi maltrecha mesa de la cocina y llamé a Elaine,

pero no respondió. Debía de estar en la prueba. Aunque también podría estar en casa, deprimida y sin fuerzas para coger el teléfono.

Aquella idea hizo que se me revolviera el estómago. Comí un poco más de tarta de queso para que actuara como bálsamo gástrico.

Tras una ingesta adecuada de azúcar, caí en la cuenta de que si me quedaran un par de neuronas merodeando en mi cráneo, me olvidaría por completo del fiasco de Solberg. Como si Laney no pudiera conocer a otro hombre mejor… uno con pelo, por ejemplo. Así que, ¿por qué me estaba rompiendo la cabeza para encontrar a aquel cabeza de chorlito?

La verdad era dolorosamente evidente y salió a la luz pisándole los talones a la primera oleada de mis niveles de glicógeno. Quería saber si habría esperanza… para mí… antes de que… Marte y Venus estuvieran en la misma órbita. Y sabía, estaba convencida, que si alguien como Solberg no podía serle fiel a alguien como Elaine, chicas como yo —todo tipo de chicas del montón, chicas con células grasas y pelos imposibles— lo tenían muy peludo.

Vamos a ver, ella era la cerebrito Elaine, votada la chica con más posibilidades para… hacer lo que quisiera… con quién le placiera.

El motivo por el que había escogido salir con un espécimen como Solberg me resultaba incomprensible. Le conocí hace algo más de diez años en el Jabalí Verrugoso, en Schaumburg, Illinois, donde yo solía servir copas. Solía fundamentar sus insinuaciones en la buena relación entre su disco duro y mi placa base. Nada que ver con el tipo de insinuación que hace que a una chica le tiemblen las rodillas.

Vamos a ver, sé lo difícil que es dar con hombres que valgan la pena. De hecho, a juzgar por mi accidentado pasado, estas especies deben de haberse extinguido poco después de la desaparición del *Tiranosaurus rex*. De hecho, ninguna mujer en su sano juicio se conformaría con Solberg.

Por otro lado, su vecina se mostró extrañamente interesada. Y la mujer parecía estar bien de la cabeza. ¿Qué estaba ocurriendo? Con la cadera apoyada en la agrietada encimera de vinilo, me terminé el pedazo de tarta de queso, volví a mi Meca refrigerada y busqué algo perteneciente a la base de la pirámide alimenticia. Pero el hada de la nutrición todavía no había llegado, así que me conformé con otra delicia de crema de queso y fui inmediatamente recompensada con una observación aguda: ¿Qué hacía la elegante vecina de Solberg cuidando del jardín por la noche?

No sé por qué no había llegado a esa conclusión antes. Quizá mi erróneo sentimiento de culpabilidad por lo concerniente a la correspondencia confiscada había retrasado mis sospechas, pero ahora aquel episodio me parecía enteramente surrealista. La mayoría de la gente no anda hurgando en sus jardines traseros en mitad de la noche.

Muy bien, de acuerdo, técnicamente las diez de la noche no es la mitad de la noche. Pero era bien entrada la noche. ¿Qué hacía Tiffany Georges ahí fuera con sus pantalones pirata ajustados de muñeca Barby y guantes de jardinería?

Suficientemente enigmático como para que abandonara el postre, me dirigí a la habitación contigua. Por su tamaño se diría que un día sirvió de armario a un enano adolescente. Pero la utilizaba de despacho. Entré en él. Resultó que mi pedazo de tarta de queso me había acompañado. Mmm. Lealtad. Me gustaba esa cualidad en los postres.

Me senté a mi escritorio, saqué el grueso listín telefónico de Los Ángeles del cajón inferior y lo abrí con dificultad.

Georges no es un nombre poco frecuente. Pero resultaba que conocía la dirección de Tiffany, o al menos la de su vecino de al lado.

Aparecía bajo el nombre «Jacob Georges». Algo que querría decir que o bien la pequeña Tiffany continuaba viviendo con sus padres o estaba casada. Al recordar su falta deplorable de moléculas de grasa, aposté por lo segundo.

Así pues, ¿dónde estaba su marido?, y ¿qué pensaría él acerca de que su esposa quisiera invitar a un espécimen como J.D.? No es que tuviera que tener algún temor al respecto. Al fin y al cabo, Solberg no era precisamente Pierce Brosnan… ni siquiera era humano. Con todo, se podría considerar un peligro si… ni hablar, pensé yo. Era un gusano irritante desde todas las perspectivas posibles. Estaba convencida de que no existía ningún esposo vivo que no aprobara su presencia. Así pues, ¿dónde estaba el marido?

Tras encender el PC, hice una búsqueda en *Google*, pero pronto se hizo patente que si Tiffany hubiera enterrado a su esposo en el jardín, todavía no se habría publicado en el *Times*.

¿Y qué narices hice yo? Golpear mi frente contra el escritorio y lanzar un gruñido. ¿Qué pretendía? ¿Proteger a Laney? Quizá. Pero la pregunta continuaba sin responder. ¿Qué era lo próximo que iba a hacer? La lógica sugería que si era lo suficientemente idiota para continuar mi incursión en el estatus de persona perdida de Solberg, tendría que pedir a Elaine información pertinente acerca de su pequeño pretendiente *friki*. Pero, para ser sinceros, tampoco podía asegurar que Solberg no estuviera haciendo la horizontal con algún bombón en Las Vegas, y no tenía ningún deseo de disgustar a Laney hasta que no tuviese pruebas. Así que iba a tener que conseguir información siguiendo otros procedimientos inteligentes.

Reflexioné acerca de ello durante unos instantes, preguntándome quién podría conocer su paradero. No se desataron grandes relaciones de ideas en mi cabeza. De hecho, a parte de los padres de Solberg, no se me ocurría nadie más que tuviera un interés activo en su vida.

Así que llamé al 411 y pregunté por el número de teléfono de cualquier Solberg en Schaumburg, Illinois, donde lo conocí. La mujer al otro lado de la línea parecía poco menos que entusiasmada de que no le pudiera dar un nombre, pero lo consultó, y luego me informó diligentemente de que había más de veinte abonados en la zona. Me podía dar los tres primeros. Anoté los nombres y los números de teléfono. Amy, Brad y Joyce, y Brianna. Los llamé a todos. Con los dos primeros, me encontré con contestadores automáticos. Dejé mensajes para que Jeen se pusiera en contacto conmigo, y lo intenté con Brianna. Me colgó antes incluso de que pudiera empezar a soltarle mi rollo. Brianna era un poco maleducada. Sin saber qué hacer, llamé de nuevo al servicio de información y repetí el proceso. Quien fuera que dijo a la tercera va la vencida, debía de tener más suerte que yo, porque no fue hasta el sexto trío de nombres que saqué el gordo.

—Residencia Solberg, Teri al habla.

Me enderecé inmediatamente en la silla. La voz de aquella mujer era exactamente la misma que la de J.D. Si hubiera rebuznado como un asno, no me hubiera cabido la menor duda de que mentía acerca de su identidad y que era el mismísimo *friki*. Fuera quien fuese, me aclaré la garganta y me lancé con un «Hola. Estoy buscando a Jeen Solberg».

Hubo un silencio al otro lado de la línea. Contuve la respiración y me apresuré a pensar en cómo dirigir la situación. Quizá lo único que tenía que hacer era decir la verdad.

Pero la verdad me había reportado poca cosa más que algún desagradable dolor de cabeza y el hábito de fumarme un paquete al día. Y no tenía ni idea de qué esperar de aquella conversación. Quizá el *friki* se había rehipotecado y había sobornado a una bailarina de Las Vegas para que pasara una semana con él. Quizá sus padres eran de la opinión de que fraternizar con una fornicadora profesional era una idea fabulosa y no apreciarían que metiera la nariz en los asuntos de su pequeño.

—Lo siento. Ya no vive aquí —dijo Teri—. ¿Quiere que le deje algún mensaje?

Mis planes se aclararon con una muesca de insensatez.

—Ah, vaya… me lo figuraba. Soy Frances Plant. —El robo de correspondencia tenía sus ventajas, había extraído este nombre de la firma de un artículo en la revista *Mundo friki*. No fue hasta aquel preciso momento que caí en la cuenta de que Frances podía ser un nombre masculino, pero era algo tarde para modular el timbre de mi voz, así que volví a la carga cual poseso rinoceronte—. Escribo una columna en una importante revista de tecnología.

Me pegué el auricular a la oreja. Mi madre me dijo una vez que los mentirosos iban directos al infierno. Mentí inmediatamente después y no me pasó nada. Ni siquiera había sentido el calor de las llamas. Tampoco alcancé a ver el purgatorio, a no ser que cuente el baile del colegio. Desde entonces he sido escéptica.

—¿Qué revista es ésa? —preguntó ella.

—*Nerd Word* —dije yo—. ¿La conoce?

—Ah. —Pareció quedarse sin respiración con sólo mencionar la revista. Quizá la estupidez es genética y se transmite por línea materna, como la hemofilia o la calvicie de patrón masculino. O, lo que es más, como la estupidez compulsiva en el clan McMullen—. Sí, sin lugar a dudas —dijo ella—. Hicisteis un bonito artículo sobre Jeen el verano pasado.

—Es cierto —dije yo—. Aquel artículo era brutal. —No tenía la menor idea de lo que estaba diciendo, pero de repente me pareció que el hecho de haber sido tildada con un nombre como «Frances» podría haber causado daños emocionales irreparables a mi personaje—. El caso es que estábamos a punto de dar por finiquitado el número de enero. He escrito un artículo increíble sobre un tipo que hace ratoneras robóticas, pero ha resultado ser un androide, y ahora necesito urgentemente un nuevo tema. He pensado que podía hacer un seguimiento de J.D.

Me dejé llevar por mi locura durante un momento.

—¿Otro artículo? —dijo Teri—. Es estupendo. Pero, tal como le he dicho, Jeen ya no vive aquí. Ahora tiene una bonita casa en Los Ángeles.

—En el 13240 de Amsonia Lane —dije yo. Muy inteligente, como veréis, porque aquello le haría pensar que el Friki y yo éramos amigos, y me confiaría cualquier cosa, desde su número de la Seguridad Social hasta su talla de anillos—. Lo he llamado a su casa esta mañana pero no ha habido manera, y necesito algunas informaciones lo antes posible. ¿Conoce usted su actual paradero?

Ella permaneció en silencio durante unos instantes. No sabía si aquella mujer estaba intentando descifrar mis sandeces o decidiendo si podía confiarme el paradero del angelito.

—Bueno, no —dijo ella al fin.

Sentí que me combaban los hombros.

—Pero… espere un minuto. —Oí que hacía bocina con las manos—. Steven, ¿dónde tenía lugar esa gran convención en la que iba a participar Jeen?

—No lo sé —fue la respuesta.

Supuse que la voz era del padre de Solberg, puesto que, por su tono, no le podía haber preocupado menos que J.D. hubiera estado dando una conferencia en Ursa Minor. El tono me recordaba al de los primeros veinte y pocos años de mi vida. Los hombres de Schaumburg son ciudadanos serios y responsables; tienen semanas laborables de cincuenta horas, el colesterol alto y buenas panzas. Dales tres comidas sólidas al día y un mando de televisión y jamás tendrás una queja. Pero interrumpe su noche frente al televisor y pagarás las consecuencias.

—Sí lo sabes. —La voz de Teri sugería que ella también había estado contemplando una batalla por el venerado mando de la televisión—. Nos lo dijo.

Obtuvo una respuesta confusa.

—Recuerdo que iba a hacer una presentación. Él y aquella chica con la que estaba trabajando, Hilary.

Agudicé el oído. ¿Hilary? ¿Una mujer? ¿Solberg había conocido a una mujer que estaba dispuesta a trabajar con él? ¿Se habrían vuelto seniles todas las mujeres de Los Ángeles? ¿Acaso estaría en lo cierto Elaine? ¿Podría Solberg haberse enamorado de otra persona? ¿Una mujer? ¿Alguien con un pulgar oponible?

Sacudí la cabeza.

Teri volvió al teléfono.

—Creo que está en una convención muy importante. Una en Las Vegas.

—¡Ah!, ¡vaya! —Lo dije como si fuera una revelación, sin molestarme en comunicarle que la convención se había terminado hacía varios días y que nuestro amigo Jeen todavía no había vuelto. Al fin y al cabo, cabía la posibilidad de que el instinto maternal fuera más fuerte que el deseo instintivo de matar marcianitos y que ella, por lo tanto, se preocupara por la ausencia de Solberg—. La convención. Él y Hilary hacían el bolo juntos, ¿no?

—Sí, eso mismo creo.

—Parecía una tía legal. Quizá podía escribir un artículo sobre ella, también. ¿Cuál era su apellido? Meine, ¿no? O…

—No, no —dijo ella—. Empezaba por P. Patnode. No, era… el apellido de casada de Sheila. Pierce. ¡Pershing! Era Pershing.

—Exactamente —dije yo—. Pershing. Buen trabajo. —Anoté el nombre en los márgenes de *Mundo friki*—. ¡Eh! ¿No sabrá usted dónde descansaban sus huesos durante el gran evento?

Se hizo otro silencio mientras la mujer consideraba mi extraña verborrea. ¿Qué narices me estaba pasando?

—Creo que se alojaban en el mismo hotel en el que tenía lugar el evento.

Ellos. No él. La madre que lo matriculó.

—¡Lo nunca visto! —dije yo—. Lo buscaré en este garito. Ah, pero… Sí, ¿cuándo se suponía que volvía a Los Ángeles? Las entrevistas por teléfono están bien, pero un cara a cara con el mismísimo rey… —Dejé la frase colgada en el aire, como si la sola idea me pusiera la piel de gallina. De algún modo lo hacía.

—No estoy muy segura.

—Espero que no se haya quedado pillado con las máquinas tragaperras —dije yo, buscando como loca algún tipo de reacción.

—¿Jeen? Oh, no, jamás haría algo así. Es muy responsable. Lo tienen en gran consideración en NeoTech.

Vaya, vaya. Bueno, cosas más raras se han visto, ¿no? Si no lo conociera, de un chico como Solberg hubiera esperado que diera vueltas a hamburguesas en un MacDonalds, en lugar de abrirse paso por la escalera tecnológica del éxito mientras el resto apenas la rozábamos, soltando improperios y sudando. A veces me alegro de los triunfos de los demás, pero a veces la generosidad no se encuentra entre mis mejores cincuenta atributos.

—Y él también los tiene en gran estima —añadió ella—. Al menos… —Ella se echó a reír—. Él se vuelve loco con toda esta loca y nueva tecnología. Cuando vivía aquí, no podía estar alejado del ordenador más de una hora. Solía enfadarme mucho con él. Se lo juro, no había día que el chico no se olvidara de sacar la basura. Pero ahora me alegro de que se interesara tanto por ello, puesto que le ha permitido poner una pierna en NeoTech. Sus colegas lo tienen en alta consideración.

—Estoy convencida de que besan el suelo que pisa —respondí. Quizá había un deje de ironía en lo que dije—. ¿Cuándo dice que fue exactamente la última vez que lo vio?

El teléfono permaneció en silencio.

—¿Cómo dice que se llama usted?

¡Mierda! Había perdido a mi personaje de ficción. De hecho, me pareció haber hablado con lo que Elaine llama mi tono nasal. Y en aquel momento no lograba acordarme de mi nombre de ficción.

Dirigí la mirada con desesperación a *Mundo friki* y descubrí con electrizante brusquedad que la había cerrado. Un *friki* de cara mofletuda que sujetaba una esfera plateada al que no esperaba poder identificar me sonreía desde la portada. Hojeé frenéticamente la revista pero al artículo en cuestión no le daba la gana salir ante mis ojos de idiota.

Solté una risa que sonó a un graznido.

—Mis disculpas, señora Solberg, debe de estar pensando que soy una acosadora de J.D. o algo por el estilo.

Ella no pareció encontrar aquella broma divertida, lo que me hizo preguntar si el mundo entero se había vuelto loco. ¿Quién iba a acosar a J.D. Solberg? Una mujer que tiene un doctorado y… anda erecta.

Y, ah, mierda, la mujer continuaba esperando una respuesta.

Eché un vistazo al índice de contenidos y finalmente vi el nombre en cuestión.

—Frances Plant —solté, a continuación me aclaré la garganta y aminoré la marcha—. Siento mucho tener que molestarla, pero hay días en que mi editor es un capullo de mucho cuidado —conferí a mi voz un tono quejumbroso. Tampoco era tan difícil—. El plazo de entrega es de infarto, ¿sabe? Vamos sacando la lengua. Y tengo que encontrar al rey, sea como sea. ¿Conoce usted a alguien con quien esté saliendo últimamente?

—Bueno… —Su voz se fue apagando—. No estoy del todo segura. Jeen siempre ha sido muy popular. Incluso en el instituto. Sobre todo entre las chicas.

Parpadeé con estupor. ¿No habría dado con el Solberg equivocado? Alejé el auricular de la oreja y lo miré fijamente, a continuación lo volví a colocar tímidamente en mi oreja, temerosa de que explotara en mil pedazos de plástico.

—Vaya, vaya —dije.

—Parecía llamar a una chica distinta cada día de la semana.

Me relajé un poco, preguntándome si ella había advertido que sus nombres estaban en orden alfabético y que él estaba desplazando el dedo por las columnas del listín telefónico.

—¿Sabe usted si hay alguna chica en particular a la que le haya puesto el ojo? —pregunté.

Ella hizo una pausa. Yo me eché a reír avergonzada. No era

del todo inventado. Era igual de plausible que una mujer en su sano juicio la hubiera llamado, le hubiera dicho que su hijo estaba desaparecido y le hubiera pedido información.

—Jamás se lo preguntaría —dije—, pero se acercan los premios Tec Tec y esta edición es terriblemente importante.

—¿Los qué?

Cerré fuertemente los dedos en el cable del teléfono y volví a poner a prueba la teoría del infierno de mi madre una vez más.

—Los premios Tec Tec —mentí—. Es un gran acontecimiento en la industria de las revistas informáticas, y pensé, podríamos hacerle otra entrevista explosiva a J.D… —Dejé la frase flotando en al aire…

—Bueno… —suspiró ella—. Siento no poder ser de más ayuda, pero no creo que Jeenie se esté viendo con alguien especial.

Me quedé boquiabierta. ¿Qué no estaba viendo a nadie? ¡A nadie especial! ¿De qué narices estaba hablando? Quizá, a su entender, Oprah no era una persona especial. Quizá Chest no tenía ningún interés en particular. Pero Elaine, ¡Elaine era una persona jodidamente especial!

Estuve dando vueltas a aquella conversación durante el resto del día. ¿Dónde estaba el Friki? ¿Por qué no había llamado por teléfono? ¿Y quién narices era Hilary Pershing?

A falta de mejores ideas, volví a consultar Internet. Tras unos cuantos intentos fallidos, apareció una foto de Hilary en la pantalla. No era precisamente lo que se dice una belleza, pero al ver una fotografía de Solberg y ella recogiendo un premio en una convención en San Francisco, hube de admitir que parecían estar muy a gusto juntos. ¿Serían pareja? ¿Habrían sido pareja? ¿Habría soñado ella con campanas de boda y recorrer el pasillo al altar con el espécimen de nuestro amigo?

Tal vez. Cualquier cosa era posible. Alguien había accedido a casarse con Michael Jackson. Varias personas, si no recordaba mal.

Continué la búsqueda, y finalmente encontré un pequeño artículo acerca de Hilary y los gatos. Gatos de exhibición. Abisinios, para ser más precisos. Eran exactamente iguales a la camada de gatos que había encontrado acurrucados en las balas de heno de la granja de mi tío. El primo Kevin y yo estuvimos horas en la subasta de ganado de Edgeley, Dakota del Norte, casi regalándolos. Los gatitos abisinios no eran un valor al alza. La subasta empezó en nueve dólares el gato.

¿Sabéis que era lo que realmente necesitaba? Un gato. E información acerca de Solberg.

Hilary Pershing vivía en una urbanización en vías de edificación en Mision Hills, donde se estaba ganando terreno a las inhóspitas colinas cubiertas de maleza para construir aproximadamente una docena de viviendas de alto nivel. Ahí estaba yo, vestida para la ocasión, en la entrada del edificio. Nada dice mejor «puedo permitirme un gato de granja de novecientos dólares» con un jersey de angora color crema, pantalones de espiga y botas de piel marrón con tacón de cuña.

—Hola —dije tan pronto como se abrió la puerta y un ojo me miró a través de ella. No me pareció un comportamiento fuera de lo normal. No en Los Ángeles. La mayoría de angelinos no te invitarán a pasar a menos que seas un pariente directo y cuentes con una declaración jurada de tu madre.

Pero poco después la puerta se abrió de par en par y alguien me hizo un gesto para que entrara. Entré en el interior de la casa con grandes recelos. Una mujer que supuse que era Hilary Pershing cerró la puerta tras de mí. Estreché mi bolso contra mi pecho y la examiné detenidamente. Llevaba un bolígrafo enredado en su pelo castaño desvaído, al que habían rizado hasta el punto de la carbonización. Una contundente nariz dio paso a una cara blancuzca de múltiples barbillas. Aquella mujer llevaba un cárdigan tejido en espiga abotonado desde un generoso trasero hasta sus nada despreciables caderas. En resumen, era perfecta para Solberg.

—Usted debe de ser la señorita Armonía —dijo ella.

—Sí. —Sabía que mi conversación con Teri Solberg debería de haberme enseñado que no soy lo suficientemente buena como para acordarme de mis sobrenombres, pero hay ocasiones en que las lecciones más difíciles de aprender son las que se olvidan más fácilmente—. Siento haberle avisado con tan poca antelación. Me emocioné tanto al encontrar su página web y descubrir que vivía justo en la ciudad —dije yo.

—¿Exhibe usted abisinios? —preguntó ella, mirándome por encima del hombro mientras me mostraba el camino al interior de la casa. Era unos buenos diez centímetros más menuda que yo, pero tenía cierto aire autoritario. Si a Solberg le gustaban las mujeres fuertes, debía de haber estado en el mismísimo séptimo cielo. Además, si le gustaban las mujeres heterosexuales…

—¿Exhibir? Ah, no —dije yo, como si el pensamiento de que yo también pudiera formar parte de los pocos afortunados me dejara sin respiración—. A ver, me encantaría, pero por el momento sólo estoy buscando un animal de compañía. Y quizá, ya sabe, acabe teniendo una pequeña camada.

—¿Una camada? —se detuvo en seco.

—Mmmm… ¿sí? —me aventuré a decir.

Ella se volvió lentamente hacia mí, con los labios fruncidos y el tono completamente monótono.

—Criar una camada no es para aficionados, señorita Armonía —dijo, mirando hacia atrás. No tengo ni idea de por qué elegí aquel nombre. No me sentía particularmente armoniosa. Y a ella tampoco se la veía del todo pacífica. Su rostro se tornó frío—. Estos gatos son descendientes directos de los sagrados compañeros de los faraones.

—Ah, claro…

—Yo no vendo mis gatos para fines de reproducción indiscriminada. No se puede simplemente juntarlos y dejarlos apareándose de cualquier manera como si fueran animales.

Pero… eran animales.

—No. —Lo negué con la cabeza. Dios santo—. Claro que no.

—Si fuera a adoptar alguno de mis amigos felinos, debería insistir en que firmara un documento renunciando a todos los derechos de cría.

—Sin lugar a dudas —asentí con la cabeza, sin querer provocarle un paro cardiaco con el sólo pensamiento de un apareamiento ilegal. Dios mío, ¿qué clase de potro salvaje solía llevarse a la cama?—. Lo comprendo.

Ella me examinó detenidamente. Al parecer, había pasado la prueba del tornasol.

—Muy bien, en ese caso —dijo ella, dedicándome una sonrisa que daba a entender que el temporal ya había pasado—. ¿Le gustaría conocer a los pequeños? —lo dijo como si estuviera a punto de presentarme a un mágico aquelarre de hadas.

—Estoy impaciente.

Ella me condujo a una cocina con un bello ventanal sin cortinas. De acuerdo a los estándares de NeoTech, su casa era bastante modesta. Quizá gastaba su dinero en alimentar a los gatos del faraón con filetes exquisitos o, quizá, por razones inexplicables, Solberg ganaba el doble que ella y ella estaba molesta. Lo suficientemente molesta como para renunciar a comprar cortinas para las ventanas del salón y contratar a un sicario para que terminara con la vida del Friki.

—Aquí están.

Cuatro gatitos estaban acurrucados en el interior de una cesta en el sofá frente a una chimenea de gas. Parpadeaban y se estiraban, y eran tan bonitos como la camada que había regalado en la subasta de ganado cuando era una niña.

—Ahhh… —reproduje los sonidos que creí apropiados aunque, honestamente, si un animal doméstico no puede ir a buscar tus zapatillas y se niega a traerte una cerveza después del trabajo, tampoco es muy bienvenido en el clan de los McMullen—. Son preciosos.

—Sí, lo son —dijo ella, y los levantó en brazos, uno detrás de otro, soltando un rollo acerca del linaje y los colores de los animales.

Yo asentí como si me importara mientras me preguntaba en qué momento iba a entregarme a la razón por la que estaba allí. Esperaba que fuera antes de que se desataran mis alergias. De momento me estaban empezando a escocer los ojos. Sólo podía suponer que los faraones no eran sensibles al felino.

—¿Le gustaría ver al padre? —preguntó ella.

—Bueno…

—No se puede juzgar legítimamente a un gatito sin evaluar su herencia —dijo ella y se apresuró hacia lo que parecía un dormitorio. Abrió la puerta unos centímetros, entró delicadamente en la habitación y volvió a aparecer con un gato macho, que agitaba la cola y parecía asqueado del mundo.

—Éste es *Ra Jamael,* tiene un precioso pelaje plateado. Ha sido galardonado por su color durante tres años consecutivos en el certamen del Mid-Pacific.

Lo miré detenidamente. Era de color gris. Juro que lo era.

—Fascinante.

—Sí, y la madre —empezó a decir, pero de pronto la puerta del dormitorio crujió y se abrió inquietantemente detrás de mí. Me volví hacia ella, conteniendo la respiración, pero no ocurrió nada más siniestro que un gato pasando a hurtadillas por ella.

Di un suspiro de alivio, pero Hilary se acercó tambaleándose hacia la puerta y se aseguró de que estaba bien cerrada.

Se dio la vuelta, dedicándome una empalagosa sonrisa.

—Éste es *Cinnamon Obanya* —dijo ella, señalando al fugitivo—. Séptimo mejor gato de pelo corto en 2004.

—Hermoso. —Se me estaba empezando a cerrar la garganta. Y Pershing era más rara que un perro verde. ¿Qué había en aquella habitación? Más gatos. No cabía la menor duda. Pero ¿qué más?

—Quizá debería quedarme con uno adulto —dije. La cabeza me daba vueltas—. ¿Podría ver a sus adultos?

Ella me miró con cara de pocos amigos.

—Sólo tengo un par —dijo ella—, y no están a la venta.

—Ah. Supongo que lo he entendido mal. Creí que J.D. me había dicho que tenía más.

La casa se sumió en un silencio absoluto.

—¿J.D. Solberg? —preguntó ella.

—Sí. —Mantuve la expresión relajada, pero busqué desesperadamente reacciones en la suya—. Él me dijo que usted era la única persona a la que acudir en busca de abisinios.

Tenía la boca fruncida.

—Creí entender que me había encontrado en Internet.

—Bueno, J.D. la mencionó primero, entonces recurrí a Internet y encontré información sobre usted. Su página web es impresionante.

—¿De dónde dice usted que viene? —preguntó ella.

—Del sur de aquí. De Baldwin —mentí.

—¿Y Solberg le dijo que parase aquí?

—No, vaya. No exactamente. En realidad hace semanas que no hablo con él. Creo que tenía… ¿no tenía una convención en Reno o algo así?

—No se lo sabría decir. Mire… —Ella se dirigió bruscamente a la puerta, con pasos cortos y resueltos—. Me acabo de acordar de que tenía un compromiso previo. Ahora tengo que pedirle que se marche.

—¿Ahora? —pregunté yo.

—Inmediatamente.

Me quedé mirándola, pestañeando.

—Pero ¿y qué me dice de los gatitos? —¿Y Solberg? ¿Dónde narices estaba Solberg? ¿Y por qué tenía tanta prisa en echarme de su casa? Hacía menos de un minuto me había estado recitando el linaje de un gato que ascendía hasta el rey Tut.

—Estos gatos son mi familia, señorita Armonía. No los dejo en manos de cualquiera sin tener referencias.

—¿Referencias? —repetí.

—Y un cheque bancario

—¿No acepta metálico?

Su cara se paralizó.

—Creo que será mejor que se marche —dijo ella, y abriendo la puerta de la entrada de par en par, me empujó hacia la acera.

Recuperé los pedazos de mi dignidad y me dirigí con aire resuelto al Saturn. Una vez en él, di la vuelta al edificio de Hilary, aparqué en la calle y observé su casa durante media hora. Nadie salió de allí.

Mi mente daba vueltas en círculos cada vez más grandes. ¿Por qué de repente tenía tanta prisa para echarme? ¿Habrían sido Solberg y ella pareja en el pasado? ¿Sería ella una ex amante celosa?

¿O sería ella un ligue actual? ¿Quizá ésa era la razón por la que no había llamado a Elaine. Quizá tenía debilidad por las locas de los gatos con caras como bollitos. Debo admitir que aquello era un hecho positivo. Tenían que haber, al fin y al cabo, grupos de chicos y anémonas de mar para recordarnos que estas cosas pasan.

Pero quizá estaba tomando el camino equivocado. Quizá tenía a Solberg atado y amordazado en la habitación de los gatos.

Fruncí el ceño. Estaba a punto de oscurecer, así que volví a rodear el edificio con el coche, lentamente, reconociendo el vecindario. Al más puro estilo de Los Ángeles, las casas estaban apiñadas las unas contra las otras como pepinillos copulando en la polvorienta colina. Aparqué en Dayside Avenue y esperé otros quince minutos. El sol desaparecía con letárgica lentitud. Salí del coche, tomé aire y caminé un atajo cruzando el primer césped, como si fuera un golfista supervisando el octavo hoyo.

Ningún perro salió a arrancarme la pierna. Nadie me eliminó con ninguna pistola eléctrica.

Todo estaba bien, aunque al alcanzar la casa de Pershing sufría dolores en el pecho y tenía la vista borrosa.

Al final, pensé que ni mis problemas de salud ni mi valiente expedición me habían hecho ningún bien. A diferencia de la cocina y el salón, la ventana que daba a la habitación de los gatos tenía los postigos completamente cerrados, a excepción de una pequeña rendija por encima de mi cabeza.

Conduje a casa con mil pensamientos errantes flotando como confeti en mi cabeza, pero el que preponderaba era que o bien estaba mentalmente enferma o era una buena amiga.

Capítulo cinco

Un amigo es alguien que te acompaña en bicicleta a la heladería, incluso cuando no tienes muy buen aspecto.

LANEY, CEREBRITO BUTTERFIELD,
poco después de que le pusieran un aparato
para ortodoncia extra oral.

El sábado por la noche tenía la sensación de que mi cerebro había pasado por una trituradora.

Tenía el teléfono estropeado. Había engordado medio kilo y en mi baño se estaba empezando a fraguar una rebelión. Así que llamé a la compañía telefónica, me comí una zanahoria cruda y recé, puesto que no podía permitirme un sistema séptico.

Frustrada y nerviosa, pasé a comer patatas fritas a puñados y puse en común todo lo que sabía sobre Solberg. Era bajito, irritante, y se reía como un asno.

Disminuí el ritmo de los doritos y procuré entrar en mayor detalle. Ah, de acuerdo, era inteligente, rico, y estaba obsesionado con los ordenadores. Aquél parecía ser un tema recurrente. Así que ¿dónde podría estar tomando su chute de informática sino en su propio domicilio? Quizá estaba ocultándose en la casa de un amigo, tratando de pasar inadvertido hasta que fueran cuales fuesen sus problemas se disiparan. Pero de acuerdo a todo el mundo que lo conocía, sería mejor que aquel amigo tuviera un ordenador lo suficientemente potente para transportar al Friki al próximo milenio, o el rey de los *frikis* jamás sería feliz. ¿Y, en cualquier caso, cuáles eran las probabilidades de que Solberg tuviera algún amigo?

Sintiéndome sola y confundida, finalmente llamé a Elaine para invitarla al cine. Ella accedió. Al parecer, sólo había tenido que rechazar algo más de un par de ofertas desde que Solberg se había convertido en su principal interés. Me estremecí con sólo pensarlo y la miré desde la mesa.

Estábamos en Fosselman's, mi centro de alimentación poscine y mi heladería favorita del universo. La pequeña estructura de ladrillos fue construida en 1919, cuando Alhambra debía de ser un pueblo de vacas, en algún lugar del anexo fangoso de la demencia de la costa Oeste. Me gustaría pensar que son las luces de los vidrios de colores y el ambiente histórico lo que me atrae de este sitio, pero en realidad se limita a la grasa de sus postres.

—Bueno, ¿qué te ha parecido la película? —pregunté. Hugh Jackman había sido el gran reclamo de la película. Se había quitado la camisa en más de una ocasión. Para mí, había sido una experiencia religiosa.

—No lo sé. —Elaine se encogió de hombros y empezó a juguetear con su sorbete de limón. Su contenido calórico era una cifra de números negativos—. Creo que los personajes secundarios eran bastante pobres.

—Sí —coincidí, y me pregunté qué narices tenían que ver los actores secundarios con el torso desnudo de Hugo Jackman.

—Y algunas de las frases de Hugh eran muy planas. Por ciento diez millones, una piensa que va a tener una actuación un poco más inspirada.

—Ciento diez millones —dije yo, masticando pensativamente—. Por esa suma de dinero también tendría que haberse quitado los pantalones.

Ella me sonrió. Estuve a punto de sentir vergüenza ajena por aquel patético esfuerzo, justo cuando hablábamos de actuaciones deslucidas.

No quería sacar el tema, pero no podía evitarlo durante más tiempo.

—Por lo que respecta a Solberg, Elaine, yo…

Ella levantó la vista inmediatamente.

—Eh, ¿no te he dicho que voy a salir con el chico de los helados?

Cambié de marchas bruscamente.

—¿El chico de los helados? —repetí.

Ella asintió con la cabeza. Un chico joven permanecía de pie detrás del mostrador. No podía haber cumplido los veintitrés, pero tenía la típica expresión de todo hombre que se cruza en el camino de Laney; una mezcla de nostálgica esperanza y bobalicona adoración.

—¿Conoces al chico de los helados? —le pregunté.

—Se llama Andy.

Elaine no tenía reparos en mirar hacia él. A él se le pusieron de punta todos los pelos del cuerpo, ignorando estudiadamente a sus clientes. Había advertido aquel síndrome miles de veces, pero nunca dejaba de fascinarme.

—¿Y cuándo has conocido a Andy…?

—Hace un par de unos minutos —dijo ella—, mientras tú pedías.

—Ajá. —Tomé una última cucharada de crema montada y me recordé a mí misma no odiarla, aunque estaba convencida de que el joven Andy tendría el tipo de energía que pondría en evidencia a una secretaria—. ¿Aproximadamente cuántos años crees que tiene Andy?

Ella se encogió de hombros.

—La edad sólo importa si eres un producto alimenticio perecedero.

—¿Estás segura?

—Es la frase de una obra de teatro para la que hice una prueba una vez.

—Ajá. Porque a veces me siento como si fuera un plátano.

Ella me volvió a sonreír. Sentí que se me encogía el corazón. Había salido con ella para intentar convencerme a mí misma de que no estaba tan encaprichada con Solberg; lo más probable era que ni siquiera le gustara. Tal vez sólo se sentía apegada a su coche. Tenía un coche fabuloso.

Ella tomó un minúsculo sorbo de su sorbete y a continuación lo hizo a un lado.

—¿Estás lista?

—No te has terminado tu… —me quedé mirándolo— helado.

—Estoy llena.

—Claro. Seguro que has tomado un montón de aire hoy —dije yo, y se puso en pie antes de que le pudiera preguntar si me podía comer su postre. No me gustaba el sorbete. Pero una vez me había comido una bolsa entera de Cheetos de un tirón. Odio los Cheetos.

Unos segundos más tarde, me introducía en el asiento del copiloto del Mustang de época de Laney. Era impresionante, aunque muy difícil de mantener, o al menos eso era lo que decían los memos de mis hermanos. Pero al parecer, el mantenimiento no es problema para Elaine. Ella cuenta con un ejército de setenta y dos monos grasientos que darían sus brazos por hacer el trabajo gratis.

Tomamos la autopista de San Bernardino, viramos al oeste, y entramos a todo trapo en la autopista número cinco. Eran las nueve y media de un domingo por la noche, así que no había más que un millón de coches dando vueltas. En la hora punta, aquello no era más que un juego de niños.

Laney vive en un edificio de apartamentos en Sun Valley. No es una muy buena zona, pero, periódicamente, su arrendatario se niega a aceptar el alquiler. Tiene unos noventa años y lo más probable es que lo que le mantiene vivo sean las vistas de ella.

—¿Cómo fue la prueba para el culebrón? —le pregunté, y ella se apoyó cuidadosamente en su silla con respaldo de mimbre. Había decorado su apartamento con piezas primitivas cuidadosamente seleccionadas, lo cual significaba que el mobiliario podía ceder bajo nuestro peso en cualquier momento, especialmente después de que alguien se hubiera comido su peso en delicias altamente calóricas.

Ella hizo un gesto con la cabeza mientras servía algo parecido a algas pulverizadas en dos vasos agrietados. Elaine no toma alcohol… ni come, un mal hábito que se remonta a nuestra adolescencia, pero que se ha vuelto exacerbado desde que nos trasladamos al país de las estrellas de cine.

—Todavía no me han llamado. Col rizada y aloe —dijo mientras me alargaba el vaso. Había probado sus brebajes con anterioridad; al parecer, todos tenían increíbles propiedades beneficiosas… para las civilizaciones para las que las sangrías eran oro medicinal—. Pero hay otro papel para el que voy a hacer una prueba. Sería la pareja de Brady Corbet.

—Es genial. —No sabía quién era Brady Corbet. Pero estaría encantada de verla actuar de pareja de *Pippi*, el perro de la tele, si ello le hacía olvidarse de Solberg—. ¿Necesitas que te ayude con el texto?

—De acuerdo. —Ella desapareció unos instantes, y a continuación salió de su dormitorio con unas cuantas hojas de papel.

Eché un vistazo a la pila truncada.

—¿Un corto? —pregunté.

Me dio una copia.

—Sólo me han dado una parte —dijo ella—. No me han dado el guión entero.

—Ah. —Pude comprender la jerga. Es virtualmente imposible vivir en Los Ángeles sin que se te pegue un poco de la tontería del mundo del espectáculo—. ¿Cómo se llama?

—*A la luz de la luna del Bronx* —dijo ella, echando una ojeada a la primera página.

Vaya.

—¿Y yo quién soy?

—Tú eres un sinvergüenza.

Pensé en mis acciones de los dos últimos días. Sustracción de correspondencia, falsa identidad… me pareció adecuado.

—De acuerdo.

—Tú te llamas Hawke.

—Perfecto. ¿Y tú?

—Yo soy Dulce, tu cómplice. Está situada en la época de la depresión.

—Muy bien, dulce pastelito —dije ceceando todo lo mejor que pude.

No estoy muy segura de a quién estaba intentando imitar. Quizá a James Cagney, o a un loro con pérdidas de audición.

—«Todo iría mejor si no me hicieras querer pegarte una bofetada» —dijo Laney.

—Tomaré nota de ello —dije, y leí en silencio mi parte. Vamos a ver, yo no soy ninguna experta, pero estoy bastante segura de que el guión hubiera hecho parecer *Una relación peligrosa*, con Benn Affleck, un éxito de taquilla.

—«Hoy me han detenido —dijo ella, mirando a sus papeles—. Ha sido la poli.»

—«La poli» —repetí, volviéndome a apropiar de la voz de Cagney—. Me gusta como suena. Si el tema de la psicología no me funciona, quizá lo intente con la interpretación.

—Por favor, no lo hagas —dijo ella con sentimiento, y a continuación—. «Da igual, hoy me han detenido y me han dado unos cuantos palos.»

—«¡Cabrones! ¡No se puede confiar en esos repugnantes maderos!»

Elaine me miró fijamente. Pensé que la jerga de mi personaje estaba mejorando.

—«Ahora te han pillado.»

—«Jamás me atraparán con vida.»

—Ya lo han hecho. Vamos allá: «Hawke —dijo ella, con la voz débil, como si le faltara oxígeno y quizá un par de neuronas—. No. Tú no. ¿Por qué has venido? No tendrías que haber venido.»

Encontré mi parte con el dedo en la frase.

—«No podría mantenerme al margen, verdad, ¿pastelito?»

—«Puedes hacer todo lo que quieras, Hawke —susurró ella—. Como siempre.»

Yo me reí entre dientes siguiendo el guión. Dios. Sonó fatal pero el espectáculo debía continuar.

—«Da la casualidad de que quería ver tu cara —entoné—. ¿Cómo te va, muñeca?»

Ella inclinó la cabeza.

—«He estado mejor. Pero con sólo oír tu voz… —Ella sonrió con nostalgia y alargó la mano como si fuera a tocarme—. Te he echado de menos.»

—«Creo que yo también te he echado de menos.»

—Entonces, bla, bla, bla. El poli dice que quiere llevárseme y entonces… —Ella se calló e hizo una mueca—. «¡No! —gimió—. Llévame a mí también. Yo soy igual de culpable que él.»

—«Tú te quedas, pastelito» —dije yo.

Ella me miró a los ojos.

—«Supongo que fue bonito mientras duró, ¿eh?» —musitó ella, rezumando tragedia desde el último poro de su piel.

—«Todas las cosas buenas tienen su fin.»

—De acuerdo —dijo Elaine, con la voz normal—. Ahora intercambiamos una mirada harto significativa y entramos en acción.

Yo levanté la vista.

—¿Lo hacemos?

—Sí. Somos capos de los duros.

—¿Conseguimos escapar?

—Por supuesto —dijo ella, y tomó un sorbo de su zumo sin apenas gesticular—. Pastelito creció en las calles más peligrosas de Nueva York.

—Bueno, mejor para ella. —Seguí su ejemplo y tomé zumo. No iba ahora a sustituirlo por una copa de champán pero, aún así las hierbas eran más idóneas para una carrera de caballos—. ¿Harías tú misma la escena de la pelea?

—No lo sé. Quizá —ella se encogió de hombros—. Wyatt me enseñó a pegar un puñetazo.

—¿Wyatt?

Ella se dejó caer en el sofá, extendiendo los pies bajo sus inexistentes muslos.

—¿Recuerdas el chico de las artes marciales?

—Ah, sí. —Wyatt era un tío muy apuesto, y estaba loco por ella—. ¿Lo continúas viendo?

—No. No desde… —Ella se detuvo bruscamente y empezó a juguetear con el guión—. Desde hace un tiempo.

No desde Solberg. Interpreté. Mierda.

Yo me negué a ponerme inquieta y levanté mi presunta bebida.

—Bueno, pastelito y yo no necesitamos ningún Wyatt en nuestra vida. Crecimos con hermanos.

—Claro que sí —dijo ella, tratando de sonreír. Era algo inestable en los bordes. Menuda mierda—. La versión de los McMullen de la supervivencia del más fuerte.

—Trata a los demás como te gustaría que te trataran a ti —dije yo.

Aquella maldita sonrisa otra vez. Me daba ganas de llorar…

o golpear a alguien. Un millón de años en la universidad, un doctorado, y no podía cambiar mi ascendencia irlandesa.

Ella se aclaró la garganta. Sabía lo que iba a decir antes de que llegara a pronunciar las palabras.

—Por cierto, no habrás averiguado algo sobre… mm… Jeen, ¿verdad?

No sabía por dónde narices empezar.

—Escúchame, Laney, estoy segura…

—Está bien —me interrumpió, y se puso en pie bruscamente—. De verdad.

A ella se le iluminó la sonrisa un par de vatios.

—He decidido continuar adelante.

—¿Mover el culo? —pregunté.

Ella se encogió de hombros.

—Tampoco hay para tanto, Mac.

—Pero ¿por qué?

—Porque Jeen ha pasado de mí.

Noté que me chirriaban los premolares, pero ella volvió a sonreír. El gesto no se extendió a sus ojos. Dios, ni siquiera llegó a alcanzar la nariz.

—Lo más probable es que haya conocido a otra persona. —Se encogió de hombros—. Tampoco me voy a morir por ello.

«Puede —pensé—. Pero él sí. Cuando lo encuentre.»

Un oscuro presentimiento me revolvió el estómago. O quizá era la col rizada.

—Quizá debería ir a Las Vegas.

—¿Cómo? ¿Por qué?

—Sólo porque él… —Hizo una pausa y dejó su vaso a un lado—. El hecho de que no seamos pareja no significa que no me preocupe por él. Quiero decir, ¿y si está herido?

—Entonces mi trabajo habrá terminado.

—¿Qué?

—No debe de haber acabado con sus asuntos. —Buena tapadera, como si Elaine fuera una cualquiera. Lamentablemente, era una chica extraordinariamente bella con un coeficiente intelectual estratosférico y un extrañamente frágil corazón. Un corazón que no podía soportar ver roto. ¿Y si se marchaba a Las Vegas? ¿Y si encontraba a Solberg? ¿Y si realmente hubiera perdido la chaveta y se lo encontraba con una mujerzuela cuya talla de sujetador…? Entonces, ¿qué?—. Escúchame —dije yo—. No hagas ninguna tontería. Estoy segura de que todo va bien.

Ella se encogió de hombros.

—Espera unos cuantos días más. Aparecerá.

—¿Tú crees? —Sus ojos se humedecieron.

—Estoy convencida —dije, jurando sobre las futuras tumbas de mis hermanos que redoblaría mis esfuerzos para encontrar a ese enano pringado y huesudo.

Capítulo seis

Analicemos el sentido de la figura retórica del oxímoron. Sentido común, por ejemplo.

La hermana Celeste,
en la primera hora de inglés.

*E*ra la media noche pasada cuando llegué a la casa de Solberg. O, para ser más exactos, cuando llegué a media manzana de la calle en la que se encontraba la casa de Solberg. Lo había llamado cien veces desde mi teléfono móvil de camino allí, sólo para cerciorarme de que no estaba en casa.

O bien no estaba ahí o el rigor mortis había hecho su aparición. Nadie podía resistirse a coger el teléfono durante tanto tiempo y continuar respirando.

El corazón me latía con fuerza y tenía la boca seca mientras apagaba el Saturn pero, maldita fuera, nadie rechazaba a Laney Butterfield.

Iba a llegar hasta el fondo de todo aquello. En otras palabras, iba a encontrar a Solberg, y si continuaba vivo, lo mataría.

Me senté en la oscuridad y me puse a pensar. «Qué narices estás haciendo», fue lo primero que me vino a la cabeza. Pero estaba cargada con doce mil gramos de grasa y la cólera de una novia, así que finalmente saqué las llaves del contacto, apagué la luz interior y me fundí silenciosamente en la noche. De acuerdo, «silenciosamente» hubiera sido un nombre poco apropiado, puesto que se me cayeron las llaves al suelo y retumbaron como una salva de cañonazos. Pero me perdí en la noche. Las farolas bordeaban el curvo bulevar, pero continuaba estando relativamente oscuro.

No había vuelto a casa después de lo de Elaine. En lugar de ello, después de su terrible numerito de «me importan un pimiento» había conducido directamente hacia La Canada.

Por suerte, suelo llevar ropa negra por regla general. No porque adelgace. Cuando eres esbelta por naturaleza como yo, no tienes que preocuparte por semejantes mundanidades. Sólo lo llevo porque es elegante. Bajé la vista hacia mi calzado. Reeboks. No se puede tener más clase que con unas Reeboks. Al menos si eres un merodeador.

Pequeñas piedras de grava crujían bajo mis pies. Hice una pausa, sin dejar de escuchar, y a continuación proseguí. Me hubiera gustado tomar un atajo y atravesar el césped, pero los aspersores volvían a estar en marcha, así que me detuve al final de la calle de Solberg y miré disimuladamente a ambos lados de Awsonia Lane. El corazón no se me salió del pecho. Qué casualidad. No había un alma. Lo que significaba que los niños debían de estar cómodos y calentitos en sus camas.

La cuesta del camino de la casa de Solberg fue como ascender el Everest. No es que lo hubiera hecho antes. En realidad, ni siquiera me gustan las cintas caminadoras, y no obstante…

Al llegar a la puerta de entrada, mi corazón latía como una batidora a máxima velocidad, pero puse cara de despreocupación y toqué el timbre. En el interior de la casa el candelabro continuaba encendido y sonó aquella extraña melodía electrónica.

No se oyó ningún otro ruido. Lo volví a intentar, presionando el botón y contando hasta diez. Pero no pasó nada. La melodía se fue apagando hasta caer en el olvido. Quizá sólo estaba intentando retrasar lo inevitable cuando volví a pulsar el timbre por tercera vez. Pero los resultados fueron los mismos.

Miré de nuevo a mi alrededor. Estaba bastante segura de que no habría sobrevivido al impacto si hubiera visto a alguien, pero estaba completamente sola. Todo indicaba que quizá también estuviera chiflada.

Llamé al departamento del *sheriff* y fui fríamente informada de que la comisaría de La Crescenta estaba haciendo todo lo que estaba en sus manos; que, determiné después de aproximadamente treinta segundos de conversación, era poco más que menos.

Así que, armándome de coraje, me introduje en los arbustos. Desde la penumbra, examiné el vecindario de nuevo. Los surtidores zumbaban. Un perro ladraba en algún lugar de la escarpada oscuridad de las montañas de San Gabriel. Fuera de esto, nada.

Tragué saliva y me puse manos a la obra. Había leído en algún lado que alrededor del setenta y cinco por ciento de los americanos ocultan la llave de su casa cerca de la puerta de entrada, pero no iba a confiar en aquella creencia popular. En lugar de ello, dediqué una nauseabunda cantidad de tiempo a recordar todo lo que pude acerca de Solberg —toda conversación infestada de rebuznos, cada estúpida insinuación— y antes de poder vomitar me acordé de una de sus empalagosas invitaciones.

Estaba borracho como una cuba y precariamente sentado en un taburete del Jabalí Verrugoso, donde yo trabajé durante un par de eternidades.

—Cada vez que necesites el amor de un pequeño *friki*, preciosidad, dejaré la puerta de mi casa abierta para ti.

—¿Y no te preocupa que una camarera de cócteles te pueda asesinar mientras duermes, Solberg? —le había preguntado.

Él me hizo una demostración de su risa de asno. Siempre estaba bien, pero en combinación con seis Jack Daniels y un Sex on the Beach, era casi perfecta. Me abstuve de ahogarlo en su whisky.

—Soy un genio de la informática, nena. Tengo un sistema de seguridad que podría dominar el mundo. Independientemente del número de llaves que deje bajo rocas falsas, nadie puede esquivar mi sistema de seguridad.

De acuerdo. Permanecí en pie sudando como un toro mecánico en el camino de entrada a su casa. Cierto era, la conversación tuvo lugar hacía una eternidad y a medio continente de allí, pero según el refrán, la cabra siempre tira al monte. No tenía la menor duda de que los capullos informáticos también.

Eché otro vistazo a mi alrededor para asegurarme de que estaba sola. A pesar de ello, continué examinando el movimiento de las sombras mientras me arrodillaba. Me saqué una espina de agracejo del sujetador y continuación busqué a tientas entre las piedras de lava que rodeaban los arbustos. Nada.

Avanzando sobre manos y pies, continué mi búsqueda, empezando cerca de la casa y prosiguiendo en dirección a la calle. Me introduje en dos indistinguibles montículos de follaje, prosiguiendo mi camino hacia la calle, y, allí, oculto entre una camelia tenazmente floreciente, di con una piedra del tamaño aproximado de mi puño.

Conteniendo la respiración, la recogí y, no cabía la menor duda, estaba hueca. Apoyé el peso de mi cuerpo en los talones y procuré controlar mi respiración.

No estaba haciendo nada malo, me recordé a mí misma. Bueno, estaba haciéndole un favor a una amiga. De hecho, estaba haciéndole un favor a la policía; haciendo su trabajo. Si me descubrían, les haría saber que no tenían que darme las gracias por ello.

Pero, al parecer, mi sistema respiratorio no concordaba con mi estado de mente filantrópico, porque jadeaba como si fuera un gordo cualquiera en un concurso de pasteles.

Esperé unos instantes. Mis manos estuvieron a punto de dejar de temblar. Chrissy McMullen, la temeraria aventurera.

El tapón de goma en la base de la piedra falsa se desprendió con facilidad. Dentro había una llave. La deposité en la palma de mi mano y sentí la euforia del triunfo. Pero pasó rápidamente, seguida por un sudor frío.

Tenía que superar el tan laureado sistema de seguridad. Pero no hacía mucho, había arrastrado al pequeño *friki* por las azaleas de su jardín, justo donde él había devuelto medio litro de predigerido alcohol. Me dio el código de seguridad arrastrando las palabras al hablar. Pero había sido memorable. Treinta y seis, veinticuatro, treinta y seis.

Introduje la llave en el cerrojo y procuré no pensar en qué significaba que todavía me acordara de aquellas cifras. Freud se lo hubiera pasado bien, aunque también había sido él quien había acuñado el término «envidia del pene». Freud no estaba muy bien de la cabeza; cómo si yo quisiera tener otro miembro colgando de mi cuerpo.

La puerta chirrió al abrirse. Parecía el preludio de una película de terror, y a pesar de que la luz en el interior era lo suficientemente potente como para iluminar el estadio de los Dodgers, no pude evitar mirar frenéticamente a mi alrededor. No obstante, no había ningún asesino lascivo ni *frikis* adúlteros esperándome en la entrada. Respiré hondo, cerré la puerta, y tecleé los números incorrectamente.

Me descubrí apelando al nombre de Jesús entre dientes. Él no apareció para salvarme pero después de uno o dos segundos interminables, una luz verde parpadeó. ¿Coincidencia? No lo creo. Me dejé caer en pared, farfullando palabras de agradecimiento hasta que me sentí con las fuerzas suficientes como para introducirme en las entrañas de la mansión.

Consideré apagar las luces, pero la idea de recorrer la casa en la oscuridad me paralizaba de terror. Así que me di la vuelta algo indecisa y me introduje en sus interioridades.

Avancé por la casa como si estuviera minada. La cocina estaba situada a mi izquierda, revestida de algo que parecía mármol italiano, aunque no estoy muy instruida en las nacionalidades de las rocas. Una estancia enorme se extendía justo enfrente. Ocupaba el otro extremo de la habitación una televisión del tamaño aproximado de mi garaje. Dios santo. Si fuera un ladrón… y hubiera traído una grúa… eso sería lo primero que levantaría.

Pero no era un ladrón. Repetí esta frase tres veces en mi cabeza, esperando que sonara lo suficientemente convincente en caso de que apareciera la policía.

Recorriendo un pasillo del tamaño de un camión de remolque, advertí otra estancia. Parecía, a primera vista, la única habitación con puertas. Me dirigí de puntillas hacia aquella habitación y me introduje en ella. Todos los aparatos conocidos por el hombre estaban allí. Además de algunos otros que estaba convencida de que eran desconocidos por todo el planeta, extraterrestres incluidos.

Un disco plateado que parecía una nave espacial en miniatura despedía una luz azul intermitente desde el techo. Un artilugio con varias manos de plástico y neón verde avanzaba a tientas desde el escritorio, y un teclado grabado con extraños símbolos estaba apoyado contra la pared. Pero fueron las fotos lo que llamaron mi atención.

Había decenas de ellas. Fuera de aquella habitación, las paredes lucían arte moderno, cuidadosamente enmarcado en resplandeciente cromo. Pero ahí dentro era distinto. Privado del toque glacial de cualquier decorador, había fotos por todas partes. Desnudas y sin enmarcar, colgadas en las paredes, apoyadas contra aparatos electrónicos y pegadas al mobiliario.

Y todas eran de Elaine.

A decir verdad, me tranquilicé. Al fin y al cabo, parecía muy poco probable que Solberg se hubiera enamorado de alguna otra persona cuando Elaine lo miraba desde todas las perspectivas posibles. Por otro lado, en algunas de las fotos aparecían los dos juntos. Y aquello era desconcertarte. Era como ver a un tiburón y un cachorro acurrucados en un sofá. Sencillamente, no estaba bien.

Alejando de mi mente la flagrante incorrección de las fotos, empecé a revolver en su escritorio buscando Dios sabe qué. El desorden que escapaba al resto de la casa se concentraba en aquel despacho. Examiné uno a uno sus papeles.

Bajo una pila insólitamente ordenada de papeles, encontré un contestador automático de acero inoxidable que parecía tener aspiraciones a convertirse en una nave espacial. La parte superior era una cúpula de reluciente plata. Estuve tanteándolo durante unos minutos y lo abrí de par en par, dejando al descubierto un número de botones suficiente como para operar el Sputnik. Varios de ellos parecían activar diferentes idiomas. Presioné el botón de «inglés» y fui milagrosamente recompensada con sus mensajes. Había dos de Elaine preguntándole si se había retrasado, uno de un tipo que se ofrecía para limpiarle la moqueta, uno de su madre y otro de Hilary.

Me quedé petrificada cuando ella se presentó: «Sí, Solberg, soy Pershing. Sólo quería decirte que esto no se ha terminado. ¿Lo pillas? Esto se va a volver en tu contra y va a explotarte en la cara».

Lo volví a escuchar. Como era de esperar, era el mismo mensaje. Pero ¿qué significaba? ¿Y cuándo fue registrado? La débil voz que anunciaba el día y hora dijo que había sido recibido el 29 de abril, que era aproximadamente nueve meses atrás. Lo que significaba que ni siquiera Solberg era lo suficientemente *friki* como para averiguar el funcionamiento de aquel contestador automático.

Continué buscando. Para mi desgracia, no había ninguna lista negra en la que encontrar enemigos. Tampoco había ninguna agenda planificada. Fueran cuales fuesen las notas que Solberg hubiera dejado respecto a su calendario habían desaparecido.

A no ser que las guardara en su ordenador.

Al pensar en ello, todas las demás posibilidades me parecieron tan caducadas como un yogur del año pasado. Así que después de echar una rápida ojeada en busca de su escritorio, me senté en su silla y encendí su PC. Aquel ordenador sonaba a vida inteligente; el Lamborghini del mundo de la informática. Una foto de Elaine apareció en la pantalla. Estaba sentada en la hamaca de un porche. La luz del sol daba en su pelo desde un ángulo oblicuo y su sonrisa era perfecta como la de una niña. Lancé un suspiro y proseguí.

Pero, como era de esperar, todo lo que sabía hacer era encender el sistema. Los estudios psicológicos no suelen profundizar en el mundo de la informática. Había aprendido muy pocas cosas desde que surgió la moda de los ordenadores, un par de décadas atrás. Pero pude encontrar algo que tenía el aspecto de un calendario y cliqué encima de él en la pantalla. Surgió octubre. Había varias anotaciones: comidas, citas y vuelos, todos ellos con una apariencia completamente inocente; y aburrida.

Me desplacé a noviembre. No era mucho más fascinante que el mes anterior, salvo por un mensaje escrito en el día 13. Decía «Combot» y estaba marcado con dos símbolos del dólar a cada lado.

Me senté y miré fijamente a la pantalla. ¿Qué demonios significaba aquello? ¿Y dónde estaría aquella rata apestosa? «Quizá sus mensajes de correo electrónicos me den alguna pista», pensé, concentrada en la tarea de encontrarlos. Pero al dar con el formulario de contraseña, mi repertorio de recursos se reveló más bien escaso.

Me quedé mirando la pantalla. Ésta decía que eran las 2:44 de la mañana del 14 de noviembre. Ya no me acordaba de la última vez que me fumé un cigarrillo. ¿Significaba aquello que me había pasado al lado oscuro de la cordura? O quizá…

Al parecer, había estado allí sentada más tiempo del que recordaba, puesto que en la pantalla apareció una sucesión de fotos en movimiento. Una vez más, eran de Elaine.

Controlé mis náuseas. No lo niego, estaría muy bien que alguien me adorara con semejante y turbadora intensidad, siempre y cuando fuera un ser humano y…

¡Eso era! Su contraseña. Tenía algo que ver con Elaine.

Toqué una tecla. La pantalla volvió al trabajo. Tecleé «Elaine». Fue denegada. También lo fue «Butterfield», el cumpleaños de Laney y «bomboncito de nata». Lo intenté con palabras enfermizamente empalagosas como «amor» y «amore» y «para siempre». Tampoco funcionó.

Y a continuación, en el límite de la profusión de ideas, tecleé «ángel» e inmediatamente se me dio la bienvenida al sanctasanctórum.

Había cuarenta y siete mensajes. Hice una mueca al ver el número de mensajes. Si yo descuidaba el ordenador durante un par de semanas, tendría aproximadamente novecientos. Claro que alguien estaba obsesionado con enviarme publicidad sobre alargamientos de pene, y desde entonces, contrariamente a las afirmaciones de Freud, no quiero ningún pene, los considero mensajes basura. Por mucho que Solberg tuviera un filtro de correo no deseado, hubiera recibido más de setenta y cuatro mensajes. ¿No? Él era el rey de los *frikis*. Lo más probable era que pidiera hamburguesas por Internet.

No sabía lo que significaba todo aquello, pero parecía probable que él hubiera leído sus mensajes electrónicos recientemente. Eché un vistazo a la columna de la derecha y descubrí que el mensaje más reciente era del 13 de octubre; el día que se suponía que debía volver a Los Ángeles. Leí los mensajes uno a uno. Dos de ellos eran de Elaine. Leí por encima su contenido, sintiéndome culpable por invadir su intimidad, pero todo podía constituir una prueba. El resto de mensajes eran soporíferos. Sin embargo, confeccioné una lista con todas las direcciones y los nombres de los autores. La introduje en mi bolso, eché una rápida ojeada al resto de la habitación y salí al vestíbulo.

No parecía merecer la pena registrar el resto de la planta baja, pero le di una pasada por encima.

Como era de esperar, la cocina era lo más interesante, no sólo porque encontré una caja de galletas Oreo en el armario. No había ninguna botella de aquella porquería de aloe. De hecho, no había nada que demostrara que Elaine había estado ahí.

Ni una gota de comida sana, ningún guión de película abandonado.

Me alejé y consideré detenidamente aquella situación. ¿Era posible que jamás hubiera estado en la casa de Solberg? Y si así era, ¿por qué?

Degusté otra Oreo y reflexioné.

Quizá Solberg no confiaba en sí mismo lo suficiente como para llevar a Elaine a su domicilio. Vamos a ver, según Laney, él jamás se le había insinuado, y ¿qué probabilidades había de que él pudiera permanecer en su guarida con una mujer como Elaine y no disparar una de sus estúpidas insinuaciones?

Eché un vistazo a la nevera por si encontraba leche, pero sólo había cola y un par de latas de Red Bull. No suelo beber ácido de batería, así que tomé otra galleta y mastiqué mientras continuaba mi búsqueda.

Unos minutos más tarde subía las escaleras. Crujieron bajo mi peso, pero las Oreo me habían envalentonado y ya no veía fantasmas en las esquinas.

La distribución de la casa era tal como la recordaba. La planta baja era enorme, pero la planta superior estaba un tanto truncada y me senté en lo alto de las escaleras para reconocer el resto de la casa a vuelo de pájaro.

Empecé con la habitación que me quedaba más cerca. Tan grande como un jardín vegetal, contaba con una piscina, una ducha y calefacción en el suelo; en caso de que la predicción del día del juicio final se cumpliera y el infierno realmente se helara, supongo. El armario de las toallas no rebelaba nada especial... a excepción de toallas y una falta deplorable de color. Los tonos grises estaban empezando a sumirme en un estado de catatonia.

El botiquín, sin embargo, me despertó al sugerirme que Solberg tenía otros problemas a parte de los más obvios.

En un intento por recrear mis fantasías de la detective Nancy Drew, me hice con dos botellas recetadas de la estantería y las introduje en mi bolso. Vete tú a saber. Quizá terminaría interrogando a su farmacéutico. O quizá algún día cambiaría de opinión acerca del tema del pene y querría una erección de las buenas de verdad.

Alucinada por mis propios pensamientos, sacudí la cabeza y continué andando.

Quizá no me tendría que sorprender el hecho de encontrarme con un gimnasio. Lo que quiero decir es que Solberg querría estar atractivo para las mujeres.

Pasé por delante de la resplandeciente maquinaria. No soy Richard Simona pero me pareció bastante sofisticada. El banco de musculación tenía una carga de veintidós kilos. Casi sentí pena por él mientras me dirigía al dormitorio.

Estaba tan ordenado como el baúl de una abuela. La colcha de seda blanca estaba tan firmemente extendida en la cama que si hubiera arrojado una moneda, hubiera rebotado. Me abstuve de comprobarlo… o de tocar las sábanas.

Su armario estaba perfectamente ordenado. Tenía ocho pares de zapatos, alineados frente a la pared del fondo. Parecían demasiados para un chico… pero, al fin y al cabo, Solberg no era un chico de verdad. Tenía los cajones en orden. Revolví entre algunas prendas hasta encontrar su ropa interior. Necesitaría una orden judicial y la promesa de una noche tórrida con Russell Crowe para convencerme de tocar aquello.

Finalmente, me coloqué en el centro de la habitación y la examiné con los ojos de Agatha Christie. Si aquello hubiera sido un programa de televisión, seguro que ya hubiera encontrado una caja fuerte detrás de un cuadro. En su interior habría una nota que me diría el paradero de Solberg y el motivo por el que no había vuelto a casa.

Sólo había un cuadro en la habitación. Quise verificarlo, pero la pared que había detrás estaba desprovista de cajas fuertes… y notas.

Corrí las cortinas. Llegaban hasta el suelo, y si me preguntaran, eran de seda y estambre. Pero no había ninguna caja fuerte tras ellas. En su lugar había una terraza. Eché un vistazo afuera, a través de la cristalera, y menuda terraza. Llegaba hasta el otro extremo de la casa, con unas escaleras de espiral que daban a otra terraza y, finalmente, al infinito jardín. Lamentablemente, no encontré ninguna pista respecto al paradero de Solberg. Aunque tampoco había ninguna razón para pensar que las tenía que haber. Si no había encontrado nada en su despacho, donde pasaba la mayor parte de su tiempo ejerciendo de genio de la informática…

Pero un momento, si sus ideas eran tan valiosas, ¿por qué no había cerrado con llave su despacho? La mayoría de estadounidenses eran paranoicos por naturaleza y los angelinos suelen bordar la psicosis. Estaba convencida de que un hombre con unos cuantos millones en el banco tenía algo que ocultar. Pero ¿dónde se aseguraría semejante memo integral de ocultar algo de la vista de los demás?

Mi mirada se detuvo en el cajón de la ropa interior. Hice un gesto de dolor, pero continué penosamente por la frondosa alfombra.

Había calzoncillos tirados por doquier. Hice una mueca de asco, hice una pila a un lado, luego otra, y allí, oculto en el fondo del cajón, había un CD.

Lo acerqué lentamente a la luz y lo miré detenidamente. Escrita en rojo en el disco plateado estaba la palabra COMBOT.

Vaya, el muy astuto…

Mis pensamientos se interrumpieron en mitad del insulto.

¿Había oído un ruido?

Me quedé helada como un témpano de hielo. Dejando caer el disco en mi bolso, dirigí la vista hacia el pasillo.

¿Había cerrado la puerta de entrada?

Claro que lo había hecho. Se tenía que ser muy tonto para irrumpir en una casa ajena y olvidarse de cerrar la puerta con llave.

¡Maldita sea! Me había olvidado de cerrar la puerta con llave.

Abajo, en la planta baja, se oyó un crujido.

Estuve a punto de echarme a gritar mientras me dirigía, sobresaltada, hacia el pasillo. Podía ver la pared de enfrente de la planta baja, pero no mucho más.

Oí el ruido de un objeto golpeando contra algo sólido. ¿El cañón de una pistola contra la pared? ¿El filo de un cuchillo contra el pasamanos de las escaleras? ¿Una granada contra…?

Mi imaginación se detuvo en seco. No era necesario que analizara la situación. Tenía que esconderme. Pero ¿dónde? Miré a mi alrededor, estudiando las diferentes opciones. Detrás de las cortinas. Detrás de la puerta. ¡Debajo de la cama!

Me arrojé al suelo y me metí debajo de la cama. En aquel preciso momento supe que estaba total y rematadamente loca. ¿Debajo de la cama? ¿Por qué debajo de la cama? El armario era más grande. Y si el intruso resultaba ser Solberg, que volvía a casa después de dos semanas de lujuria y desenfreno, sólo tenía que aparecer de la nada y darle un susto de muerte, en lugar de golpearlo hasta que perdiera el conocimiento tal como había planeado. O…

Oí algo que parecían pasos deslizándose por baldosas. ¿Estaría el intruso en la cocina? Eso significaría que se encontraba cerca de las escaleras.

Miré hacia la puerta con los ojos desorbitados, me golpeé la cabeza contra las tablas de la cama y logré salir de ella retorciéndome, arrastrando mi bolso tras de mí.

Avancé a paso de ganso hacia la puerta. Había dejado las puertas correderas del armario parcialmente abiertas. Me introduje en su interior. La correa de mi bolso se enganchó en el pomo de la puerta mientras el corazón golpeaba mis costillas cual martillazos. Dirigí la mirada hacia el pasillo. Nada. Di un tirón. El bolso cayó en el armario armando semejante jaleo como para levantar un muerto. Contuve la respiración. «No pienses en la muerte. No pienses en…»

Supe que estaba ahí desde el mismo momento en que entró. Hay quien dice que siente las cosas en los huesos. Yo las siento en los pies. Sentí un hormigueo en la espalda. Curvé los dedos de los pies y contuve la respiración. Se oyó un ruido parecido a un susurro, como de ropa rozando un objeto inmóvil.

El tiempo pendía cual guadaña sobre mi cuello.

A juzgar por los ruidos, parecía que alguien volvía a casa. Un suspiro. El ruido del arrastrar de pies. El tintineo de llaves arrojadas a la mesita de noche.

Dios santo. Era Solberg. Sentí que me paralizaba, demasiado para considerar la paliza que había planeado. Mirando de refilón a ambos lados, me preparé para revelar mi presencia cuando mi mirada recorrió el borde de la puerta, y lo primero que advirtió fue un par de infinitos pantalones. La segunda fue la nuca de un pelo lleno de pelo negro.

Retrocedí en el armario. No era Solberg. Solberg no tenía espaldas, ni pelo.

Contuve la respiración, esperando a ser descubierta. No ocurrió nada, salvo que me meé un poco en los pantalones.

Me llevé la mano a la boca, tomé aire cuidadosamente y procuré pensar.

De acuerdo, ¿qué es lo que sabía? No demasiado. El hombre con el que compartía habitación era un hombre enorme con… reuniendo todo el valor del que fui capaz, me incliné unos escasos centímetros y eché un vistazo a través de las puertas correderas.

Todo lo que vi fue un arma.

Dios santo.

Seguro que había una explicación detrás de todo aquello. Al fin y al cabo, aquello era mi verdadera vida. Mi vida. Christina McMullen, doctora. Cuatro meses atrás, lo más interesante que me había ocurrido tuvo lugar en el asiento trasero del Corvette de Jimmy Magda. Daba unos besos de campeonato y…

Un fuerte chasquido me devolvió a mi nueva realidad más pronto que canta un gallo. A través de la estrecha abertura de las puertas correderas, pude ver al intruso de pie al lado de la terraza. Mirando al exterior. ¿Por qué narices no había salido yo a la terraza? ¿Sabía él que no estaba solo? ¿Me habría visto entrar?

No. No era posible.

Aquello era ridículo. Algún lamentable malentendido.

Probablemente era un amigo de Solberg. Probablemente no era un arma de verdad.

«Por supuesto. Claro que sí, Chrissy.» El rey de los *frikis* tenía amigos de uno noventa con espaldas de jugador de fútbol americano que, de vez en cuando, entran a escondidas en su casa en mitad de la noche con una enorme pistola de agua y registran las habitaciones en busca de habitantes. Simplemente era algo que solían hacer cuando estaban aburridos.

¿En qué lío me había metido?

Entonces me acordé de rezar, con sinceridad y piedad, prometiéndome limpiarme los dientes con hilo dental después de cada comida y deshacerme de los cigarrillos que tenía escondidos en el bolso y…

¡El espray! ¿Todavía tenía aquel espray de defensa personal en el bolso?

Tal como creía en mis plegarias, pensé que tenía que haber algún modo de intervención más directo. Me llevé el bolso al pecho.

Me temblaban las manos. Bálsamo labial, talonario de cheques y una chocolatina empezada. Nada. A menos que quisiera sobornarlo con un cheque y clavarle un bolígrafo en el ojo, no tenía…

¡El teléfono móvil!

Me parpadeó desde el fondo de mi bolso. Mi mente buscaba desesperadamente posibilidades.

Se lo podía arrojar. O… mucho mejor, podía llamar a la policía.

Pero si hablaba, me oiría, me sacaría del armario por el pelo y… me lo acababa de teñir, un bello color caoba que resaltaba mis ojos y…

Él murmuró algo. Yo tragué saliva, confundida, mientras procuraba pensar en un plan B.

Tenía el teléfono en la mano. Entonces se me ocurrió una idea. Podía llamar al teléfono fijo de Solberg. ¿No le intrigaría al peludo pistolero quién llamaba a las 3:07 de la madrugada? Y por consiguiente, ¿no bajaría trotando por las escaleras para revisar el contestador automático en el despacho?

¿Acaso me iba a morir si suponía mal? Literalmente.

Abrí el teléfono. ¿Y si la llamada no se efectuaba? A veces ocurría. Los dígitos resplandecieron azules. Levanté inmediatamente la mirada, algunos números brillaban por la puerta abierta como una estrella recién descubierta. Quizá podía cegar al intruso.

Oí el golpeteo de sus pasos contra un suelo de baldosas. Estaba en el baño. Podía imaginarlo echando un vistazo y recé para que entrara en él. Una ducha le sentaría muy bien. Quizá un jacuzzi. Pero sus pasos no fueron más allá del suelo de azulejos. No había ropa a la vista mientras pasaban por el suelo climatizado.

Tampoco oí el fluir del agua ni deliciosas salpicaduras mientras se preparaba para tomar un baño.

De hecho, casi podía oírle volviendo su atención al armario. Ahora o nunca. Sujeté el teléfono con fuerza hasta que me dolieron los nudillos de la mano.

Solberg era el último número que había marcado. Posé mi dedo en el botón de llamada y me quedé paralizada. ¿Mi teléfono pitaba cuando marcaba? ¿Estaba segura de que no había llamado a otra persona en lugar de a Solberg? ¿Podía aquel hombre peludo oírme hiperventilando en el armario?

Introduciendo el teléfono en el bolso, me encorvé para amortiguar el ruido, pulsé la tecla de llamada, dirigí la cabeza frenéticamente hacia el crujido de la puerta y contuve la respiración.

Todo lo que pude ver fue la esquina de la cama colosal y un tramo de pared de color mate.

Pero entonces oí algo, un ruido indefinido. ¿Acaso él había hablado? ¿Había perjurado? ¿Me había oído? ¿Estaba él…?

El teléfono retumbó en la habitación. Creo que grité, pero quizá estaba demasiado aterrorizada para hacer ruido. Me llevó toda una eternidad darme cuenta de que continuaba viva y me tapaba la boca con la mano.

Pasó una eternidad, y entonces oí al hombre peludo dándose la vuelta. Yo me encogí hacia la pared, pero él no extendió la mano para sacarme del armario por los pelos, ni siquiera por el tobillo. En lugar de ello, salió dando grandes pasos por la puerta y bajó las escaleras. Pasaron unos buenos veinte minutos antes de que pudiera digerir la magnitud del hecho de que se había marchado. Otros diez segundos antes de que mi vejiga estuviera bajo control. Pero una vez logré ponerme en pie, supe lo que tenía que hacer. Una mirada rápida al pasillo y eché a correr, crucé el dormitorio, corrí las cortinas, tirando de la…

La puerta de la terraza estaba cerrada. Miré a mi alrededor sobresaltada, segura de que el hombre peludo ya estaría detrás de mí, pero la habitación estaba vacía.

Se oyó un ruido en las escaleras. En mi cabeza, podía verlo subiendo las escaleras de tres en tres, pistola en mano.

Mis manos dieron con algo de metal. Creo que estaba llorando. El pomo cedió. Abrí la puerta de un tirón. Podía oír pasos en el rellano frente al dormitorio, pero yo ya estaba fuera, volando por la terraza, cayéndome, deslizándome por las escaleras.

«¡No mires hacia atrás! ¡No mires hacia atrás!» Miré hacia atrás y pegué un chillido.

Me estaba persiguiendo.

Eché a correr como alma que lleva el diablo, dando traspiés, y desaparecí misteriosamente en el oscuro césped. Se oyó un disparo. El dolor me dio de lleno en la cara. Grité, pero mis piernas continuaban funcionando y no me atreví a parar. Girando violentamente a la izquierda, me dirigí corriendo hacia la verja de Georges. Se levantaba por encima de mi cabeza. No sé cómo la pude saltar. Un minuto después estaba jadeando en el jardín de Solberg y al siguiente estaba en lo alto de la verja y corriendo a toda máquina.

Oí un gruñido detrás de mí y me volví hacia él. Me pareció ver una figura encaramada en lo alto de la verja que acababa de saltar. ¿O acaso eran dos? ¿Era…? Pero de pronto el suelo cedió bajo mis pies. Caí con un jadeo, las piernas se doblaron bajo mi peso.

Estaba en un agujero. ¡Una lápida! Imágenes delirantes me vinieron a la cabeza. Intenté abrirme camino para salir del abismo. El tobillo me dolía fuertemente. Entonces oí el retumbar de pasos en el jardín encima de mi cabeza.

Me encogí de miedo en la tierra. Los pasos continuaron corriendo. A excepción del ruido de mi propia respiración entrando y saliendo de mis pulmones, el mundo se sumió en un silencio sepulcral. Me moví sigilosamente medio centímetro.

Nadie se abalanzó sobre mí en la oscuridad.

Esperé, contuve la respiración, y procuré echar un vistazo por encima del agujero. Un líquido caliente se deslizaba firmemente por el ojo derecho. Parpadeé. Tenía la visión borrosa.

No podía ver a nadie, no podía oír nada. Débil, envuelta en la bruma mental que siguió al terror, cerré los ojos y me desplomé cual pollo deshuesado en el fondo de aquel hoyo.

Capítulo siete

A veces la verdad te hace libre, es posible. Pero a veces te puede llevar a una temporada de entre seis meses a un año en un reformatorio de menores.

BLAIR KASE,
el amor de sexto grado de Chrissy,
al explicar los conceptos de verdad, justicia
y estilo de vida americano a la hermana Celeste.

Cuando llegué al Saturn, continuaba temblando.

Permanecí en el hoyo durante lo que me pareció una eternidad, y el trayecto por el jardín de los Georges me pareció una sentencia de muerte, pero todo había sucedido sin incidencias. Sin embargo, abrir el coche fue más de lo que mis dedos temblorosos podían soportar. Una vez en su interior, activé el cierre centralizado y salí disparada hacia mi casa, demasiado asustada para tomarme un momento para echar un vistazo a mis heridas.

La llave rebotaba erráticamente en la puerta de entrada, pero finalmente pude introducirla en el cerrojo, empujar la puerta y cerrarla con llave tras de mí. En un nuevo acceso de pánico, estuve a punto de olvidarme de desconectar el sistema de seguridad. Era relativamente nuevo, instalado después del último atentado contra mi vida. A veces está bien mantener las cosas frescas en la memoria.

La memoria me revolvió el estómago. Encendí las luces. Brillaban a mi alrededor cual fuegos artificiales. Apoyé la espalda en la puerta y me prometí a mí misma que no me echaría a llorar.

De acuerdo, mejor dicho, que no iba a llorar más.

Entré dando tropezones en el baño, encendí la luz y me miré, apenas sin aliento, en el espejo.

No había sangre. Ni serias heridas. Ni siquiera un rasguño. Todos mis miembros parecían estar en su lugar, y no descompuestos como un inexplicablemente costoso cuadro de Picasso, tal como esperaba.

Me llevé los dedos a la mejilla. Estaba cubierta de polvo, y en aquel preciso instante comprendí lo ocurrido. Ningún francotirador oculto me había disparado. Un chorro de agua del aspersor de Solberg me había dado en la cara. Me acaricié el rostro dando las gracias reverentemente. Resultó que me gustaba más de lo que jamás había sabido.

La realidad se iba rebelando en lentas etapas. Estaba segura. Estaba en casa. Respiré hondo y consideré hacer algo mundano para reforzar la sensación de normalidad. Podía cepillarme los dientes o limpiar el lavabo. Podía darme una ducha o limpiarme la ropa. Eché un vistazo a mi ropa. El barro estaba empezando a secarse formando duras capas. Hacer la colada quizá sería una buena idea. Pero eran casi las cuatro de la madrugada.

Y sólo había una cosa que hacer completamente normal a las cuatro de la madrugada.

Dos minutos más tarde estaba profundamente dormida, con la casa iluminada como si fuera el mismísimo estadio de los Dodgers.

—¿Se encuentra usted bien? Actúa de un modo un tanto extraño.

Volví la atención a mi cliente. Se llamaba Henry Granger. Nadie querría que Henry Granger le dijera que estaba actuando de «un modo un tanto extraño».

Durante su primera sesión me dijo que sus amigos le llamaban Pito, y desde entonces me había obsequiado con anécdotas acerca de las veladas de té que había disfrutado llevando puestas las ligas de su esposa y poca cosa más. Me guardaba bien de pensar en por qué debían llamarlo Pito.

—Estoy bien —dije—. ¿Ya ha decidido decírselo a Phyllis?

Él se aclaró la garganta y me miró con cara de pocos amigos.

Era un hombre fornido, de unos buenos noventa kilos y setenta años de vida. Pero nunca es fácil decir a tu esposa que has estado jugando vestido con su ropa interior.

—¿Lo de las fiestas? —preguntó él.

Me pregunté vagamente qué más tendría que confesar. Entonces me pregunté si estaría preparada para escucharlo algún día. Continuaba algo trastornada por la noche anterior, pero intenté reprimir una mueca mientras lanzaba mi siguiente pregunta.

—¿Acaso hay otros detalles de su pasado que le estén torturando? —le pregunté.

—En realidad no.

Aquello significaba «sí» en términos psicológicos.

Me abracé a mí misma. No me había despertado hasta las nueve y cuarto. Mi primera visita era a las diez. Mi trabajo estaba a media hora en coche si no me encontraba a más de tres coches involucrados en el habitual topetón de la autopista 210. En una ocasión intenté coger la autopista 5 hacia Eagle Rock, pero posteriormente decidí que sería mejor hacerme una pancarta de cartón y unirme a los demás pordioseros en el centro de la ciudad que hacer frente a aquella locura otra vez.

Cuando finalmente eché un vistazo al espejo retrovisor, tenía el pelo electrizado, como si hubiera sufrido algún tipo de terapia de choque medieval, y a pesar de que me había rociado de suficiente perfume Jivago como para ahogar a una ballena, temía que mi olor y terror corporal emanara por encima del kilo de colonia.

La vida no tenía demasiada buena pinta después de haber dormido cinco horas y el recuerdo de un tipo persiguiéndome como un oso a un ratón de campo me espeluznaba. ¿Era sólo un ladrón o me había visto entrar en la casa de Solberg?

Esperad un momento. No estaba buscando nada en particular. Estaba buscando a alguien. De repente estaba convencida de ello. La pistola estaba haciendo un agujero en mi mente.

—No veo que decírselo vaya a ayudar a mejorar las cosas —dijo el señor Granger.

—Bueno —dije yo, mirando al reloj. Eran las doce y media—. Esto es algo en lo que tendrá que pensar esta semana, ya que me temo que hoy ya no nos queda más tiempo.

Se puso en pie. Le dije adiós.

Los próximos eran los Hunt. Su fin de semana había sido mejor que el mío. Ella le había hecho gofres el domingo por la mañana y él había devuelto el gesto limpiando el baño.

Ella parecía realmente sorprendida cuando me lo contó y dedicó una sonrisa a su esposo por sus esfuerzos.

Quizá no era un caso perdido, pensé más tarde mientras ellos se apresuraban a salir por la puerta. Desde mi diminuta recepción en el vestíbulo, oí el murmullo de voces. Dejé escapar un suspiro. Me cubrí el rostro con las manos y procuré evitar desplomarme encima de la mesa cual flor marchita.

—Pareces cansada.

Levanté la cabeza sobresaltada con un grito ahogado de sorpresa.

El teniente Rivera estaba de pie en la entrada. Levantó una ceja oscura, la versión cínica de una sonrisa.

—Pareces estar muy alterada —dijo él, entrando en el interior y cerrando la puerta tras de él—. ¿Duermes lo suficiente, McMullen?

Los recuerdos de la noche anterior se aparecieron ante mí. Un hombre armado y muy peludo me había estado persiguiendo, algo bastante adecuado para la policía. Aunque cabía la posibilidad de que el Departamento de Policía de Los Ángeles continuara albergando rencor acerca de una de las estrellas favoritas del fútbol americano cayendo muerto en mi despacho tres meses atrás. Y ciertos agentes de la ley también considerarían mi intrusión en casa de Solberg menos que legal, especialmente después de que unos cuantos objetos cayeran en mi bolso antes de mi partida; incluyendo el disco secreto, que todavía no había podido examinar.

Miré con nostalgia hacia la puerta, aunque estaba convencida de que si intentaba pasar por su lado volando, Rivera lo notaría, así que arreglé los documentos de mi escritorio y le lancé una mirada llena de dignidad.

—¿Qué puedo hacer por usted, teniente? —pregunté.

Sus ojos dejaban entrever un toque de diversión. Llevaba un jersey de color burdeos por dentro de unos pantalones negros. Llevaba los dobladillos del pantalón vueltos hacia fuera y eran bajos en las caderas. Tenía buen aspecto; una mezcla prohibida entre la ardiente sensualidad de Antonio Banderas y el magnetismo desatado de Colin Farrell. Pero eso a mí no me importaba. Tenía dignidad. A la porra el magnetismo. Por favor.

—¿Debo suponer que tienes un aspecto cansado porque tu pequeño *friki* finalmente ha vuelto? —preguntó él.

Enderecé la espalda y entrelacé los dedos sobre la mesa.

—Con lo de mi pequeño *friki*, ¿debo suponer que te refieres a Solberg? —dije yo.

Él se sentó frente a mí y extendió las piernas. Tenía los ojos entornados y su boca se elevaba ligeramente por la comisura de la cicatriz.

—Se trata de una forma de tratamiento impersonal para el amor de tu vida, ¿verdad? —preguntó él.

Le dediqué una sonrisa con los dientes apretados, dejándole con la incógnita de si quería matarle o reírme de él.

—No —dije yo.

—¿No, no es impersonal, o, no, no ha vuelto?

—Tú eres el detective —dije yo—. ¿O acaso tu trabajo no consiste en investigar?

Él se encogió de hombros. El movimiento fue lento y lánguido. Sus ojos eran del color del whisky escocés. Hacía tiempo que había descubierto que dos cucharas grandes de whisky escocés me podían tumbar. En aquel momento me sentía algo mareada.

—¿Así que no lo has estado buscando?

Desvié la mirada a mi escritorio y revolví entre unos cuantos papeles clasificándolos en amigables pilas. Tenía informes que clasificar. Pacientes que visitar. Un ataque al corazón que organizar. Estaba tan ocupada.

—Lo lamento, teniente —dije—, pero a diferencia de otras personas… —hice una pausa y le dediqué una sonrisa del tipo agridulce— tengo mucho trabajo que hacer. A menos que venga usted a acusarme de asesinato… una vez más, le agradecería que me dejara proseguir con mi trabajo.

Él alzó una mano como si quisiera poner paz.

—No creo que hayas asesinado a nadie.

—¡Uf! —Me di un delicado golpe con los nudillos en la frente—. Qué alivio. Ahora, si me puede disculpar…

—Esta vez se trata de allanamiento de morada. Quizá de hurto.

Mi corazón se detuvo en seco.

—¿En qué remota fantasía está viviendo usted ahora, Rivera?

Algo oscuro y peligroso resplandecía en sus ojos. El genio tensaba su mandíbula. Él se enderezó violentamente, inclinándose sobre mi escritorio.

—Alguien irrumpió en la casa de Solberg la noche pasada.

—¿De verdad? —Mi corazón empezó a bombear cual gong chino—. Es terrible. No estaría en casa, supongo.

—Dímelo tú.

Me obligué a permanecer en la silla y mirarle a los ojos.

—Sé que tienes ideas delirantes acerca de Solberg y yo —dije—. Pero créeme, no es mi tipo.

—¿De verdad? —Sus ojos eran como rayos láser. Rayos láser de whisky escocés—. La última vez que lo comprobé, continuaba respirando.

Me puse bruscamente en pie.

—Tú, cabr… —espeté, pero me tranquilicé y lo volví a intentar—. Discúlpeme —dije. Mi tono era sorprendentemente refinado. Me dolían los dientes ante aquel esfuerzo hercúleo—. Tengo pacientes que visitar.

Rivera también se levantó, lentamente, sin dejar de sostenerme la mirada.

—¿Qué narices estabas haciendo en casa de Solberg, McMullen?

Apoyé las manos en mi escritorio para evitar que el mundo me arrojara al suelo cual sushi podrido.

—No estaba en casa de Solberg.

—Mis fuentes me dicen lo contrario.

¡Dios santo! ¡Fuentes! ¿Tenía fuentes? Necesitaba fuentes.

—Bueno, en ese caso… —le dediqué una sonrisa. Podría ser que sólo la mitad de mi boca continuara sonriendo. Quizá el ataque al corazón tendría que esperar hasta que tuviera un derrame cerebral— tus fuentes son tan engañosas como tú, teniente.

—Mis fuentes son sus vecinos más cercanos, que vieron un

primer plano de ti escalando su verja a las tres y cuarto de la madrugada.

Contuve la respiración. Mentalmente estuve lloriqueando excusas y confesiones como un hombre blanco en el programa de música negra Soul Train. Pero la verdad hizo su aparición en mí como un destello de luz gloriosa. Nadie me podía identificar. El jardín de los Georges estaba tan oscuro como la boca del lobo, a pesar de sus estúpidas luces de seguridad. Había estado corriendo como un pura sangre de Kentucky, y mi coche estaba aparcado fuera de la vista.

Rivera sólo quería sacarme de mis casillas. Incluso si Tiffany Georges hubiera estado mirando con los ojos abiertos como platos por la puerta de su jardín, no podría haber sabido que era yo. ¿Verdad?

—Lo lamento, señor Rivera —le dediqué una sonrisa formal—, pero debe de estar usted equivocado, porque yo no soy del tipo de persona que escala.

Él se aproximó y se volvió a inclinar sobre mi escritorio. Pero olía a dormitorio.

—Siento tener que comunicarle mi desacuerdo —dijo él—, pero te recuerdo, muy nítidamente escalando.

El recuerdo de una noche no tan lejana hizo su aparición ante mis nervios destrozados. Habíamos estado en el jardín de Bomstad y Rivera me había levantado para que saltara la verja de seguridad. Había recurrido a toda mi considerable fortaleza para deslizarme hacia el lado opuesto en lugar de caer encima de él como un retriever sediento de amor.

Y a pesar del hecho de que él me sacaba de mis casillas, en aquel preciso momento tenía un problema muy similar.

—Podría haber saltado la verja yo sola —dije yo. Mi voz estaba despojada de todo temblor.

Sus ojos no se apartaron en ningún momento de los míos.

—¿Qué verja? —preguntó él—. Me refería a aquella noche en tu casa.

Sentí que se me secaba la garganta y la lengua se me almidonó.

—Te acuerdas —dijo él—. Del día en que me rasgaste la camiseta. Estabas escalando como una salvaje…

—¡Ayer no estuve en el jardín de ningún estúpido! —espeté. Él levantó la ceja lentamente.

—Entonces, ¿dónde estuviste la noche pasada?

—En la cama —dije tragando saliva, deseando con todas mis fuerzas poderme encontrar ahí en aquel preciso momento. O en cualquier otro lugar. En cualquier otro lugar excepto allí, con él leyendo mi mente como un gitano de ojos oscuros—. En mi cama. Toda la noche.

Sus ojos ardían. Lo prometo, como una hoguera que no podía ser extinguida, independientemente del agua que le lanzaras.

—¿Así que no ibas vestida como un ladrón profesional escabulléndote del sistema de aspersores de Solberg?

Dios. Oh, Dios, sálvame de mí misma.

—Demuestra usted una gran imaginación, teniente —dije yo.

Sus ojos penetraron en los míos.

—No se puede usted imaginar cuánta, McMullen.

Sentí los labios secos. De verdad. Es por ello que me los humedecí con la lengua. Rivera bajó la mirada para seguir el movimiento.

El silencio se instauró a nuestro alrededor. Él se inclinó un poco más hacia mí.

—¿Señorita McMullen?

Casi grito al escuchar la voz de Elaine. Me aparté de Rivera, con el corazón en un puño y las manos sudorosas.

—¡Sí! —Mi voz se quebró. Carraspeé y procuré un tono más contenido—. ¿Sí? ¿Qué ocurre Elaine?

—Susan Abrams está aquí para su visita de la una en punto —dijo ella, aunque al mismo tiempo estaba diciendo su «¿va todo bien o tengo que rociarle los ojos con mi espray de defensa personal?».

—Gracias, Elaine. —Mi voz era ahora fríamente melódica. Encontré que quería con todas mis fuerzas desvanecerme como una bella del sur, pero jamás había perfeccionado el arte, y Rivera estaba mirando en mi alma estremecida como el demonio que viene a recuperar a los condenados—. Puedes hacerla pasar en unos pocos minutos. El teniente se irá inmediatamente.

—Muy bien —dijo ella, e hizo una pausa, dándome una última oportunidad para el espray. La rechacé. Ella se marchó, cerrando la puerta tras de sí.

—Así pues, ¿estuviste en tu casa la noche pasada? —preguntó Rivera.

—Toda la noche —repetí, descubriendo que se me habían entumecido las manos inexplicablemente. Con un poco de suerte, mi lengua seguiría el ejemplo.

—¿Has conseguido que alguien colabore en tu cuento?

Apreté los dientes.

—No es un cuento.

Sus ojos se arrugaron un poco en las comisuras, como si le divirtiera que hubiera eludido el tema.

—¿A qué hora te fuiste a la cama?

—¿Le interesan mucho mis hábitos de sueño, teniente?

Las ventanas de la nariz se le hincharon ligeramente.

—¿A qué hora? —volvió a preguntar.

Me encogí de hombros y me puse en pie. Mis rodillas funcionaban como la seda, pero la puerta parecía estar a mil años luz.

—A las diez en punto.

—¿Y no tenías visita hasta las diez esta mañana? ¿Cuánto hace eso, entonces? ¿Once horas de sueño?

Le dediqué una sonrisa cuidadosamente afilada, como diciendo, «ah, eres tan gracioso». Como si no fuera a desplomarme en el suelo y temblar como una víctima de la parálisis.

—Una mujer necesita tiempo para cepillarse los dientes por la mañana, teniente.

—Ajá. Así pues, ¿a qué hora saliste de la cama, McMullen?

Me concentré en permanecer en posición vertical y le dediqué una mirada melindrosa, como si no tuviera tiempo para semejantes cuestiones mundanas.

—Por favor, teniente…

—¿Cuándo? —preguntó él, pero su voz había perdido algo de jocosidad.

—A las ocho de la mañana. —Mi tono estaba adoptando cierto tono burlón.

—Así que probablemente tuvo tiempo de hacer algo más que cepillarse los dientes. Quizá unos cuantos minutos para arreglarse el pelo.

«Dios santo, mi pelo», pensé, pero me las apañé para abstenerme de ponerlo en su lugar. Hubiera requerido un batallón de peluqueros armados con herramientas de jardinería y laca para hacerme tener un aspecto que no pareciera habitado por murciélagos.

—¿Planeas arrestarme por no llevar bien el pelo hoy, teniente?

—En absoluto —dijo él, alargando la mano y apartando un mechón de pelo de mi cara. Sus dedos me rozaron la oreja. Apoyé una mano en la pared. Sus labios se torcieron una fracción de milímetro—. Sólo me estaba preguntando acerca de sus abluciones.

—¿Abluciones?

Sus dedos acariciaron mi mejilla. Mantuve a raya un orgasmo.

—¿Acaso va usted a la escuela nocturna, teniente? ¿Cuaderno de vocabulario inglés 101?

Sus ojos se echaron a reír.

—Bueno… —Él retrocedió ligeramente—. Dejo que vuelva a su trabajo.

Yo asentí con la cabeza. Con tanta normalidad que… apenas jadeaba.

Él se volvió hacia la puerta y alcanzó el pomo, pero en el último momento me volvió a mirar.

—Me gusta tu pelo así, McMullen. Me parece muy sexy —dijo él— pero tienes un poco de barro. Justo debajo de la oreja izquierda.

No recuerdo haber vuelto a mi escritorio, pero un tiempo más tarde me encontré despatarrada ante él.

—Mac.

Gruñí ante el sonido y me puse erguida.

—¡Laney!

—¿Qué ocurre? —Ella entró en la habitación y cerró la puerta tras ella.

—Nada. No ocurre nada.

Ella empezó a menear la cabeza, entonces se quedó paralizada.

—Se trata de Jeen, ¿verdad?

—¿Qué?

—¿Qué ha ocurrido?

Excelente pregunta. No tenía ni idea de lo que había ocurrido. A excepción de que Rivera quería mi culo. A excepción de que alguien había estado merodeando en la casa de Solberg con un arma del tamaño de un secador de pelo.

Pero tenía mis sospechas, y me hacían helar la sangre. Solberg había hecho algo estúpido. Quizá era algo estúpido en el sentido legal. Quizá no. Pero todo indicaba que estaba metido en la mierda y que si no tenía cuidado, Laney iba a estar allí con él.

Contuve un escalofrío.

—Escúchame, Laney. —Hice una pausa, sin tener idea de lo que ella quería escuchar. No podía decirle la verdad. Ella no la creería. Y si creyera que el rey de los *frikis* estaba en peligro… aquella idea me paralizó el corazón. Si Laney Butterfield tenía un defecto, era su lealtad absoluta a aquellos que quería.

Lo había aprendido en sus propias carnes cuando me vino a buscar después de mi primera y única cita con un chico llamado Frankie Gallager. Tenía mala reputación por ser un tipo rápido. Yo tenía la fama de encontrar aquello irresistible. Ella me había rogado que no saliera con él, pero el sentido común no había podido ganar a mi fuerte carácter en mis años de juventud.

Tres horas después de que saliera de casa, tenía que pegarle una patada al señor Gallager en la entrepierna para hacerle entrar en razón. Él me dejó tirada en la parte de la ciudad a la que mi padre se negaba a conducir.

Laney fue la única persona a la que se me ocurrió llamar. Le había robado las llaves del Chevy a su padre y salió a escondidas para rescatarme. Para la hija única del pastor metodista, aquello equivalía a un asesinato en masa.

—¿Cómo? —dijo ella de nuevo, con la cara pálida.

Yo estaba agitando la cabeza. No sabía por qué.

—No puedes ir a Las Vegas.

—¿Por qué no? ¿Qué ha ocurrido?

Dirigí la vista hacia la puerta, pensando a toda prisa.

—No sé cómo decírtelo o qué decirte.

Sus ojos eran tan grandes como platos.

—¿Está herido? ¿Dime si está herido, Mac? Puedo…

—No. No. No está herido, Laney…

—Está muerto. —Su cara estaba desprovista de color. Incluso sus labios se tornaron blancos.

—No, no. —Deslicé la mano por el escritorio y le cogí la suya—. Es sólo que él… él… no puedes ir a Las Vegas.

»Porque… ha conocido a otra persona. —Aquellas palabras fueron impulsadas por el viento de la locura. Juro que mi cerebro no estaba en ningún modo conectado a ellas.

Ella parpadeó.

—No quería decírtelo. —Ah, un poco de verdad.

Ella retrocedió un paso y se desplomó en una silla. Una pincelada de color volvió a sus mejillas.

—¿Cómo lo sabes?

—Yo… —Me iba al infierno. Directa al infierno. Y ¿por qué? Por intentar ayudar a una amiga. La ironía de la cuestión dolía un poco—. Hablé con él —dije.

—¿Lo llamaste?

—Él me llamó —asentí con la cabeza, odiándome a mí misma con medidas cada vez más sorprendentes—. Dije… él dijo que lo lamentaba. Dijo que debía decírtelo.

Ella permaneció completamente inmóvil durante un minuto, entonces dejó escapar aire.

—Ha sido un detalle por tu parte.

—¿Cómo? —Incliné la cabeza hacia ella, porque estaba convencida de haber oído mal—. Él no quiere que te preocupes.

Incliné la cabeza hacia ella, porque estaba casi convencida de que no tenía razón.

—Él no quiere que me preocupe —dijo ella—. Incluso cuando ella está con… —Su voz se fue apagando. Ella se puso en pie.

—¿Laney?

—No. Está bien. Sólo que… creo que voy a irme a casa. Si no te importa —dijo ella mientras se volvía y se marchaba.

Dejé que mi cabeza cayera en el escritorio. Era una mentirosa, una ladrona y una mentecata. Lo que no se hace por un amigo.

Capítulo ocho

El amor hace girar el mundo, pero eso también lo consigue un litro de vodka y una caja de habanos cubanos.

PETE MCMULLEN,
poco después de su segundo divorcio.

*S*abía sin la más mínima sombra de duda que no debía continuar mi investigación. La desaparición de Solberg. Estaba por encima de mis posibilidades. No tenía ni idea de lo que estaba haciendo y ni siquiera me gustaba Solberg. En realidad, odiaba a Solberg. A Elaine se le pasaría lo de Solberg del mismo modo que había pasado el sarampión en segundo curso.

—¿Señorita McMullen? —Emery Black, director ejecutivo, se puso en pie cuando entré en su despacho. Me tendió la mano desde el otro lado de la mesa. Nos dimos un apretón de manos. El jefe de Solberg me dio la mano como si fuera Terminator.

—Así es. Gracias por recibirme —dije yo, y sonó perfectamente razonable. Iba de marrón topo. Blusa marrón topo, falda marrón topo, zapatos marrón topo. No puedes ir más razonablemente vestida que llevando ropa marrón topo, incluso si llevas sandalias con un fino pasador y tacones de ocho centímetros, y te dedicas a correr por los jardines de los demás sin ninguna razón aparente.

El despacho de Emery Black era espacioso y luminoso, inundado de luz natural. NeoTech, Inc. era básicamente una pirámide de vidrio, alabada por los arquitectos desde Los Ángeles a Boston por su diseño innovador. O eso fue lo que me dijo la recepcionista, con quien había intercambiado unos informativos durante cinco minutos.

Lamentablemente, estaba más informada de la arquitectura del edificio que de la ausencia de Solberg.

Eché un vistazo a aquel despacho palaciego. Cuadros costosamente enmarcados, la mayoría relacionados con subir peldaños en la escalera proverbial, adornaban las paredes de Black. Según parecía, él estaba en lo más alto del escalafón. El dinero, el poder, la familia y los demás, a juzgar por su entorno. Fotos de gemelos, profesionalmente enmarcadas y en mate, mostraban a dos chicos con capas y birretes. Hube de asumir que era su progenie.

Pero no había rastros de ninguna esposa, novia o concubina. Y ningún anillo en su mano izquierda. Mmm. Exitoso, buen apretón de manos, y soltero. ¿Qué más podía esperar una mujer?

Era miércoles, habían pasado dos días desde la visita preventiva de Rivera. Lo que significaba que había pasado cuarenta y ocho horas intentando convencerme de que debía olvidar aquel estúpido asunto. Pero Solberg aún no había dado señales de vida. Había introducido el disco sustraído en mi ordenador, pero a juzgar por el galimatías que apareció en pantalla podría tratarse de un jeroglífico. Así que escondí el CD debajo del fregadero de mi cocina, allí donde sólo los más temerarios se atreverían a mirar, y concerté una cita con Emery Black, convencida de que tenía que haber alguien en NeoTech que pudiera arrojar luz a la oscuridad de mi ignorancia.

Volví a echar un vistazo a su despacho, quizá tratando de analizar su personalidad, quizá sólo curioseando. A veces es difícil advertir la diferencia.

Una drácena de finas hojas se extendía lascivamente frente a la hilera de ventanales. Junto al trío de sillas que rodeaba una alfombra persa cerca del fondo de la habitación, una pequeña mesa de teca albergaba una pera de oro invertida en un pedestal de porcelana que tenía una inscripción que no alcancé a leer. Quizá era un balón de agua de oro, o…

Black se aclaró la garganta.

—¿Así que es usted amiga de J.D.?

—No. —Dirigí mi atención hacia él, descubriendo que mi

respuesta había sido demasiado rápida y que podía ser considerada de mala educación en ciertos círculos. En los mismos círculos en los que no creerían que Solberg era un enano mentecato e irritante—. Quiero decir que... —Le dediqué una sonrisa, dejé mi bolso en el suelo y me senté en la silla que él señaló con un gesto de su mano—. Él es un amigo de un amigo.

—Ya comprendo. —Se sentó a su escritorio. Era lo suficientemente amplio como para patinar sobre ruedas en él—. ¿Y qué le preocupa? —Apoyó los codos en la mesa, entrelazó los dedos y me miró con el ceño fruncido por entre sus nudillos. Tenía el pelo castaño oscuro y algo escaso, con una vida aproximada de medio siglo.

—Bueno, mi amigo esperaba que volviera a casa y todavía no lo ha hecho. Pensé que quizá usted sabría decirme por qué.

—¿Cómo se llama su amigo? —preguntó él.

—Chester —dije yo, porque, qué narices, la verdad y yo no nos llevábamos precisamente bien en aquel momento—. Hace más de dos semanas que no sabe nada de él.

—¿Y qué me dice de usted, señorita McMullen? —me preguntó, dedicándome una sonrisa académica—. ¿Sabe usted algo de él?

Si lo supiera, no estaría sentada en el despacho de su jefe admitiendo tener alguna relación, aunque fuera remota, con ¿Solberg?

—No, pero tal como le he dicho, no somos —... ambos humanos— amigos íntimos —dije yo.

Él me miró fijamente, indescriptiblemente. Tenía las cejas como orugas oscuras que amenazaban con copular. Esperé en silencio durante unos segundos, y entonces ataqué.

—¿Y usted?

Él se levantó y se dirigió a la ventana. Era alto, de un metro ochenta, aunque le sobraban unos kilos que le hacían parecer más bajo, pero más competente. Siempre he pensado que una de las bromas más macabras de Dios era que los hombres son considerados maduros cuando engordan. Mientras que las mujeres son consideradas... bueno, gordas.

—Y Chester es su... ¿amigo especial? —preguntó él.

Mi sorpresa inicial se convirtió en perplejidad.

—No me malinterprete —dijo él, mirando hacia donde yo estaba—. Las tendencias de J.D. no son de mi incumbencia. Sólo que me gusta asegurarme de que mis empleados están… satisfechos.

Creía que Solberg era homosexual, comprendí vagamente, y me pareció ciertamente extraño. ¿Acaso no había visto ninguna película de Ruper Everett? Los chicos homosexuales son inteligentes, visten bien y son sofisticados.

—Sinceramente —dijo él—. J.D. es un empleado muy valioso para la compañía.

—¿Un empleado que le ha llamado últimamente?

Él me dedicó una sonrisa del tipo mosca atrapada en la telaraña.

—Mucho me temo que no —dijo él—. Pero no hay por qué preocuparse. Antes de irse a Las Vegas me dijo que le había surgido algo que requería su inmediata intervención.

—¿De qué se trataba? —pregunté.

Él encogió sus amplias espaldas. ¡Allá va! Amplias como si tener las espaldas como un buey alimentado de maíz fuera varonil. Si una mujer tiene las espaldas amplias es… una vaca.

—No me lo dijo exactamente.

Alejé de mi mente la pregunta de qué iba a comer aquel mediodía y me concentré.

—Pero debe de tener alguna idea.

—Escuche, señorita McMullen. —Su tono era mitad condescendiente mitad exhortativo—. El hombre al mando de un imperio como NeoTech debe decidir en quién confiar y cuándo hacerlo. Confiaría a J.D. mi vida.

¿De verdad? Porque yo ni siquiera confiaría a J.D. mi número de teléfono. De hecho, no lo hubiera hecho, pero una maldita mañana no hace demasiado tiempo, él entró en mi vestíbulo del mismo modo.

—Entonces, ¿no teme perderlo?

—En absoluto. ¿Por qué debería temerlo?

—Pensé que quizá usted estaría preocupado por si podía poner su conocimiento al servicio de otros.

—¿Qué otros? —preguntó él. Su tono indicaba que estaba

relajado, pero ¿acaso había una insinuación de tensión alrededor de sus ojos?

—Nada en concreto. Sólo que había pensado… —¿Qué había pensado? ¿Por qué estaba allí? Por lo que sabía, Emery Black era la razón de la desaparición de Solberg—. Sólo había pensado que estaría preocupado por su ausencia puesto que no le había mantenido informado.

—Le puedo asegurar, señorita McMullen, que J.D. está extremadamente satisfecho en NeoTech. Le hemos dado un sinfín de oportunidades.

—¿Qué tipo de oportunidades?

—Gana una considerable suma de dinero aquí y ganará aún más. Estoy convencido de que volverá antes de que termine el mes —dijo estas palabras como si fuera una despedida. Nunca me ha gustado que me despidieran.

—¿Por qué? —le pregunté.

Por un momento me miró como si me estuviera viendo con una pelota de voleibol en la mano, pero esbozó una sonrisa forzada.

—Para la gente como J.D. —quizá debería decir genios—, los amigos van y vienen. Pero los ordenadores… —Él extendió sus manos regordetas—. No puede vivir sin ellos. La informática es su dueña.

—Me está diciendo que volverá porque está teniendo una aventura con su placa madre.

Él se echó a reír.

—Bueno, volverá en las próximas dos semanas. Estoy convencido de ello.

—¿Ha considerado la posibilidad de que le haya ocurrido algún accidente? —Como un hombre hirsuto con una pistola del tamaño de un tanque interrumpiendo su sueño. Sentí que una gota de sudor me recorría la frente con sólo pensarlo. ¿Había aquel hombre intentado dispararme mientras yo correteaba por el jardín de Solberg, o acaso había imaginado yo el disparo?

Black se dirigió a la puerta.

—Está muy bien saber que nuestro J.D. tiene amigos preocupados como usted y Chester, pero se lo puedo asegurar, él está perfectamente bien.

—¿Cómo lo sabe? —le pregunté.

—¿Cómo? —Se volvió hacia mí, poniendo a prueba su paciencia y a punto de ganar.

—¿Cómo puede estar tan seguro de que está bien si no sabe dónde está?

Él me observó durante unos instantes, como si yo fuera una interesante forma de vida menor —la especie de la clase media.

—Si quiere saber la verdad, señorita McMullen, J.D. ha estado trabajando muy duro durante mucho tiempo. Merece unas vacaciones. Si él cree necesario tomarse esas vacaciones ahora, yo estoy más que contento de concederle esa libertad.

—Eso es muy generoso por su parte.

Él sonrió.

—Generoso, no lo soy. Pero soy muy inteligente y sé lo que necesitan mis empleados. J.D. y yo hemos trabajado extremadamente bien juntos en el pasado y continuaremos haciéndolo en el futuro. Así que si quiere pasar un par de días más en la ciudad del pecado, me parece perfectamente razonable.

Dejé que sus palabras hicieran mella en mí. Penetraron en mi piel como toxinas, levantando nuevas sospechas a su paso.

—¿Acaso está él con alguien? —pregunté. ¿Sería homosexual? ¿Sería Rupert Everett un fiasco?

Él lo negó con la cabeza, lleno de pesar.

—Siento no poder ayudarla.

Sentí un arrebato de ira.

—¿Quién es? —le pregunté.

—Encantado de haberla conocido —dijo él, y abrió la puerta—. Siento no poder serle de mayor ayuda, pero le puedo asegurar que J.D. está perfectamente a salvo.

Me puse inmediatamente de pie.

—¿Se trata de alguien que ha conocido en Las Vegas?

La impaciencia empezó a hacerse visible en su mandíbula.

—Tomo muy seriamente la intimidad de mis empleados, señorita McMullen. Espero que sepa usted respetarlo —dijo él, y prácticamente sacándome a empujones, cerró la puerta tras de mí.

Me puse roja de cólera. ¡Maldita fuera el estúpido y despreciable pellejo de Solberg! Estaba jugando con Laney. ¿Qué narices les pasaba a los hombres? Cuatro meses atrás no podía salir ni con el mono de un afilador de órganos, y ahora… Bueno, ahora parecía que sí, ¿no?

Miré a mi alrededor, queriendo golpear algo.

Cubículos de vidrio marchaban en todas las direcciones. Al otro extremo de la planta había más despachos. Quizá uno de ellos fuera de Solberg. Quizá, si me adentraba en ellos, descubriría el nombre y dirección del mono del afilador de organillos.

Crucé disimuladamente la planta en dirección a los despachos del otro extremo del edificio. Con toda tranquilidad, como si me ocupara de algún tipo de asunto que no era ni ilegal ni inmoral.

Un jovencito con gafas de montura metálica levantó la vista a mi paso. Yo le dediqué mi sonrisa de «se supone que tengo que estar aquí». Una mujer con pantalones rojos cinco centímetros demasiado cortos me saludó, pero a parte de eso fui mayoritariamente ignorada.

Me pregunté vagamente por Hilary Pershing. ¿Estaría ella por allí? ¿Quizá cepillando a un gato e ideando mi desaparición? ¿Quizá pensando en las noches del pasado y la felicidad con el *friki*?

Podía ver que en todas las puertas del otro extremo de la habitación había un nombre grabado en el cristal, y anduve en aquella dirección. JEFFREY DUNN estaba grabado en la primera puerta. En la segunda se leía KIMBERLY EVANS.

A la tercera fue la vencida. Decía J.D. SOLBERG en la misma fuente de letra utilitaria que las dos primeras. Quizá tendría que haberme sentido culpable por entrar sin permiso. Pero no fue así. El pomo de cristal estaba frío.

—¿Puedo ayudarle?

Me volví sobresaltada hacia la persona que había hablado al tiempo que intentaba mantener el corazón en mi pecho.

—¡Sí! —bramé yo, y luego convertí el tono de voz en algo despojado de pánico y lo volví a intentar—. Sí, espero que sí. —Me aclaré la garganta. No tenía ni idea de por dónde tirar a partir de ahí—. Tenía una cita con J.D. —pronuncié su nombre como si fuéramos viejos amigos, amigos de la escuela de pringados.

El hombre que tenía enfrente de mí sólo era unos cuantos centímetros más alto que yo, pero eran unos buenos veinte centímetros. Me miró fijamente durante unos instantes. Hice todo lo que pude para no arrastrar los pies en el suelo. Los pies no deberían arrastrarse cuando están enfundados en unas sandalias de piel que cuestan más que el alquiler mensual de una casa. Incluso si duelen mucho.

—J.D. siempre fue un hombre con suerte —dijo él.

Me di cuenta de que había estado conteniendo la respiración.

—¿Qué?

Él me alargó la mano.

—Ross Bennet —dijo él—. ¿Qué puedo hacer por usted?

—Oh, mmm… —Le tomé la mano, y luego miré con aire de culpabilidad hacia la oficina de Solberg—. ¿No está J.D. en la oficina?

Él se hizo a un lado para poder ver.

—No, a menos que haya dado con la fórmula de la invisibilidad —dijo él, y sonrió.

Yo retrocedí. Resulta que tenía una sonrisa tan resplandeciente como para provocar el desmayo a una animadora de los Lakers a una distancia de cincuenta metros. Dios. Tranquilízate, salvaje corazón. Cerré la puerta de Solberg.

—¿Se trata de una visita profesional o…? —Él se detuvo, esperando a que yo terminara la frase.

—No. Bueno… —Me reí un poco. Ingenua de mí, procurando no crear ningún problema a nadie y sin querer hacer ninguna fechoría—. Sí, algo por el estilo. Somos amigos, supongo que lo podría llamar así.

—¿Sí?

—Nos… mmm nos conocemos desde hace años. —Hice un gesto de resignación con la mano—. Y a veces me gusta… —meneé la cabeza— intercambiar algunas impresiones. Ya sabes.

Él esperó a que yo prosiguiera.

—Como el problema de la invisibilidad —dije yo—. Ése sí que es un verdadero problema.

Me observó durante unos instantes y se echó a reír.

—Me aseguraré de decirle a su cómplice que ha venido a visitarle. ¿Cómo se llama usted?

Le di mi nombre verdadero.

—Bueno, peor para él, verdad, ¿Christina?

—¿El qué?

—No estar aquí para verle. —Volvió a sonreír. Otra mujer derribada.

—Oh. Ja, ja. —Aquello era una risa. Parecía que estuviera a punto de vomitar. Quizá fuera eso. Dirigí la mirada hacia el despacho de cristal de Black. No se le veía por ningún lado—. ¿Acaso podría decirme dónde encontrarlo?

—¿J.D? —Alargando la mano, Ross se frotó la nuca. Llevaba un brazalete de piel marrón, nada de joyas como un anillo de oro en el dedo anular izquierdo—. Ahora que lo dices, hace un par de semanas que no sé nada de él. No le veo desde la convención.

—¿Oh? —La puerta de Black se abrió. Él salió de su despacho. Volví la mirada a Bennet—. ¿De qué convención se trata?

—Una celebración muy importante —dijo él, y meneó la cabeza como si estuviera un poco harto de todo el asunto.

Ignoré deliberadamente a Black, a pesar de que estaba abriéndose paso por la unidad de trabajo hacia mí, como una araña en movimiento. Tranquilidad. Tranquilidad. Lo más probable es que todavía no hubiera llamado a seguridad.

—¿No te gustan Las Vegas? —pregunté.

—A J.D. se le dan mejor este tipo de cosas que a mí.

¿Realmente habían estado allí juntos? ¿De verdad?

—Sí. Una vez has visto a una preciosidad de ésas haciendo *topless*, ya las has visto a todas —dijo él, y volvió a sonreír.

Forcé una sonrisa.

—Señorita McMullen. —Emery Black había llegado con su cara de pocos amigos.

Consideré la idea de echar el cerrojo a la puerta, segura de que iba a sacarme de su edificio tirándome del pelo, pero él simplemente levantó una mano. Mi bolso colgaba de ella.

—Se ha olvidado esto —dijo él.

Bennet apartó la mirada de mí y la dirigió a Black.

—¿Os conocéis?

—Oh, vaya… gracias —dije yo, y él deslizó mi bolso entre sus dedos—. Ha sido un placer conocerle, señor Bennet. —Él

me dedicó una sonrisa infantil—. Lo mismo digo, señor Black.
—El director ejecutivo frunció el ceño. Los examiné fríamente
unos instantes, mientras la camarera de cócteles deliberaba con
la psicóloga residente.

«No seas estúpida —advertía la loquera—. Bennet parece
demasiado inocente para ser cierto.»

La camarera bramó: «Y supongo que tú confiarías en Black,
después de descubrir que utiliza expresiones ridículas como
"amigo especial" y tiene el despacho del tamaño de Neptuno».

«Bueno, el tamaño de la oficina de un hombre es un indica-
tivo más fiable de su carácter que el tamaño de su…»

—Vuelva cuando quiera —le interrumpió Bennet.

—Gracias —dijo la loquera y la camarera al unísono, volviéndose con dignidad. Pero en nuestro interior, ambas nos estábamos preguntando si el marrón topo nos hacía las caderas
anchas.

Lidié con un centenar de preguntas durante las siguientes
veinticuatro horas. ¿Por qué Black se había querido deshacer de
mí con tanta presteza? ¿Quién era aquel tipo en la casa de Solberg? ¿Por qué Tiffany Georges tenía un hoyo de casi un metro
en el patio trasero del cuidado jardín? ¿Y era la sonrisa de Bennet
tan tentadora como parecía?

Analicé detenidamente cada pregunta y llegué a la conclusión
de que Black tenía un conglomerado de millones de dólares que
proteger. No tenía ni idea de quién podía ser el tipo que estaba en
la casa de Solberg. Y los extraños hábitos eran cosa suya.

Me recliné en la silla del despacho de mi casa y miré por la
ventana, del tamaño de un guisante. Un revoltijo de papeles se
amontonaba en mi maltratado escritorio, pero yo me sentía a
gusto con mi desorden. Eran las preguntas sin respuesta lo que
me quitaba el sueño.

Por lo que se refería a mi investigación en curso, me había
dado de narices. Excepto por lo que se refería a Bennet. Estaba
bastante segura de que su sonrisa era auténtica.

Pero sería mejor que lo comprobara. Quiero decir… no su
sonrisa. Aquello no me preocupaba, por supuesto, sino que es-

taría bien volver a hablar con él. Al fin y al cabo, parecía estar dispuesto a conversar. De hecho, en comparación con Black, él ganaba de calle el premio al más agradable. Y tenía unas manos bonitas. Y unas buenas espaldas, también.

Lo último que me importaba era si tenía el cuello directamente unido a sus pezones, pero tenía que encontrar a Solberg antes de que Elaine hiciera algo estúpido y… bueno, qué narices, ya tenía el auricular en la mano.

Me quedé mirándolo con cierta sorpresa y marqué el número.

—NeoTech. —La mujer al otro lado de la línea tenía una voz que hubiera hecho morirse de risa a Minnie Mouse.

—Hola —dije—. Me gustaría hablar con el señor Bennet.

—El señor Bennet. Por supuesto —chilló ella—. ¿De parte de quién?

—Mmmm. Dígale que se trata de una fórmula secreta.

Hubo un momento de silencio, pero entonces ella recuperó su tono desenfadado de Minnie.

—¿Y quién digo que lo llama?

—La mujer invisible. —No me preguntéis qué me pasaba por la cabeza. Podía ser cualquier cosa. La falta de sueño. Demencia. La privación de nicotina. De acuerdo, admito que me encendí un par de cigarrillos en el trayecto desde NeoTech a casa, pero estaba convencida de que no contaban dentro del espacio de cuarenta y ocho horas después de cruzar el jardín con un hombre peludo con un arma del tamaño de Nuevo México tras de mí.

—Muy bien —dijo la señora Mouse—. Espere un minuto, por favor.

—Christina. —El tono de Ross fue melodioso al responder el teléfono.

—¿Cómo sabías que era yo?

Él se echó a reír.

—La mayoría de las mujeres son completamente visibles. Esperaba tu llamada.

—¿De verdad? —Intenté ocultar mi sorpresa, pero digamos que mi suerte durante los últimos treinta años no había sido boyante.

—Sí, yo… —Él se detuvo, parecía nervioso—. Simplemente estaba reprendiéndome por no haberte pedido el número de teléfono.

Me abstuve de decir «¿de verdad?», en aquel tono chillón que recordaba al de la adolescencia.

—Bueno… —dije—. Nada de reproches. Te lo doy ahora mismo.

Él se echó a reír.

—Quizá debería preguntarte si te apetece salir ahora que te tengo al teléfono.

—¿De verdad? —Mi voz chirrió. Mierda.

—¿Haces algo el sábado por la noche?

Creo que en aquel momento mi boca estaba abierta. Por lo general, si un chico me pide para salir, suele tener una prohibición legal de salir más allá de 500 metros de su caravana.

—¿El sábado por la noche? —Me abstuve de gritar: ¡Sí! y volví sonoramente las páginas de la novela romántica que estaba leyendo. Lo bonito de las novelas de ficción romántica es que la chica siempre consigue al chico. Y qué chico. Es guapo, inteligente y bueno, y jamás vive en una caravana—. Tendré que comprobar mi agenda. —Más ruido de páginas mientras contaba hasta quince—. ¿El sábado 15?

—Sí.

Sabía que el sábado sobresalía cual flagrante rectángulo de vacuidad en la agenda que tenía en el bolso.

—Lo siento mucho. Mucho me temo que tengo el día ocupado. —Era el recuerdo de un hombre que se llamaba Keith Hatcher lo que me hacía mentir. Estuve saliendo con Hatcher durante casi cinco meses. Él era agente de la propiedad inmobiliaria y fotógrafo aficionado. Pensé que podríamos cohabitar bastante civilizadamente hasta que vi fotografías mías colgadas en el tablón de anuncios de su despacho. Estaba dormida. Tenía la boca abierta. El pelo pegado al lado izquierdo de mi cara. Y estaba desnuda. Desnuda como una recién nacida.

—¿Todo el día? —preguntó Bennet.

Verse desnuda entre fotos de condominios y casas destartaladas tiende a hacer de una mujer algo quisquillosa.

—Sí, eso parece.

—¿Y qué me dices del domingo?

—Mmm. —Cerré los ojos. Tenía la foto grabada en mi mente. Se me veían los muslos regordetes. Pero sólo se trataba de una mala perspectiva. Como la de 15 metros—. Lo siento —dije. Si alguien tiene que fotografiarme, tendrá que ser con previa comunicación de seis meses y ropa. Un montón de ropa.

—Escuche, Christina. Sé que los hombres del tipo informático salen algo especiales, pero yo soy un tío decente —hizo una pausa—. De verdad.

Un rayo de culpabilidad me partió en dos. Estaba equivocada al juzgar a los hombres por las equivocaciones de otros, pero estaba tan increíble y completamente desnuda.

—No es que…

—Me suelo recortar los pelos de la nariz —dijo él.

—De verdad estoy…

—Y ya casi no veo dibujos japoneses —hizo una pausa—. A no ser que sea Sakuru. Ella fuma.

No pude evitar echarme a reír.

—El viernes por la noche —dijo él—. Si no te lo pasas bien, siempre puedes rociarme con un gas de bloqueo y darme una patada en la parte este de Los Ángeles.

Intenté resistirme, pero el hombre parecía espectacularmente… normal. Un escalofrío de placer me recorrió el cuerpo. Vamos a ver, tenía que intentar encontrar a Solberg; por el bien de Elaine. Y Ross, el señor Bennet, podía darme algunas pistas. O resucitarme con el boca a boca.

Sin embargo, los recuerdos de mis antiguos novios jugaban malas pasadas a mi mente, cual aguas residuales.

—Te lo estás pensando demasiado —dijo él.

—Bueno… tengo planes —respondí, cerrando los ojos y dando el paso definitivo, sabiendo que cada fibra de mi ser recibiría un impacto que iba a doler como el diablo—. Qué narices. Supongo que puedo cenar con Clooney otro día.

Él se echó a reír. Parecía agradable.

—Bien hecho. A las seis en punto, ¿de acuerdo?

—De acuerdo.

—¿Quieres que te pase a recoger?

—No gracias, nos podemos encontrar en cualquier otro lado.

—Vaya.

—Vaya, ¿qué?

—Es la señal de una mujer que ha sido herida.

Bueno… Así había sido en más de alguna ocasión. Pero él probablemente se refería a heridas emocionales. También era verdad.

Capítulo nueve

Hay muchos peces en el mar. Algunos son tiburones, otros ángeles, y la mayoría son rémoras.

ELAINE BUTTERFIELD,
acerca de salir con chicos.

—¿*E*stás bien, Laney? —pregunté. Eran las cuatro en punto del jueves por la tarde. Acababa de acompañar a mi último paciente a la puerta de la calle. Collette Sommerset era la madre de dos niños pequeños. Personalmente, creo que cualquier mujer madre de dos niños debería pedir ayuda, pero Collette la necesitaba más de lo normal. Su esposo era un borracho sin remedio… y encima era bajito. Mi primer pensamiento fue que debería dar una patada en el culo al señor Sommerset y pedirle una pensión alimenticia, pero me estaba esforzando por asentir con la cabeza y decir «ajá, ajá», y ayudarla a sintonizar con sus propios deseos.

Elaine se dejó caer en la silla detrás de la recepción y se encogió de hombros.

—Sí, tengo una cita esta noche.

¡Aleluya!

—¿De verdad?

Ella asintió.

—Un chico que he conocido en una prueba.

—¿Un actor? —De acuerdo, la mayoría de chicos deberían someterse a la prueba del detector de mentiras y a pruebas multigeneracionales acerca de su herencia antes de poder salir con Elaine, pero los actores…

—Productor —dijo ella.

Intenté sacarme de la cabeza al *friki*, pero no me fue posible. Lo tenía pegado como una legaña.

—Así que… ¿has superado lo de Solberg?

Ella se volvió a encoger de hombros y se reclinó en la silla.

—Si quiere ponerse en contacto conmigo, ya sabe donde vivo.

—Sí, este pensamiento también me mantiene despierta por las noches a mí.

Ella se echó a reír. Tenía los ojos demasiado brillantes. El sentimiento de culpabilidad se iba apoderando de mis terminaciones nerviosas. Quizá le tendría que haber hablado de mi excursión a la mansión de Solberg. Quizá le tendría que haber hablado del tipo con la pistola. Y quizá aquello tendría que haberla hecho marchar hacia Las Vegas, armada con nada más que su extraordinario físico y la estúpida idea de que Solberg valía un solo y escaso minuto de su tiempo.

Imágenes repugnantes oscurecían mis pensamientos. La primera vez que ella y yo nos escapamos de Schaumburg, prometí al padre de Laney que cuidaría de ella. Sé que suena algo extraño, puesto que somos de la misma edad, y supuestamente del mismo género, aunque uno no podía estar del todo seguro de ello si comparaba nuestra talla de sostén. Con todo, parecía lo correcto en aquel momento.

—¿Estás segura de que estás bien? —le pregunté.

—Segura. —Recogió las llaves del fondo de su bolso, se puso en pie y se dirigió a la puerta—. Espero no ser la primera en ser rechazada.

Apreté los dientes y me recordé a mí misma que aquello era lo que me merecía por mentir como una cosaca, así que me limité a recoger mi bolso y seguirla hacia fuera.

—El día que me reencarne en una rubia núbil y preciosa con tetas grandes y un coeficiente intelectual estratosférico no voy a ser tan humilde —le dije.

—¿Me lo prometes? —preguntó ella.

—Cuenta con ello —le dije, y abandoné el edificio.

Treinta minutos más tarde estaba en la casa de Tiffany Georges. Bueno, en realidad, treinta minutos más tarde estaba en un atasco y conversando, por lenguaje de signos, con un tipo que no se había comido mi parachoques trasero por un insulto y un milagro. Doce minutos después estaba aparcando en el camino de entrada de la casa de los Georges.

Respiré hondo y procuré tranquilizarme. De acuerdo, quizá Tiffany me había identificado como la persona que merodeaba su patio trasero. Cabía la posibilidad de que echara un vistazo por la ventana y llamara a la policía. Cabía la posibilidad de que Rivera apareciera por la puerta de entrada y me arrastrara por el pelo. Pero estaba dispuesta a creer que nada de todo aquello iba a ocurrir. De hecho, estaba dispuesta a creer que Rivera se lo había inventado todo. Al principio pensé que Tiffany había denunciado haber visto a alguien encaramado en su verja, pero estaba convencida de que no pudo ver mi rostro.

Lo que significaba que Rivera había llegado a semejante conclusión él solito. ¿Por qué narices iba a estar correteando por el jardín de Solberg en mitad de la noche?

Fuera lo que fuese, o era ahora o nunca. Reuniendo todo mi valor y levantando la barbilla cual marine en una misión, salí del Saturn y marché hacia la puerta de entrada de la casa de Tiffany. Oí el timbre en el interior, y luego nada. Lo volví a intentar. Nada.

Di un paso corto a la izquierda. Quizá no estaba en casa. En cuyo caso, podía darme un pequeño paseo por su patio trasero y…

—¿Puedo ayudarle?

En realidad dejé escapar un grito al volverme hacia ella. La muy chivata estaba justo detrás de mí. Me llevé la mano al pecho y consideré tener un ataque al corazón justo allí en su camino pavimentado.

—¡Oh! Yo sólo… Ah. —Volví a decir. Muy inteligente. También podría haber dicho «yo no irrumpí en casa de Solberg. No fui yo quien salté tu verja. Y estoy convencida de que estás cavando una tumba en la que enterrar a tu próxima víctima».

—¿La conoz… oh? —dijo ella, y parecía sentirse aliviada—. Usted es, mmm… Christina, ¿verdad?

—Sí, sí —advertí con algo de retraso que llevaba una de esas herramientas de jardinería con cuatro puntas, pero hasta el momento no me había acuchillado con ella ni había llamado a la policía.

Esto es lo que yo llamaría un buen día.

—¿Todavía no sabe nada de Jeen? —preguntó.

—No —dije yo, procurando contener la respiración, y quizá unas cuantas neuronas alteradas—. No, no sé nada, y me preguntaba si sabría usted algo.

—No, pero han ocurrido una serie de sucesos extraños por aquí —dijo ella, señalando el jardín de Solberg.

Me sentí tentada a parpadear, apretarme fuertemente el pecho y decir: «A qué se refiere», recurriendo a mi mejor imitación de Escarlata O'Hara, pero pude dominarme.

—¿De verdad? —dije.

—Hubo alguien en su casa la otra noche.

Estaba más rígida que un espagueti sin cocinar.

—Quizá era Solberg.

—Bueno, si fue él, saltó corriendo mi verja y cruzó mi patio.

—¿Su patio? —dije entre jadeos. Me decanté por Julia Roberts.

—En realidad, quizá fueran dos.

—¿Dos qué?

Ella frunció ligeramente el ceño. No apareció una sola arruga. O bien había sido introducida en el maravilloso mundo del Botox o su cara estaba hecha de madera.

—Dos personas —dijo ella.

—No lo dice en serio.

—Ojalá fuera así.

—Bueno… —Y aquí es donde verdaderamente brilló mi ingenio—. Espero que su esposo estuviera en casa.

Ella se detuvo unos instantes, cambiándose el utensilio de jardinería de mano.

—Él está, mmm… fuera de la ciudad

—¿Quiere decir que estaba usted sola cuándo ocurrió todo?

Ella asintió con la cabeza y miró nerviosamente a la calle.

—Por cierto, ¿que deseaba?

—Oh —meneé la cabeza—. Yo simplemente estaba preocupada por Solberg, pero ahora estoy preocupada por usted. Su esposo se encuentra en casa en estos momentos, ¿verdad?

—Sí, por supuesto. Llegó ayer por la noche.

—Ah, bien. Quiero decir… —Me eché a reír. Ja, ja, ja—. Hombres. Nada mejor después de un perro guardián y una bazuca cargada, ¿verdad?

Ella no dijo nada.

—Y también me han dicho que son buenos en las tareas de jardinería —improvisé—, aunque el mío nunca lo ha sido.

Esperé a que ella me replicara. No lo hizo.

—Al parecer es usted quien se ocupa del jardín, ¿verdad?

Ella bajó la vista hacia su utensilio dentado.

—Bueno, Jack está hasta los topes de trabajo.

—Ah, ¿a qué se dedica?

—Es abogado de empresa… de Everest y Everest.

—Probablemente trabaje también por las noches y los fines de semana.

—A veces. —Ella volvió a apartar la mirada—. Bueno, siento no poderla ayudar con Jeen. Si se entera de algo, hágamelo saber, ¿de acuerdo?

—Por supuesto —dije yo, y, sabiendo que había llegado el momento de marcharme, me dirigí a mi coche. Me alejé agitando el brazo alegremente, rodeé el edificio y me dirigí hacia una carretera tortuosa en las estribaciones de la montaña. Apenas cinco minutos más tarde aparcaba en un pequeño montículo con vistas al barrio de Solberg. Los Ángeles tiene un millón de lugares similares. La ciudad comprende tropecientos kilómetros cuadrados de desierto, pero la mitad de ellos están atestados de peñascos inaccesibles que incluso los angelinos evitan.

En aquella cima en particular, los senderos se perdían en la maleza en distintas direcciones, pero yo sólo estaba interesada por las casas que quedaban abajo, más allá. Si hubiera tenido prismáticos, podría haber mirado directamente en el inodoro del váter de Tiffany.

Pero ¿por qué iba a hacerlo?

Tres horas más tarde, había tenido tiempo suficiente para considerar aquella cuestión. También estaba hambrienta, y la nalga izquierda de mi trasero había estado adormecida tanto tiempo que parecía que me la hubieran amputado.

Nadie había entrado o salido de la residencia de los Georges, algo que, naturalmente, no me decía demasiado, pero tan pronto como crucé la autopista 210 en dirección a Sunland, supe que Tiffany había mentido como una cosaca.

Su esposo no había vuelto a casa. Y sabía mucho más de lo que decía. Que era mucho más de lo que se podía decir acerca de nosotros.

Una sola mirada al rostro de Elaine el viernes por la mañana me recordó por qué estaba continuando la búsqueda.

Había estado llorando. Tenía los ojos rojos y la nariz congestionada, pero continuaba teniendo un aspecto maravilloso.

Nadie dijo que la vida fuera fácil. Al menos nadie del clan McMullen. Pero nosotros descendemos de un largo linaje de irlandeses deprimidos que tienen tendencia a beber cuando se sienten abatidos, contentos o emocionados.

—Angie —saludé a mi último paciente de la jornada. Justo había cumplido los diecisiete hacía un par de semanas y lo había celebrado tatuándose un pequeño puñado de estrellas bajo la oreja izquierda.

Angela Grapier venía a la consulta desde hacía un año. Era menuda y bonita, y continuaría siendo adorable aunque se vistiera con un trapo y se cortara el pelo con una sierra circular.

—¿Cómo te va? —le pregunté.

—Bien. —Ella se encogió de hombros y sonrió un poco—. Bueno… bastante bien. Supongo que si estuviera del todo bien, no tendría que saltarme álgebra para estar aquí, ¿verdad? —Ella arrojó la mochila al suelo, se quitó las zapatillas desatadas, y se sentó encima de sus piernas en el sofá.

Si alguna vez tuviera una hija, me gustaría que fuera como Angie. Aunque sin su adicción a las drogas y los novios a los que yo quería exterminar.

O mejor dicho, ex novios. Me di una palmadita imaginaria en la espalda. Me sentía orgullosa de haber quitado de en medio a Kelly. Era un desgraciado de importantes dimensiones. Ella lo sabía incluso antes de acudir a mí, pero me gustaba pensar que la había ayudado a reunir el valor suficiente para eliminarlo de su vida.

—Así pues… ¿cómo te va con Sean? —Sean Kipling era su último pretendiente. Le gustaba la música clásica y llevaba pantalones que no le caían por las caderas y dejaban ver su ropa interior, que era lo que llevaban los chicos *guays*, pero Angie parecía estar dispuesta a perdonarle aquella metedura de pata.

—Es bueno.

—¿Ya le has mostrado la gloria de la música rap?

—Estoy en ello. —Volvió a sonreír. La había visto sonreír más en aquellas tres últimas semanas que en los últimos dos meses—. ¿Te acuerdas de Enya?

—Yo sólo escucho polcas, ¿te acuerdas?

—Ah, sí —se echó a reír—. Al fin y al cabo, Enya no está tan mal.

—Estoy segura de que ella estará encantada de contar con tu apoyo.

—Sean me dio su CD —dijo ella, y guardó silencio.

Yo esperé. Ella se mordió el labio.

—El otro día me dejó una violeta africana en la mesa en la clase de química.

—¿Te gustan las violetas?

—Sí —parecía pensativa—. Supongo que se lo tendría que haber dicho. Pero no me acuerdo de cuándo.

Contuve un suspiro. Una chica que escuchaba y respondía de manera apropiada. Quizá si la chica lo rechazaba, ella lo podría conseguir de rebote. Qué más daba si era la psicóloga de su novia… y dieciséis años mayor que él. ¿Qué sentido tiene vivir en la ciudad de los sueños si no puedes cometer ninguna estupidez, y a poder ser delictiva, de vez en cuando?

—Le gusta regalarme cosas —dijo ella.

—A veces los chicos suelen hacer estas cosas cuando están enamorados —dije yo. Lo decía por experiencia propia. En una ocasión salí con un tipo que me regalaba medias siempre que tenía la ocasión. De la talla 2. Unas medias de la talla 2 que no me entraban por la cabeza.

Pero de nuevo, ¿de qué me servía?

—¿Crees que me quiere? —me preguntó.

La pregunta del millón de dólares. Me encogí de hombros,

esperando parecer enigmática pero pensando en secreto que deshojar una margarita sería más fiable.

Ella frunció el ceño. Esperé. Le había llevado unas cuantas semanas abrirse a mí, pero desde entonces lo nuestro había sido un parloteo constante.

—¿Algo va mal? —pregunté.

Ella me miró. Tenía los ojos de un cachorro de sabueso. Ella los dirigió a la puerta y luego a mí.

—No quiere hacerlo —dijo ella al fin.

Oh, oh. Me recliné en la silla, adoptando un aire despreocupado.

—¿Hacer qué? —le pregunté, aunque estaba bastante segura de saber a lo que se refería; el ubicuo «lo».

—Ya sabes. Sexo —dijo ella, confirmando mis sospechas. Los tópicos suelen ser frecuente en las sesiones de terapia. Y si no lo son, lo deberían ser. Mi teoría personal es que las hormonas gobiernan el mundo. Pero ¿quién gobierna las hormonas?

—Oh —asentí con la cabeza, procurando parecer comprender. Pero por lo que a mí respecta, nadie parece comprender demasiado el sexo. Simplemente se trata de un acto ilógico. No vale la pena querer darle un sentido. Lo que quiero decir es que, si lo piensas desde el punto de vista práctico, te explota la cabeza. Ha estado presente desde que el hombre dejó su primera cueva, y continúa siendo el primero en éxito de taquillas. El cubo de Rubick iba y venía, pero todo indicaba que el sexo iba a permanecer.

»¿Qué te hace pensar algo así? —pregunté.

—Bueno… —Ella se mordió el labio una vez más—. Dice que deberíamos esperar.

Junté las manos en mi regazo, en un gesto paciente y profundamente filosófico.

—Quizá no sea lo mismo no querer hacerlo y creer que no deberíais hacerlo —sugerí.

Ella levantó la vista, con los ojos brillantes.

—¿Sí?

—Podría ser.

—¿Crees que deberíamos esperar?

Contuve un resoplido. ¿A qué demonios estaba esperando?

A juzgar por algunas evidentes diferencias físicas, tampoco era mucho mayor.

—A veces puede ser una buena idea —dije.

—¿Por qué?

—Tienes muchas cosas en las que pensar. La escuela, los problemas familiares. ¿Todavía piensas en entrar en Berkeley?

—Presento la solicitud esta semana.

—¿Vas a tener que subir tu nota media?

—Eso es lo que dice mi padre.

Ella y su padre habían llegado a lo que se podría calificar como un acuerdo. Me gustaba pensar que yo también había tenido algo que ver en ello.

—El sexo puede llegar a entrometerse en tus asuntos —añadí.

—Ya.

—Quizá Sean lo sepa.

Ella parecía pensativa.

—¿Así que crees que quizá quiera hacerlo, pero que no cree que sea una buena idea ahora?

—Ajá. —A menos que sea homosexual, mucho me temo que lo más probable sea eso.

Ella frunció el entrecejo.

—No creo que sea gay.

Dejé que fuera a su ritmo.

Hizo una mueca.

—Cuando me besa, noto que su… ya sabes.

Creía que sí, si la memoria no me fallaba.

—¿Crees que te encuentra atractiva?

Ella se encogió de hombros.

—El otro día Jenny Caron nos pasó por al lado mientras estábamos hablando y él ni siquiera la miró.

—¿Jenny es guapa? —supuse.

Ella puso los ojos en blanco.

—Jenny tiene unas tetas como dos torpedos. Todo el mundo mira a Jenny. Hasta yo misma miro a Jenny.

Intenté no reírme, para no faltar a la expresión seria de su rostro.

—Él dice que cuando estoy con él, no puede pensar en nada más, y teme que después de hacerlo, le atropelle un autobús o

algo por el estilo. Que sus restos queden esparcidos por la calle.
—Ella arrugó la nariz—. Es un chico un tanto extraño.

Por un minuto pensé que me había enamorado. Los chicos
extraños suelen producir este efecto en mí. Mi primer amor tenía seis dedos en el pie izquierdo. Me lo enseñó en el patio el
primer día de escuela; orgulloso como ninguno.

—Por lo que dices, parece sentirse atraído por ti —dije yo.

—Sí. —Ella volvió a sonreír, maliciosamente, y se serenó
lentamente—. Así pues crees… —ella se detuvo, pensativa—.
¿Crees que los chicos buenos, ya sabes, a los que realmente les
importas, crees que deberían pensar en esperar?

—Podría ser —dije, inescrutable hasta el extremo, aunque
más tarde me senté sola en el despacho.

Odio aprender cosas de mis pacientes. Sobre todo cuando les
doblo la edad y son ex drogadictas en fase de rehabilitación.

Pero la verdad era dura y venía a decir algo así como:

Primero: no había tenido ni una sola relación madura con
un hombre en mis treinta y tres años de vida. Y segundo: le debía a Elaine haberle descubierto al durante mucho tiempo célibe
Solberg.

Capítulo diez

Los hombres poseen dos características singulares: el cerebro y los genitales. Lamentablemente, ninguno de los dos suele funcionar simultáneamente.

La profesora Eva Nord,
que ha tenido sus propios problemas con los hombres.

Mi inodoro se estropeó después del trabajo. Utilicé el desatascador como un martillo y pedí una intervención divina. Dios es bueno y, al parecer, ver mi dinero invertido en un nuevo sistema séptico le producía el mismo entusiasmo que a mí.

Llegué cinco minutos tarde y bastante segura de que mis manos no olían a cloaca cuando entré en el restaurante Safari.

—Hola. —Ross se puso en pie tan pronto como advirtió mi presencia.

El restaurante estaba decorado con motivos africanos, con alfombras rojas en el suelo y máscaras de madera lanzando miradas lascivas desde las paredes.

Aproximándose hacia mí, Ross me tocó el brazo y me besó en la mejilla.

—Gracias por venir.

Mis terminaciones nerviosas continuaban afectadas por aquel inexplicable contacto, que interfería en mi capacidad de habla, y dije:

—Gracias por invitarme. —Que no era original, pero al menos no contenía ninguna sílaba que me pudiera hacer escupir.

La camarera se llamaba Amy. Era del tamaño aproximado de un palillo. Nos recibió como si hubiéramos sido enviados por

Dios. O quizá por Alá. Debía de ser musulmana. Sus ojos eran del tamaño de la punta de un palillo chino. Aquella analogía me hizo caer en la cuenta de que no había comido nada desde… bueno, desde la hora de la comida. Pero había sido muy ligera y de eso hacía más de dos horas. Con razón estaba hambrienta. Había vuelto a dejar de fumar; después de fumarme un paquete entero en mi Saturn al girar la esquina de la casa de Hilary Pershing.

No había descubierto nada, a excepción de que me encantaba fumar, y que no tenía la capacidad de atención para ser un detective privado.

Después de asegurarnos que en breve la camarera estaría con nosotros, Amy nos entregó las cartas y salió corriendo. Quise ver si mi acompañante levantaba la vista para mirarle el trasero. No lo hizo. En lugar de ello, me dirigió una sonrisa desde el otro extremo de la mesa. Mmm. Realmente un prometedor… y sorprendente… inicio. Quizá no era Jenny Caron, pero tampoco era un adefesio.

—¿Has tenido problemas para encontrar el restaurante? —preguntó Ross.

Nos sentamos en una tarima ligeramente elevada cerca de la ventana. En la pared había colgada la piel de algún animal exótico que no pude identificar.

—No —dije—. Ningún problema. —No me molesté en decirle que podía encontrar un bollo de azúcar en una tormenta de nieve—. Pedí indicaciones.

—Bien. Odio perderme. Y este lugar es difícil de encontrar. Una vez… —Se detuvo, con la boca abierta, y se echó a reír—. Discúlpame. Estoy hablando como una cotorra.

Era mucho más mono que una cotorra.

—Me suele pasar cuando estoy nervioso.

Procuré no parecer sorprendida. Pero ¿por qué narices iba él a estar nervioso? Por lo que mí respectaba, temía que el sudor traspasara mi elegante chaqueta azul. Era de corte bajo, tal como insistían los gurús de la moda. Al parecer, a los maestros de la moda no les preocupa el tamaño de mi trasero, que había cubierto con unos pantalones informales de azul cobalto, perfectamente conjuntados con la chaqueta.

—¿Qué desean tomar para beber?

Qué casualidad, por una vez que no salivaba por una camarera, aparece, como un clavo.

Ross hizo un gesto hacia mí.

Pedí un daiquiri de fresa. Normalmente pido un té helado pero quería inducir a Ross a beber. No es que quisiera emborracharlo, ni nada por el estilo. Sólo que si se tomaba unas copas, estaría más predispuesto a contarme todo lo que sabía. Además, los daiquiris son muy sabrosos. Parecen un postre líquido.

Él pidió una cerveza.

La camarera se apresuró a hacer realidad ambos deseos. Me sentía relativamente satisfecha con la amplitud de sus caderas y no me molesté en comprobar si Ross contemplaba su partida.

—¿Nervioso? —dije en su lugar, retomando el hilo de nuestra truncada conversación.

—Sí, bueno… —Se frotó la nuca. Por lo que se refería a unos tics nerviosos, no estaba nada mal. En una ocasión salí con un chico que era un manojo de nervios. Mirando hacia atrás, creo que quizá era yo quien le producía alergia—. No suelo salir con muchas chicas. Quiero decir que… —Él dejó caer los brazos y se encogió de hombros. Llevaba una camisa con cuello abotonado color habano con una camiseta negra debajo—. Acabo de romper con alguien.

Unas sirenas de alarma sonaron en mi cabeza. Tuve que acallarlas con un trago de agua. Quizá necesitaba algo más potente. Como una petaca de vodka.

—Ah. —Y el tono tan despreocupado.

—Bueno… —él sonrió—. Supongo que decir que «acabo de» es un término algo relativo. Hace un año que no veo a Tami.

Procuré amortiguar un suspiro, pero sentí que mis hombros se combaban de alivio.

—¿Cuánto tiempo estuviste saliendo con ella?

—Unos seis meses. Pero… —Él meneó la cabeza—. Lo siento. Eso es cosa del pasado. ¿Qué me dices de ti?

—Yo tampoco estoy saliendo con Tami.

Él se echó a reír. Quizá no estuviera tan apenado.

—¿Sabes algo de J.D.?

—No —negué con la cabeza. Nos trajeron las bebidas. Tomé un sorbo. Muy bueno—. ¿Y tú?

—J.D... —Él se encogió de hombros—. Le gustan las chicas. Y en Las Vegas hay unas cuantas.

Me hubiera gustado poderle explicar que el Friki no podía estar interesado en nadie más después de estar con Elaine, pero algo relacionado con el cromosoma que les falta a los hombres... Bueno, los hombres son idiotas. Sé que suena sexista. Pero soy una profesional cualificada y llevo treinta y tantos años de investigación a las espaldas. ¿Aquello qué quería decir? ¿Que el Friki se había visto involucrado en la mafia de Las Vegas?

Cuando aquella idea se me pasó por la cabeza, me pareció tan ridícula como tendría que ser.

—¿Así que crees que Solberg se ha quedado en Las Vegas por... motivos de placer? —pregunté.

Ross tomó un sorbo de la cerveza y se encogió de hombros.

—Podría ser.

Lo miré fijamente. No recibí ninguna respuesta.

—¿No se encontraría allí con alguien?

Él se retorció un poco en la silla.

—Todos nos encontramos con alguien allí. Lo que quiero decir es que hay un montón de *frikis* de la informática en la convención de Las Vegas.

Quería preguntarle con quién se había encontrado allí pero me ceñí al tópico como el chicle.

—¿Sabes con quién se encontró Solberg?

Él se encogió de hombros.

—¿Disculpa?

—¿Eso significa que no?

Él hizo un gesto de perplejidad con las manos.

—J.D. parece una buena persona. Pero tampoco le conozco lo suficiente.

—Ninguno de los dos tenemos esa suerte.

—¿Cómo?

—Mira —dije, metiéndome de lleno en la conversación—, sé que puede parecer extraño. Quiero decir... —meneé la cabeza—. Casi ni yo misma me lo creo, pero mi mejor amiga está enamorada de él.

—¿De J.D.?

Era difícil de admitir. Pero hay momentos en los que tienes que enviarlo todo al carajo y decir la verdad.

—Sí.

—Oh —asintió con la cabeza, en un gesto pensativo—. Bueno, ésa es una buena noticia para mí.

—¿Cómo?

Él se echó a reír, parecía aliviado.

—Creía que eras tú la que estaba interesada en él.

Sentí que palidecía, pero le sostuve la mirada.

—Tampoco tienes que ser cruel —dije.

Él permaneció en silencio unos instantes, entonces prorrumpió en carcajadas.

—¿Cómo se llama tu amiga?

—Elaine.

—Y ella es… tridimensional, ¿verdad?

—Por otro lado… —levanté mi copa hacia él— la crueldad va contigo.

La camarera con las caderas aceptables volvió y pasó página a su cuaderno. El nombre GRACE estaba escrito en la portada en naranja fosforescente y enmarcado con infantiles y desiguales corazones. Grace no llevaba ninguna alianza, y tenía un aspecto cansado, al tiempo que estoico, en la línea de fuego de la clientela de la noche. Ross pidió pez espada con arroz al azafrán. Yo una ensalada de gambas. Siempre que pido una ensalada me siento victoriosa, aunque luego la rocíe con suficiente aliño como para lubricar un camión de la basura.

Trajeron la verdura de Ross. La comió con sumo cuidado, cortando la lechuga en trozos pequeños. Pero «trozos pequeños» es una expresión algo imprecisa, ¿verdad? Tenía las manos bonitas. Sé que lo he mencionado antes, pero es que eran muy bonitas. Eran ligeramente morenas, de dedos largos. Manos que podrían…

Di al traste con semejantes pensamientos y me recordé a mí misma por qué había quedado con él en primer lugar.

—Así pues… —Aparté la vista de sus manos. Había dado

con un tomate cherry entre el verde de la lechuga y se lo comía como si fuera una diminuta manzana. Tenía una semilla en el labio inferior.

—Así pues… —volví a decir. Mantuve la respiración constante, a pesar de la maldita semilla—. ¿Cuándo fue la última vez que lo viste?

Él levantó la vista.

—¿A J.D.?

—Sí.

Inclinó la cabeza y me dedicó una media sonrisa. Su expresión era infantil y cautivadora. Lo que me hizo pensar que o era gay o estaba casado. O quizá las dos cosas. Se pueden dar las dos a la vez. No me preguntéis cómo lo sé.

—¿Estás segura de que no estás interesada en él? —me preguntó.

Consideré la posibilidad de decirle «que me muera ahora mismo si no es verdad», lo que me hizo preguntarme si ya estaría bebida. Decir que me emborracho con facilidad sería una verdad como un templo. Dos sorbos más y me caería al suelo en redondo; o encima de Ross.

—Quiero decir… no te ofendas. —Se encogió levemente de hombros—. J.D. tiene muy buenas cualidades.

Levanté una ceja hacia donde él estaba.

—¿Cómo…?

—¿Has visto su coche?

La verdad era que sí. El Porsche y yo habíamos compartido un corto y veloz tramo de carretera entre Studio City y Glendale.

—Sí, bueno… —Procuré hacer a un lado el pensamiento del coche—. Laney es mi mejor amiga desde que me advirtió que tenía pegado un trozo de papel del váter en la suela de mis zapatos de charol.

—¿Laney?

—Su… —contuve un escalofrío— novia.

—¿Lo estás buscando por ella?

—Ella cree que la ha abandonado. Le dije que ni siquiera Solberg podía ser tan burro, pero ahora… —Me encogí de hombros.

Ross frunció el ceño, sin decir nada.

—¿No ha dado señales de vida?

—Tal como te he dicho, no le conozco tan bien.

—¿Cuál es tu relación con él?

Él inspiró profundamente y dejó caer los hombros.

—Lo siento, yo no… quiero decir que … —apartó la mirada, y entonces me dejó sin respiración— me gustas mucho.

Lo miré fijamente, llena de estupefacción. Parecía algo pronto para el discurso de la ruptura. Vamos a ver, de momento no había mucho que romper. Pero podía oír sus próximas palabras. «Eres una gran chica, pero no nos terminamos de entender… encajar, congeniar.» Escoja el eufemismo para «eres fea».

Esperé, con porte elegante. Había estado preparándome para ello con mis últimos setenta y cuatro chicos.

Él dejó escapar un suspiro.

—No te lo quería decir pero…

—Eres gay. —Las palabras surgieron con vida propia.

—¿Cómo? —Se echó a reír, pareciendo sorprendido.

Estuve a punto de cerrar los ojos para impedir la aparición de mi estupidez, magnificada por el alcohol.

—Nada. No he dicho nada. Continúa.

—¿Crees que soy gay?

—A lo que me refería es que creía que eras… —Que yo sepa, no hay un solo hombre heterosexual en el universo al que le guste ser confundido con un homosexual, independientemente de lo bien que combine los zapatos con los chalecos—. Jovial, alegre. Ya sabes… —que Dios me asistiera— de estar vivo.

—No soy gay.

—No. Por supuesto que no. —No sabía qué narices me estaba pasando—. ¿Qué me querías decir?

Esperé. Como mínimo, debía sentirse apegado a su madre. ¿Quién no se siente apegado a su madre?

—Vi a J.D. con una rubia.

Parpadeé al tiempo que mis neuronas daban coletazos cual peces fuera del agua.

—¿Una rubia cómo?

—Una mujer.

Dejé que la información penetrara en mi cerebro saturado. La cólera se fue despertando lentamente en mis entrañas.

—¿Solberg? —pregunté, sólo para estar del todo segura—. ¿Con una mujer?

—Lo siento.

Dejé escapar aire lentamente.

—¿Quién era ella?

—No lo…

—¿Era una bailarina?

Él se inclinó hacia atrás ligeramente, como si quisiera poner algo de distancia entre él mismo y la mujer que en cualquier momento podía metamorfosearse en una feminista que saca fuego por la boca.

Me tranquilicé. Quizá era el alcohol, que me hacía un poco más intensa. Quizá fuera el hecho de crecer con hermanos que nunca llamaban a la puerta antes de entrar en el baño. Sí, creo que los culparé a ellos.

—Lo siento —dije—. No es culpa tuya. Es que no quiero que hagan daño a Elaine. —Le dediqué una refinada sonrisa—. ¿Dónde viste a la rubia con J.D.?

Pareció relajarse un poco.

—Asistimos a un espectáculo de magia.

Le di un sorbo a mi bebida, procuré parecer tranquila y me abstuve de abalanzarme.

—¿Asistimos? —dije yo.

—Un grupo de gente: J.D., Jeff, Hilary…

—¿Hilary Pershing?

—Sí. ¿La conoces?

—En realidad, no. ¿Estaban Solberg y ella…? —Empecé a juguetear con la servilleta, recordándome a mí misma no hacerla trizas como si fuera el cabello del *friki*—. ¿Eran pareja?

Él se encogió de hombros.

—Tal como te he dicho, no lo conozco demasiado bien, aunque los vi juntos en la convención una noche.

—¿Te acuerdas de cuándo fue?

—No. Pensé que estaban hablando de trabajo. A menudo suelen colaborar en sus respectivos proyectos, ya sabes.

—¿Qué proyectos? —La palabra «Combot» resplandeció en color rojo en mi cabeza.

—¿Has oído hablar de Insty List?

Lo negué con la cabeza. No. Pero he oído hablar de Combot. ¿Qué narices era Combot?

—Bueno, cuando se haga público, va a ser algo muy importante. Y es su creación.

—¿Crees que es eso de lo que estarían hablando?

Él hizo una mueca como si estuviera pensando.

—Podría ser. Pero parecían mantener una conversación algo subida de tono.

—¿Subida de tono?

Mi curiosidad se convirtió en sospecha.

—Bueno, quizá no era subida de tono. Quizá… animada.

No tenía tiempo para cuestiones de corrección política.

—¿Llegaste a oír de qué estaban hablando?

—Ni una palabra.

—Pero estaban discutiendo.

Él se encogió de hombros.

Le maldije por dentro.

—¿Estaban trabajando en algo más juntos?

—Probablemente.

—¿Algo en concreto?

Él me miró extrañado.

—¿Por qué me lo preguntas?

Mis experiencias en el pasado me decían que jamás debía confiar en alguien con el cromosoma Y, pero necesitaba un confidente. ¿Podía confiarle la verdad? ¿Podía preguntarle directamente acerca del disco que encontré en el cajón de la ropa interior de Solberg? Pero prevaleció el sentido común. Pocos hombres eran dignos de confianza en virtud de su atractivo. De hecho, lo contrario también podía ser cierto.

—Por ningún motivo en particular. ¿Qué me dices de Black? —le pregunté, acordándome de nuestra conversación en el despacho—. ¿Tenían él y Solberg algún proyecto juntos?

Ross lo negó con la cabeza.

—Que yo sepa, Black cumple una función estrictamente administrativa.

Pero Black dijo que Solberg y él habían trabajado bien juntos. Quizá se refería a un sentido figurado, aunque había sonado a algo más personal que eso.

—¿Se te ocurre algunos amigos con los que pueda estar Solberg?

—¿Amigos? —Pareció pensativo—. No. Así de pronto no se me ocurre ninguno. Trabaja mucho. Lo más probable es que no tenga tiempo para demasiada vida social.

—Sin embargo, tenía tiempo para la rubia.

—¿Qué?

—La p… del mago. —Estuve a punto de decir una palabra que me hubiera hecho ganar un lavado de boca no hace tantos años atrás—. Mmm… ¿qué hacía ella exactamente en el espectáculo?

—Ah. Creo que era la chica a la que serraban en dos.

—¿De verdad? —Apreté con fuerza el daiquiri—. ¿Con qué mitad se marchó él?

Ross se echó a reír, aunque sonaba un poco nervioso.

—Admito sentir algo de celos por J.D. Me refiero a que es un maldito genio. Se ha llevado a casa la Bombilla de Oro durante tres años consecutivos, pero no quiero causarle ningún…

—¿Cómo se llama ella?

—¿Disculpa?

—La media conejita del mago —dije yo, dominando perfectamente la situación—. ¿Cómo se llama?

Él lo negó con la cabeza.

—No la llegué a conocer. Y eran cuatro. Por otro lado, quizá todo fuera de lo más inocente.

Yo apreté los dientes.

—Probablemente estarían discutiendo la teoría de la relatividad.

Él parecía avergonzado.

—A J. D. le interesa más la expansión del tiempo.

No tenía ni idea de lo que me estaba hablando, pero pude advertir la ironía de la situación con mucha claridad, a pesar del cuarto de litro de ron que recorría mi cuerpo. Ahí estaba yo con un hombre guapísimo que ni siquiera era gay, y yo hablándole del rey de los *frikis*. Aquella idea me dolió en lo más profundo de mi ser. Lo más profundo.

—¿Y qué me dices del mago?

Él pareció totalmente desconcertado durante unos momentos, pero era de mente ágil y supo por dónde iban los tiros. Respiró hondo y se reclinó en el reservado.

—Parecía extranjero.

—¿Un François o más bien un Juan?

—No. Egipcio, quizá, o árabe. Creo que llevaba turbante.

—¿Crees?

—Puede que estuviera algo borracho mientras veía el espectáculo.

—¿Puede?

Esperé.

—La magia del… —Él ladeó la cabeza, pensativo—. ¿Martini?

—¿La magia del Martini? —repetí, confundida.

Él se echó a reír, hizo a un lado su ensalada y alcanzó mi mano. El tacto de su piel era cálido cuando me apretó los dedos.

—Mira, yo no quería contarte todo esto. Yo sólo… sólo quería quedar contigo y… —Él se encogió de hombros—. Lo siento mucho.

Le miré a los ojos. Eran de un azul caribeño y limpios como la madreselva.

—No es culpa tuya —dije, finalmente comprendiendo la verdad de la cuestión. Él era sin lugar a dudas un hombre, pero no tenía por qué ser responsable de los errores de todo su género.

—No —dijo él, y me acarició la palma de la mano con el pulgar—. Pero tengo la sensación de que todo esto me va a explotar en la cara. ¿Sabes lo que quiero decir?

Lo sabía. Había pensado en hacerlo yo misma unos minutos antes.

Ross me acarició la palma de la mano con la punta de su dedo anular, que, por cierto, continuaba desprovisto de anillo.

—Quizá podríamos olvidarnos de él esta noche. Ya sabes, conocernos mejor tú y yo.

Mis hormonas se agitaron para prestar atención. Tenía razón. Aquella noche no podía hacer nada por Elaine. De hecho, si Solberg la había fastidiado del modo que creía que lo había hecho, no podía hacer absolutamente nada por ella. Excepto contratar un sicario, a menos que alguien se hubiera encargado de ese pequeño detalle. Aquel pensamiento me daba cierta aprensión.

—Tengo que confesarte algo. —La comisura de la boca de Ross se curvó unos centímetros, y por unos instantes, posiblemente por primera vez en mi vida, consideré la idea de saltarme la cena y arrastrarlo hasta el coche—. Tan pronto como te vi entrar en Neo, me dije a mí mismo que te pediría que quedáramos para salir.

—No me viste entrar —dije yo—. Simplemente me atrapaste cuando estaba a punto de irrumpir en la oficina de Solberg.

Él se echó a reír y se echó hacia atrás levemente. Su risa era grave y seductora, y retumbó por mi sistema, revolucionando a mis oxidadas hormonas a su paso.

—¿Ibas a irrumpir en la oficina?

—Laney es una buena amiga mía.

—Te vi entrando —me corrigió él—. Llevabas una blusa sin mangas y unos zapatos que hacían que tus piernas… —Hizo una pausa—. Bueno, pensé que al viejo Grez se le iban a caer los dientes al verte sonreír. Merodeé un poco cerca de allí mientras hablabas con Black, intentando encontrar el modo de presentarme a ti.

Él dio la vuelta a mi mano y me acarició los nudillos.

—Me alegré de no tener que graparme la corbata a la frente ni nada por el estilo para llamar tu atención —dijo él.

Sus dedos se habían desplazado hasta la muñeca. Tragué saliva y mantuve los pies firmemente plantados en el suelo. La última vez que mis hormonas habían sido despertadas de su letargo, me descubrí a mí misma sentada a horcajadas sobre un policía de mal carácter como un perro de guardia en un goteo de estrógeno.

—¿Es así cómo sueles hacerlo? —le pregunté.

—A veces me lanzo a la papelera.

Le lancé una mirada. Él sonrió. Sentí los efectos de la sonrisa hasta en la médula.

—Soy un *friki*. Me siento afortunado por poder respirar y manejar un mando informático al mismo tiempo —dijo él, haciendo que las comisuras de sus ojos se arrugaran atractivamente.

Estaba empezando a salivar.

—¿Estás seguro de que eres un *friki*?

—¿Quieres ver mi portalápices de bolsillo?

—¿Se trata de algún tipo de metáfora?

—¿Sería demasiado evidente si te dijera que lo guardo en mi dormitorio?

Aquélla era la vez que había estado más cerca de una verdadera proposición. Abrí la boca para responder, pero sólo pude detener la sugerencia lasciva que curvaba mi lengua.

En su lugar, me aclaré la garganta y me enderecé un poco.

—Así pues… Emery Black —dije, con las rodillas apretadas cual bibliotecaria en una convención de venta de coches—. ¿Cuál es su historia?

—Es millonario. Divorciado. Él es el capitán del barco.

—¿Qué produce NeoTech exactamente?

—Vas a tener una larga vida —dijo él, trazando la arruga de mi palma con el dedo. Me mantuve rígida, a pesar de los estremecimientos que amenazaban con tumbarme en el suelo—. Así que quizá tenga tiempo de decírtelo.

—¿No seréis vosotros quienes creasteis el sistema solar, verdad?

Él sonrió.

—Casi todo… —Él volvió a ladear la cabeza—. Nosotros lo producimos todo. Lo superamos casi todo. Los pequeños chips para los motores de los coches. El material para confeccionar lentes de contacto. Productos para la seguridad del hogar.

—¿Material para el gobierno?

—Sí.

—¿Como… armas? —Quizá Solberg era un traficante de armas, pensé frenéticamente, aunque la idea de él con ropa de camuflaje y proporcionando AK-47 a forajidos de expresión sombría no me entraba en la cabeza.

—Más bien aparatos de escucha y cosas por el estilo, creo. Pero ésa no es mi área de especialidad.

—¿Es la de Black?

—Black lo supervisa todo. Estoy seguro de que también entra dentro de sus competencias.

Yo asentí con la cabeza, rememorando mi conversación con él.

—¿Sabes si hay algo que vaya a ocurrir a final de mes?

—Que yo sepa no. ¿Por qué?

—Por nada en particular. Sólo que Black dijo que estaba convencido de que Solberg volvería entonces.

—Probablemente se trate de una fecha arbitraria.

O cualquier perogrullada para sacarme de la oficina sin puñetazos por en medio.

—¿Están muy unidos Black y Solberg?

—¿Muy unidos? —repitió él.

Yo me encogí de hombros, no muy convencida de dónde quería llegar a parar.

—¿Se caen bien?

Él tomó un sorbo de su vaso.

—Solberg genera mucho dinero a Neo. A Black le gusta. Pero las relaciones extraprofesionales tampoco son mi área de especialidad.

—¿Cuál es?

Él hizo una mueca.

—Los ratones.

—¿Cómo dices?

Él se encogió de hombros.

—Hay quien se encarga de hacer mejores ratoneras. Yo procuro hacer mejores ratones.

Parpadeé.

—Del tipo que dirige tu cursor.

—Ahh —dije yo, y él se rio.

—No tienes que hacer que parezca más interesante.

—No lo hago.

Él inclinó la cabeza.

—No podría ser un tipo más aburrido, ¿verdad?

Le brillaron los ojos.

—Continúo despierta —dije yo.

—¿Sí? —Él se acercó un poco más y deslizó los dedos por mi brazo—. ¿No es ahora un buen momento para decirte lo guapa que eres?

—No dejes para mañana lo que puedas hacer hoy —pude decir.

Él me dirigió una media sonrisa.

—Eres algo distante —dijo él—, sin ser fría.

No, señor. De hecho, me sentía completamente ruborizada.

—Casi perfecto… —me acarició la mejilla—, pero asequible.

¡Mierda! Abrí la boca, quizá para decir esa palabra, pero justo en aquel momento sonó el teléfono móvil.

Sonó muy lejano pero terminó por penetrar en mi nube provocada por la lujuria. Recogí la lengua que me colgaba de la boca y aparté la mano delicadamente de la suya.

—Mmm, discúlpame. —Si era mi madre diciéndome que Pete estaba aparcado en el patio delantero, me cortaría las venas con un cuchillo de mantequilla.

Revolví en mi bolso y saqué mi trofeo. Dedicándole a Ross una sonrisa que esperaba que no pareciera caníbal, lo abrí de golpe.

—¿Hola?

—No digas nada —dijo una voz sibilante y desesperada.

Estuve a punto de oponerme.

—Limítate a escucharme. Tienes que ayudarme.

—Quien…

—Los Robles. En media hora. No se lo digas a nadie. Ni siquiera a la policía. Y no confíes en nadie. Cuestión de vida o muerte, querida. Vida o muerte.

El teléfono se cortó. Lo cerré sumida en un silencio paralizador.

—¿Algo va mal?

Levanté la vista. Me había olvidado de la existencia de Ross.

—No. Bueno… —La voz era de Solberg, ¿verdad? Sí. Estaba segura de ello. O no—. Sí, en realidad, sí —dije.

Él frunció el ceño.

—¿Te puedo ayudar en algo?

—Gracias —dije—. Pero es que… —¡Mierda! ¿Qué había pasado?—. Elaine.

—¿Qué le pasa?

—Es que ella… —Me encontré corriendo hacia el borde del reservado antes de poder formar cualquier pensamiento racional o conseguir bajar el efecto del ron con mi lento y pesado aparato pensante—. Está muy deprimida.

—¿Te marchas? —preguntó él, agarrándome la mano.

Conseguí, después de mucho meditarlo y de varias amenazas autoimpuestas, apartar mis dedos con pesar de los suyos.

—Lo siento —dije. Y realmente lo sentía. Aunque hubo partes de mí que lo sintieron más que otras.

Capítulo once

No confío en nadie que no lleve mi nombre tatuado
en el culo, aunque luego me parezca sospechoso.

ROGER REED.
El tío más lúcido de Chrissy por parte de madre.

«En los Robles. En media hora.»

Sabía dónde quería decir. Los Robles era un restaurante en
el que un día había sacado información a Solberg.

Conduje rápidamente, mi mente corría en la oscuridad a la
misma velocidad que los neumáticos del Saturn. ¿Qué es lo que
estaba ocurriendo? ¿Había sido realmente Solberg?

Eso creía. ¿Quién más podría ser tan melodramático? «Cuestión de vida o muerte.»

Tenía retortijones en el estómago. Tragué saliva y abrí la
guantera. Había un espray de defensa personal entre un sujetador y unas chocolatinas. Me reconfortaba saber que mi equipo
de supervivencia continuaba en su sitio.

Saqué el espray, lo guardé en el bolsillo de la chaqueta y me
concentré en la conversación que acababa de tener lugar.

«No hables.»

Aquéllas habían sido sus primeras palabras. Era evidente que
no quería que nadie supiera que había llamado, pero ¿por qué?

De vida o muerte. ¿La vida de quién? ¿La muerte de quién?
Si tuviera que ser de alguien, esperaba con fervor que no fuera
la mía. Últimamente, las cosas no me habían ido muy bien en lo
que respetaba a las situaciones peligrosas. Pero al menos el res-

taurante Los Robles estaba situado en una zona lujosa de la ciudad. Ahí estaría a salvo.

Llegué al restaurante en un tiempo récord. No os lo creerí-
ais, justo cuando no quería llegar a algún lado, el tráfico de Los
Ángeles desaparecía como un exhibicionista público en una ceremonia de graduación.

Entré en el aparcamiento y encontré una plaza libre a dos metros escasos de la puerta.

Tenía las manos temblorosas y la garganta seca. Apagué el
motor y volví a echar un vistazo a mi bolso. El teléfono continuaba ahí. Quizá debería llamar a alguien. Pero ¿qué le iba a decir? «Mira, estoy a punto de encontrarme con alguien por razones que no puedo explicar.»

Apenas me sentía los miembros mientras abría la puerta y
me dirigía al restaurante. Pasé al lado de una pareja. Estaban rién-
dose. Me encontraba mal. Me apresuré a entrar, buscando. Solberg no estaba por ningún lado. El vestíbulo estaba lleno de
gente. Una mujer con una niña con trenzas esperaba en la puerta.
Dos hombres con chaqueta conversaban sobre las nubes.

—¿Puedo ayudarla? —Me sobresalté como si me hubieran
disparado. La camarera me miraba con cierta curiosidad. Al parecer no había recibido ningún disparo.

—Sí. —Intente calmar la respiración. La cosa no funcionó
como había planeado—. Se supone que debía encontrarme aquí
con alguien, pero no puedo encontrarlo.

—¿Me lo puede describir?

—Lo hice. La preocupación me hizo inusualmente amable.

—Lo siento. No creo que esté aquí, pero si quiere tomar
asiento, se lo haré saber tan pronto como llegue —dijo ella, pero
yo ya estaba abriendo mi teléfono.

Presioné el botón de rellamada. La señal era muy débil. Salí
fuera para volver a intentarlo, andando al mismo tiempo en
busca de una mejor cobertura.

¿Dónde estaba él? ¿Habría sido él? Era…

Mis pensamientos se vieron interrumpidos por un ruido a
mi izquierda. Me volví hacia él. Alguien me agarró.

Intenté gritar, pero su mano se cerró en mi boca y de repente me introducían en un coche. Otro hombre apareció a mi derecha y la puerta se cerró tras de mí.

Entonces grité, pero el sonido fue amortiguado por una mano que volvió a cernirse sobre mi boca.

Los neumáticos chirriaron al salir del aparcamiento hacia la calle.

—¿Qué ha ocurrido? —preguntó el conductor.

—El muy cabrón se ha escapado. —El chico a mi derecha respiraba pesadamente. Había un bulto con forma de pistola en el bolsillo de su cazadora y el aliento le olía a ajo.

No sabía si me iba a desmayar.

—¡Maldita sea! ¿No puedes hacer nada bien?

Mi mirada fue de uno a otro mientras rezaba salvajemente.

—¿Qué vamos a hacer con ella?

—Todavía no lo sé. —El conductor se aproximó. Yo me encogí, reconociéndolo de inmediato. El hombre de la casa de Solberg—. ¿Te vas a portar bien?

Yo asentí inexpresivamente.

—Muy bien —dijo él, haciendo un gesto con la cabeza a su compañero.

La mano desapareció.

—¿Adónde me lleváis? —Éstas fueron las primeras palabras que salieron de mi boca. No estoy segura de por qué. Mirando hacia atrás, tampoco debía de ser tan importante. Dudo que estuvieran planeando una velada en el zoo.

—Regístrale el bolso.

El señor aliento de ajo me arrancó el bolso del hombro y manoseó en su interior.

—¿Has encontrado algo? —preguntó el conductor. Yo estaba cautivada por el recuerdo del arma en su mano mientras me perseguía por la valla de los Georges.

—He encontrado esto.

Me volví rígidamente hacia el segundo hombre. Era flaco y desencajado. Quizá fuera por las drogas o por la genética. Tenía un tampón en la mano y se reía.

Sentía pinchazos en el estómago.

—Dios santo, qué imbécil eres. Deja eso de una vez.

Lo hizo, sin dejar de reír.

—¿Adónde irá él?

Me volví hacia el conductor de nuevo.

—¿Cómo? —Mi voz sonaba rara, pastosa y temblorosa.

—El *friki*. ¿Adónde habrá escapado?

Me quedé sin respiración.

—¿Solberg?

—Mírala —dijo el conductor—. Es un puto genio, ¿verdad? Debe de haber recibido una educación buenísima. Sí, Solberg.

Sacudí la cabeza. Me sentía débil y sin aliento.

—No lo sé. Quién iba a saberlo.

—Tú lo sabías porque te acaba de llamar.

—Cómo…

—Tenemos nuestros métodos. —El aroma a ajo se cernió sobre mí. No me volví hacia mi interlocutor. En lugar de ello, tragué saliva e hice todo lo que pude para no vomitar. Si vomitaba en el coche, lo más probable es que se pusieran furiosos. Era un Cadillac de los primeros modelos. Mi hermano James lo hubiera calificado como un coche de época y me diría los caballos de fuerza y un millón de cosas acerca del motor, pero en aquel preciso momento no me hubiera importado demasiado, puesto que empecé a sentir el pecho vacío, como si mi corazón se hubiera secado y mis pulmones se hubieran encogido. Un sonido no identificado, parecido a un maullido, salió de mis labios.

—¿Qué te pasa? —me preguntó el señor ajo.

No podía hablar. No podía respirar. Sujeté fuertemente mi chaqueta.

—¿Qué le pasa?

El coche se me caía encima.

—Jed —dijo el señor ajo—. ¿Qué le pasa?

En algún vago rincón de mi cerebro, sentí que el coche daba una sacudida y se paraba. Estaba tan oscuro como el carbón, o quizá sólo era que mi sistema se estaba desconectando, pero noté que el conductor se volvía hacia mí. Y entonces sentí que mi cabeza rebotaba en el asiento detrás de mí.

La mejilla me escocía como mil demonios ahí donde me había golpeado. Mis pulmones se desataron. Mis manos cayeron en mi regazo como fideos sin vida.

—Así está mucho mejor —dijo Jed.

—¿Qué ha ocurrido? —preguntó el señor ajo. En algún rincón de mi mente farfullante, un pragmatista con la voz ronca me informó de que aquel hombre tenía un punto débil. Pero en aquel preciso momento su punto débil me importaba tanto como los motores de los coches.

—Nada que un par de tortas bien dadas no pueda arreglar. Ahora… —El conductor me miró con desdén. Era ancho de espaldas. No, un momento. Tenía los hombros regordetes, solo asquerosamente regordetes—. Vas a contarnos un cuento.

Intenté formular una pregunta, pero no me salían las palabras. Él me volvió a dar una bofetada, y de algún modo conseguí encontrar mi chaqueta.

Sentí el tacto frío del espray de bloqueo en la palma de mi mano. Mi atención jamás se apartó de aquel rostro carnoso. Levanté la mano. Mi dedo se movió. Se oyó un sonido sibilante.

Jed gritó como una hiena y se llevó las manos a la cara.

Lo vi todo sumido en una neblina y a cámara lenta.

—¿Qué está ocurriendo? —La voz del señor ajo era muy nerviosa, pero su amigo no pareció darse cuenta. Había abierto la puerta del coche y se concentraba en respirar.

—¿Qué ha pasado? —bramó el señor ajo.

Se oyó un grito. Él se apoyó en el asa de la puerta. El aire fresco entró como una marea fría. Él empezó a hacer arcadas, apoyándose en la puerta e inclinándose hacia afuera.

Quizá fue el flujo de aire. Quizá fue la sensación de libertad, pero fuera lo que fuese, mi mente finalmente se puso en marcha.

—¡Tú, puta! —dijo, arrastrando las palabras, aunque se dirigió hacia mí. Le sangraba la nariz y me mostraba los dientes.

La adrenalina y el miedo fluyeron en mí como agua por un tubo. Me encogí de miedo.

Él se abalanzó sobe mí. Me llevé las rodillas al pecho y le pegué una patada en las costillas con los dos pies.

Se tambaleó hacia ambos lados, y se cayó sobre sus cuatro patas al suelo, lanzando improperios.

Me coloqué detrás del volante y di marcha atrás al coche. Jed se apoyó en las rodillas y se agarró de la puerta.

Yo pegué un chillido y apreté el acelerador con la fuerza surgida del terror. La puerta lo derribó al suelo.

—¡Maldita seas! —perjuró el señor ajo, volviéndose hacia mí. Puse la marcha en primera, apreté el acelerador y volví el volante hacia la izquierda. Los neumáticos empezaron a girar en la grava.

El coche empezó a tambalearse. El señor ajo se inclinó hacia ambos lados y fue expulsado del coche como una mariposa de luz del parabrisas.

Se oyó un sonido metálico. La ventana trasera se hizo añicos. Grité y agaché la cabeza.

El Cadillac golpeó contra la cuneta, a continuación dio sacudidas como un avión belga debajo de mí, y de pronto estaba en la autopista, giré el volante a la derecha y me lancé a toda velocidad por la carretera, el coche golpeó la grava, y enderecé el vehículo.

Pasaron unos buenos diez minutos hasta que tuve una ligera idea de dónde estaba o adónde me dirigía. Pero estaba convencida de que continuaba viva porque me sangraba la nariz y me había meado en los pantalones.

Capítulo doce

A veces ser estúpido ya es suficiente delito.

Teniente Jack Rivera.

Cuando me levanté por la mañana, la realidad era algo confusa. Permanecí tumbada boca arriba en la cama. La luz del techo estaba encendida, del mismo modo que la del vestíbulo. Lo supe sin siquiera mover la cabeza.

Los recuerdos penetraron en mí del mismo modo que la austera luz del sol que entraba a través de la ventana de mi dormitorio. «Austero», buena palabra. Al parecer, mi mente continuaba funcionando a un nivel primitivo.

Entiendo que haya gente que pueda creer que es extraño que pudiera dormir después de lo que había ocurrido la noche pasada, pero soy una dormilona de primera y me gustaría mantener mis talentos divinos intactos. Lo tomas o lo dejas.

Cerré los ojos y deseé continuar estando inconsciente, pero los recuerdos empezaron a ser un poco escandalosos.

¿Qué había ocurrido exactamente?

Solberg me había llamado. Quizá. O alguien lo había hecho. Entonces dos tipos se habían abalanzado sobre mí y me habían metido en un coche. Fuera como fuese, había conseguido volver al restaurante, coger mi bolso del Caddy y vuelto a trompicones a mi Saturn.

Con los dedos temblorosos había intentado llamar a Solberg en varias ocasiones, pero no recibí ninguna respuesta.

No recuerdo haber conducido de vuelta a casa. Quizá lloré.

Las probabilidades eran altas. Tenía los ojos como pelotas de tenis, más grandes de lo normal y destartalados.

Un ruido se desató al lado de mi cama. Me puse derecha con un grito, llevándome la desprevenida sábana a la barbilla.

Tardé un minuto en darme cuenta de que el sonido no era nada más mortal que mi teléfono.

Me temblaba la mano al alcanzar el auricular. Mi voz sonaba extraña.

—¿Hola?

—McMullen.

Respiré hondo. Era Rivera, como una sombra en la oscuridad.

—¿Continuabas en la cama?

—Mmmm. —Mis nervios estaban empezando a saltar cual panceta en una hoguera. Sujeté el aparato fuertemente con la mano—. No. Estoy despierta. Desde hace unas horas. —No estoy muy convencida de la razón por la que mentí. Quizá fuera la costumbre.

—¿Sí? —Él tenía la voz profunda y vaporosa, como si esperara una conspiración en cada esquina—. Supongo que ayer tendrías una cita tarde por la noche.

—¿Tarde? —Mi voz chirrió un poco. Dile la verdad, pensé, sólo dísela. ¿Qué es lo peor que te podría pasar? Las posibilidades se acumulaban cual murciélagos. La licencia de psicóloga retirada, mi madre volando hasta allí para resolver las cosas. Rivera sonriéndome a través de los barrotes de hierro. Me aclaré la garganta—. No. ¿Por qué ibas a pensar algo así?

—Por nada en particular. Estaré en mi despacho en media hora. Hay algo de lo que debo hablar contigo. Sé puntual —dijo él, y colgó.

Me quedé mirando el auricular cinco largos segundos, y a continuación salí de la cama como si fuera un misil programado. Dios santo, Dios santo, Dios santo. ¿De qué quería hablar conmigo? ¿Habría descubierto que había irrumpido en la casa de Solberg? ¿Sabía que era yo quien había robado el disco del *friki*?

O era algo mucho más serio. Me quedé paralizada. Dios santo, quizá había matado a alguno de los chicos la noche pasada. Quizá…

No había tiempo para vacilar, tampoco había tiempo para el terror. Tenía que salir, ordenar los hechos antes de poder hablar con Rivera. Él podía sacar una confesión hasta de debajo de un tulipán. No era tan dura como un tulipán. Más bien como un tomate.

Afortunadamente, había vuelto a dormir vestida. Recogí el bolso del tocador al que lo había arrojado, crucé la puerta tambaleándome, y me dirigí hacia Rivera a toda máquina.

Pegué un chillido propio de una musa de Hitchcock.

Él me sujetó con las manos en los hombros.

—¿Adónde vas? —Su voz era inexpresiva.

La mía bordeaba peligrosamente la histeria.

—¿Qué estás haciendo aquí?

Él levantó una ceja.

—Te he dicho que me iba a acercar.

—¡En media hora! ¡Media hora! ¡Dijiste media hora!

Sus labios se levantaron medio centímetro. Su ceja izquierda hizo lo propio.

—¿Importa mucho?

Estaba respirando penosamente. Podía verme reflejada en sus gafas de sol. O quizá era una víctima de un tornado. Parecía que mi pelo se hubiera pegado a la batería de un coche. Tenía rímel hasta en la clavícula y venas encarnadas recorrían mis globos oculares como estuarios.

—Yo… —Creo que intenté atusarme el pelo. Pero me parece que volvió a electrificarse—. No. Claro que no. Quiero decir que… me tengo que marchar —asentí con sensatez—. Fuera. Elaine, mmm… Laney me necesita. —Lo intenté con la misma mentira del día anterior con Ross Bennet; la primera cita viable que había tenido desde que usaba pañales. Mirad lo bien que me había salido.

No alcanzaba a ver nada detrás de las gafas de Rivera. Dios santo, ¿en qué estaba pensando detrás de las gafas?

Desde el otro extremo de su valla de tela metálica, mi vecino, el señor Al-Sadr regaba el jardín y miraba a través de los setos de mi jardín.

Rivera dirigió la vista hacia él, y luego a mí.

—Quizá será mejor que entremos dentro un minuto.

Me dolía el estómago.

—No… no puedo… de verdad. Me encantaría, por supuesto, pero Laney… —continué farfullando, pero él ya me estaba conduciendo hacia mi casa.

La puerta se cerró con un crujido detrás de mí. Quizá fue más bien un ruido sordo, como el de un ataúd al cerrarse.

Él se quitó las gafas. Al parecer, no tenía un aspecto muy jovial.

—¿Qué…? —Me tragué la carraspera y lo volví a intentar—. ¿Qué estás haciendo aquí?

—¿Yo? —Él se encogió de hombros. Llevaba una camiseta negra con cuello en pico. Quedaba ceñida en el pecho—. Estaba cerca y pensé en hacerte una visita —dijo él, deambulando hacia mi salón. Dirigí la mirada hacia la puerta y consideré la idea de salir corriendo por ella. Hubiera sido todo un desafío.

Contuve el cobarde impulso de salir corriendo y seguí a Rivera hacia el interior de mi casa, del tamaño de una caja de zapatos.

—¿Una visita? —dije yo.

Él levantó la ceja un centímetro irrisorio.

—Para hablar del caso.

Asentí con la cabeza.

—Ah, ya. —Me reí entre dientes. Me entraron ganas de vomitar—. Solberg.

—Ajá.

Él esperó. Yo arrastré ambos pies al andar.

—¿Qué pasa con él?

—Continúa desaparecido, ¿verdad? ¿Has tenido noticias de él?

Mi pelo estaba empapado de sudor. Lo negué con la cabeza. Ésta me tambaleó vacilantemente.

—¿Por qué no te sientas? —preguntó él.

Volví a mirar hacia la puerta con cierto frenesí.

—Laney…

—Estoy seguro de que lo comprenderá. Puedes llamarla.

Parpadeé.

—¿Por qué?

Él volvió a levantar la ceja. Quizá tenía la otra inutilizada.

—Dile que vas a llegar tarde.

—Ah… —Me eché a reír—. Ah. Muy bien… —Me dejé caer en el sillón. Él se había sentado en el sillón de masaje La-Z-Boy. Cabrón—. Probablemente continúe en la cama.

Me observaba como un zorro en la madriguera de un conejo. Lo había visto una vez en el Discovery Channel. El zorro simplemente permanecía allí, observando y observando. El pobre conejito no tenía ninguna oportunidad de escapar. Me gustan los conejitos. La casa estaba sumida en un silencio sepulcral. «No pienses en tumbas. No pienses en tumbas.»

—He estado preocupado por ti.

Me quedé mirándolo. Yo tenía las manos apretadas entre las rodillas, procurando evitar cualquier tipo de temblor.

—¿Preocupado? ¿Por mí?

—Primero el asunto con Bomstad. —Él meneó la cabeza. Se le marcaron los tendones del cuello. Hubo un tiempo en el que los cuellos de los hombres me volvían loca—. Ahora la desaparición del genio de la informática. —Se encogió de hombros—. ¿Cómo se llamaba?

—Solberg.

—Sí. ¿Dices que no has tenido noticias de él?

Volví a negarlo con la cabeza. Mentir estaba mal. Estaba mal. Iba a ir derechita al infierno.

—¿Tú tampoco?

—Estamos en ello —dijo él—. Pero… —se volvió a encoger de hombros—. Vamos algo cortos de personal.

—Ajá.

—¿Estás bien? —Rivera me miró con los ojos entornados—. Pareces algo… —¿electrocutada?— nerviosa.

—No. —Me reí entre dientes. Mi voz era rasposa como el papel de lija—. Estoy bien. Sólo estoy cansada. Ya sabes… he dormido poco.

—¿Llegaste tarde anoche?

—¡No! —Demasiado rápido. Respondí demasiado rápido. Unos cinco decibelios demasiado alto. Me aclaré la garganta y lo volví a intentar. Esta vez tan melodiosa como un ruiseñor—. No. ¿Por qué? ¿Por qué lo dices?

La casa volvió a sumirse en el silencio. Estaba convencida de que podía oír la adrenalina recorriendo mis venas.

Él me dedicó una sonrisa.

—Porque pareces cansada.

Hice un simulacro de risa.

—Ah, sí. Claro.

—Ah, pues nada —dijo él. Me miraba fijamente—. Entonces tienes buen aspecto. ¿Has estado corriendo?

—Sí —asentí con la cabeza—. Sí. Todo el tiempo. Bueno… ya sabes, unas cuantas veces a la semana.

—Ya lo veo. —Él recorrió mi cuerpo con sus ojos oscuros como el pecado, a continuación dejó escapar aire—. La verdad es que… —se puso en pie. Hube de echar la cabeza hacia atrás para seguir su movimiento— quería hacerte una visita para disculparme de nuevo.

—¿Disculparte? —Miré en sus ojos para ver si mentía, pero parecía totalmente sincero. Pero no lo olvidemos, es hispano. Nadie puede tener un aspecto más creíble que un hispano. Pueden estar mintiendo como bellacos y parecer el doble de sinceros que un párroco irlandés. Lo juro por Dios.

—Siento haberme marchado de una forma tan brusca aquella noche en tu casa…

—Bueno. —Hube de recordarme a mí misma de respirar—. Tu esposa…

—Ex mujer —me corrigió él.

Me aclaré la garganta y me negué a quedarme boquiabierta ante la elección de palabras.

—Sí. Ex mujer. Ella te necesitaba.

El amago de una sonrisa curvó la enigmática cicatriz en la comisura de su boca.

—En realidad, era *Rockette* quien me necesitaba.

Le lanzó una mirada.

—Mi perra estaba enferma —la sonrisa se curvó otro milímetro—. ¿Te acuerdas de *Rockette?* —dijo él—. Creo que la interrogaste de manera fraudulenta.

Fruncí la boca y jugueteé con un pliegue de mis pantalones.

—Yo no interrogué a tu perra —dije yo.

—Entonces debía de ser mi ex mujer quién te interesaba.

Le lancé una mirada melindrosa. Y qué más daba si había confiscado la perra de un amigo, había aparecido en el parque de perros en el preciso momento en que había llegado su ex mujer, había otorgado a la perra un nombre de ficción y había indagado en la vida de su ex marido. Mucha gente hubiera hecho exactamente lo mismo que yo.

—De todos modos, tendría que haberte llamado —dijo él—. Más tarde… para cancelar nuestra cita. Siento no haberlo hecho. Sobre todo cuando te vi en la comisaría. —¿Había cierto tono de coquetería en su voz?

Me puse en pie. Tenía bastante buen aspecto en la comisaría. Me alisé la pierna del pantalón. Estaba tan arrugada como la nota de amor de un estudiante de cuarto grado.

Pero él me lanzó una mirada que daba a entender que no le importaba un pimiento el estado de mis pantalones. No pude evitar pensar en la noche en que nos habíamos comportado como salvajes en el vestíbulo de mi casa.

Mis hormonas empezaron a zumbar de nuevo. Habían empezado a hervir cuando Bennet me acarició la mano la noche anterior, y luego las había dejado reposar a fuego lento. Bueno… quizá fuego lento no sea la expresión más adecuada. Al fin y al cabo, un par de matones me habían secuestrado. Así que mi sistema había tenido otras cuestiones de las que preocuparse, pero todas estas viejas sustancias químicas son muy difíciles de controlar. Se las saben todas.

—También siento lo de Solberg —dijo él—. Lo que quiero decir, es que probablemente esté bien. Sólo siento tener que preocuparme. Comprobé sus vuelos. Se suponía que debía volver a casa el 13.

Asentí con la cabeza. Yo también lo había comprobado.

Él sonrió un poco.

—Quizá estaba equivocado.

—Probablemente —dije yo, tragando saliva. No es que tuviera la sonrisa más bonita del mundo. Me dejé llevar por el celibato—. ¿Respecto a qué?

—Respecto a recurrir al forense. Estás hecha toda una investigadora privada. Supongo que también llamarías a su hotel de Las Vegas.

Tenía que hacerlo.

—Me dijeron que no había avisado al marcharse, aunque eso tampoco nos dice mucho —fruncí el ceño—. Se podría haber ido hace unos días. No tienen por qué enterarse.

—O decírtelo —añadió él. El silencio se prolongó.

Me empecé a poner tensa.

—¿Qué es lo que sabes?

Él se encogió de hombros, en actitud despreocupada.

—No mucho más que tú. ¿Le dejaste algún mensaje en el hotel?

Asentí con la cabeza.

Él hizo lo mismo.

—Yo también. No he recibido noticias.

—¿Y nadie ha afirmado verlo?

—No.

—Yo… —fruncí el entrecejo, sorprendida de lo que estaba diciendo—. Aprecio tu ayuda, Rivera.

—Supongo que te lo debo. Después de… —Él se encogió de hombros. El movimiento fue lento y limpio—. Bueno… —Me apartó un mechón de pelo de la cara. Yo no me derretí—. Hay quien se mosquearía si les acuso de asesinar al tipo que les ha intentado violar.

Yo me encogí de hombros. Estaba empezando a relajarme.

—Me gustaría ser distinta.

—Estás en lo cierto. Bueno, será mejor que te deje marchar —dijo él, dirigiéndose hacia la puerta.

—Mmm. Sí —dije yo, pisando fuerte en el estrógeno que estaba a punto de prender fuego como un incendio forestal—. Gracias por hacérmelo saber.

—Ah, casi me olvido. —Él se detuvo y se volvió hacia mí, se llevó la mano al bolsillo trasero del pantalón y sacó algo de él. Miré a su mano. Era mi billetera.

La realidad tardó tres minutos largos en golpearme en la cabeza. Volví la mirada hacia él. Podía sentir mi corazón latiendo fuertemente contra las costillas, probablemente en un intento por despertar a mi cerebro.

—¿Qué es esto? —No sé por qué lo dije. Pero fueron las primeras palabras que me vinieron a la cabeza.

Sus ojos adquirieron una oscuridad mortal. No se le movió ni un solo músculo.

—¿No lo reconoces?

Dios Santo. ¿Qué hacía él con mi billetera?

—¿McMullen? —dijo él, como si me hubiera encontrado en el fondo de un pozo hondo y se estuviera preguntando si seguía lúcida—. ¿Estás bien?

—Bueno, yo… Bueno, yo… seguro —dije yo, vacilante—. Estoy bien. ¿Por qué no iba a estarlo?

Capítulo trece

Es mucho mejor conocer la dolorosa verdad que vivir en una agradable falsedad.

PADRE PAT

*R*ivera me miró fijamente. Nada se movía en el mundo entero. No se oyó ni un solo ruido, ni el susurro de una sola alma.

—¿Así que esto no es tuyo? —preguntó él.

—¿Mío? ¿Mío? —En aquel momento lo único que quería era que el Jetti apareciera por la esquina y me matara de un disparo.

—Pero si tu carné de conducir está dentro —dijo él.

—¿Mi carné de conducir? —Me eché a reír. Parecía la actriz Fan Drescher acelerada—. Esto es… ridículo —dije, meneando la cabeza como si fuera un perro recién salido de un estanque—. No. Yo… mi billetera está en mi bolso.

—Ve a buscarla —dijo él.

—¿Qué?

—Ve a buscar tu bolso.

Me dirigí espasmódicamente hacia el sofá, donde lo había dejado unos minutos antes.

—Está… —Mi mano temblaba salvajemente. Vi mi reloj de pulsera y dirigí bruscamente el brazo hacia la cara, como si estuviera totalmente desconectada del resto de mi cuerpo—. Ah, ¡dios! Qué tarde es. Tengo que irme. —Me dirigí a la puerta. Pero él me agarró por la parte trasera de la camisa antes de que pudiera dar un solo paso.

—Ve a por tu billetera —me ordenó.

Tragué saliva. No podía hacer nada. Sabía que él sostenía mi billetera en su mano. Y sabía de dónde la había sacado.

Levanté la barbilla un digno milímetro, solté mi codo, y me dirigí elegantemente al sofá. O quizá fui tambaleándome.

Recogí mi bolso, lentamente. Mi mente daba vueltas fuera de control. Quizá podía golpearle en la cabeza con él. Quizá podía fingir un ataque epiléptico. Quizá podía ofrecerme a dormir con él a cambio del privilegio de mi continuada libertad. Quizá…

Un momento. Seducir a Rivera sería una experiencia atroz. Pero quizá podría hacerlo por el bien de mi dulce libertad.

Miré a Rivera. Continuaba en el mismo sitio de antes. Ningún coche de policía entró por la puerta, ningún tiroteo en OK Corral. Maldita fuera. En aquel precioso instante, incluso una llamada de emergencia de su ex mujer sería bienvenida.

—¿Vas a comprobar si está ahí? —preguntó él.

Justo en aquel momento comprendí que hacía unos siete segundos largos que lo miraba fijamente. Él me devolvió la mirada, pero a él no se le caía la baba, así que levanté la barbilla con altanera despreocupación y apoyé el bolso en el brazo del sofá para revolver mejor por entre sus contenidos.

Él me contemplaba en silencio. Yo hice una mueca y me incliné hacia el bolso. Sin resultados. Imaginaros. Di unos pasos hacia las escaleras. Me senté primorosamente en la primera, dejé caer el bolso en mi regazo y di todo mi ser, prácticamente me introduje en el bolso en un intento por demostrar la convicción de que no había perdido el billetero en el Cadillac de dos matones mientras me asediaban con amenazas.

El silencio se prolongó, acentuado por el sonido del pintalabios contra la polvera.

—¿Hay algo que quieras contarme, McMullen? —preguntó Rivera.

Levanté la vista. Tenía una completa confesión en la punta de la lengua, pero tenía semejante aire de suficiencia que las palabras no pudieron salir de mis labios.

Y, por otro lado, Solberg y su maldito escondite, me había dicho que la confidencialidad era una cuestión de vida o muerte.

—No me lo puedo creer —dije—. Ni siquiera me había dado cuenta de que me lo habían robado.

Su expresión permaneció profundamente firme.

—Anoche... —Yo sacudí la cabeza y chasqueé la lengua exasperadamente—. Yo... salí, pero tan sólo dejé el bolso un par de segundos —dije, meneando la cabeza y esperando que no me cayera allí mismo—. ¿Adónde vamos a parar?

—¿Dices que te robaron el monedero?

Continuaba agitando la cabeza. No sé por qué. Creo que intentaba convencerle de la veracidad de mi frase.

—Me lo tienen que haber robado. ¿Dónde si no ibas a encontrarlo?

«¿Dónde? Dios, McMullen. Dónde.»

—Una historia muy curiosa —dijo él. Aunque la expresión de su rostro daba a entender que no era «curiosa» en el sentido de «interesante», sino de «extraño». Del tipo ese que te hace caer de cinco a diez años en la cárcel de San Quentin—. Estaba en un viejo Cadillac aparcado frente al restaurante Los Cuatro Robles.

—¡De verdad!

—Tenía la puerta trasera arrancada.

—¡No!

Él no dijo nada.

—¿Quieres decir que mi monedero estaba en el coche de un desconocido y nadie... —tragué saliva, preguntándome si iba a devolver o morir en el instante— nadie se llevó el coche... ni el monedero? A esto se le llama... suerte.

—¿No sabes nada al respecto?

Ah, sí. Estaba a punto de vomitar.

—¿Cómo iba yo a saberlo?

Se le tensó un músculo en la mandíbula.

—Todavía no hemos encontrado al propietario del Cadillac.

—Bueno... —Me encogí de hombros y sonreí—. Ésta es una gran ciudad.

—Pero encontré a su amigo. Su último amigo.

Mientras la realidad de sus palabras iba calando en mí, sentía que me iba poniendo de un verde enfermizo. Tragué saliva.

—¿Último en el sentido de... póstumo?

Su sonrisa era carnívora.

—Tan póstuma como la misma muerte.

—Dios.

—¿Quieres contarme algo al respecto, Chrissy? —preguntó él, dando un paso hacia mí.

Yo retrocedí, aunque no sé cómo mis rodillas lo soportaron. Eran tan sólidas como hilo dental.

—No sé de qué me estás hablando.

—Muy bien, deja que te refresque la memoria. Había dos hombres. Uno de ellos era escuálido. El otro era un hombre fornido, tirando a gordo. El escuálido se llamaba López. ¿Te suena?

Procuré no recordar el terror paralizador.

—¿Alguna relación con nuestro amigo J.Lo?

Le saltó un músculo en la mandíbula.

—Era un tipo bastante conocido. Un niño se lo encontró esta mañana después de pasar la noche en casa de un amigo en Zinnia Way.

Oh, Dios. Oh, Dios.

—¿Dónde lo han encontrado? —Noté mi voz apagada.

—A un par de kilómetros del restaurante. Le habían disparado en la nuca. Los restos de su cerebro estaban esparcidos a lo largo de quince metros del asfalto y…

—¿Ha sido…? —Lo detuve, sin apenas respiración. Si a López le habían disparado, no había sido yo. Es increíble lo que puede llegar a darte ánimos—. ¿Estás seguro de que le dispararon?

—De cerca. Una pistola Sig Sauger de nueve milímetros. ¿Tienes alguna idea de lo que puede hacer una bala a un cráneo desde cuatro metros? Tuvimos suerte de poder identificarlo. Media cara…

Jamás oí el resto. Estaba de camino al baño, cubriéndome la boca y sintiendo arcadas.

Cinco minutos más tarde me sentía un poco mejor. En algún momento de mi no tan lejano pasado había escondido un paquete de cigarrillos debajo del fregadero. Estaba sin abrir. Dios existía. Sólo esperaba que fuera comprensivo, o tuviera un gran sentido del humor.

Me senté en el suelo del baño. Había dado un portazo al entrar. Rivera había intentado seguirme. A pesar de todo, quizá era un caballero. Aunque también podían ser que fueran las arcadas lo que le hicieran atípicamente desconsiderado.

Permanecí sentada un poco más, entonces hundí el cigarrillo en el inodoro, cerré los ojos y apoyé la cabeza en la pared tras de mí.

Podía oír a Rivera merodeando en la cocina. Tal vez fuera a hacerse un sándwich y luego se fuera a casa.

Pero finalmente lo oí dando grandes zancadas por el suelo y llamó a la puerta.

No respondí. Él abrió la puerta, echó un vistazo al baño y bajó la vista hacia mi postura cerca del inodoro.

Nuestras miradas se encontraron.

—¿Has estado fumando? —preguntó él.

Lo negué con la cabeza.

—Lo dejé —dije—, años atrás.

—Hay colillas en el váter.

—El maldito desagüe.

Él dio un resoplido.

—¿Te encuentras mejor?

Yo asentí con la cabeza.

—Bien, tienes un aspecto horrible. ¿Has desayunado?

Lo negué con la cabeza. Tenía la espalda apoyada en el escaso tramo de pared entre el tocador y el váter. La habitación tampoco olía tan mal, a pesar de mi posición. Mi madre se hubiera sentido orgullosa.

—Te prepararé algo —dijo él—, mientras te duchas.

Parpadeé.

—Yo no he disparado a nadie —dije.

Él emitió un sonido que desafiaba toda descripción y cerró la puerta.

No sabía qué significaba aquello. No sabía qué significaba nada. No sabía qué hacer. Así que sería mejor que tomara una ducha, a pesar de que fuera su recomendación.

Dejé que corriera el agua y me quité la ropa, aunque antes cerré con pestillo la puerta del baño. No soy una idiota integral.

El tacto del agua era agradable a mi espalda. La tensión se redujo un poco, pero mi mente continuaba dando vueltas. No sabía qué narices tenía pensado hacer Rivera, pero estaba convencida de que no me acosaría de utilizar cantidades industriales de sentido común.

Oí que llamaron a la puerta.

—El desayuno está listo.

Consideré la idea de hacerle sufrir dejando que la comida se enfriara. Pero según el dicho, no hay que tirar piedras contra el propio tejado. Cerré el agua, me sequé con la toalla y me di cuenta de que no había llevado ropa limpia al baño.

Reconsiderar aquella idea estúpida resultaba bastante doloroso. Revolví en el armario, saqué una toalla de playa de la sirenita y la enrollé al cuerpo. Dos veces, porque estoy muy flaca. O porque debe de ser del tamaño aproximado de un paracaídas. A continuación me sequé el pelo con otra toalla, me apliqué un producto en el pelo, me lo atusé y me dirigí a la puerta. Me detuve y me di la vuelta.

Un poco de maquillaje no haría daño a nadie. No quería ser una de esas mujeres con una horrible foto policial. O, todo lo contrario, quizá si me veía verdaderamente atractiva, Rivera borraría de su mente todas mis indiscreciones.

Así que me puse un poco de rímel. Y me perfilé los ojos. Un toque de brillo en los labios. Nada de barra de labios. No es que quisiera volver al chico loco de deseo, sólo quería convencerle para que me mantuviera lejos de la cárcel.

Estudié mi reflejo en el espejo. Tenía el pelo lacio y el rostro tan pálido como la leche de soja. Estaba convencida de que la cordura de Rivera era segura.

Dejando escapar un suspiro, abrí la puerta y salí al pasillo. Rivera justo estaba levantando la mano para volver a llamar a la puerta. Yo pegué un chillido, retrocedí y me llevé la toalla al pecho a modo de escudo.

Él levantó la ceja como si juzgara mi nivel de racionalidad.

—¿Estás lista?

Tenía el trasero apretado contra el tocador.

—¿Para qué?

La cicatriz en la comisura derecha de su boca se movió. Pero sus ojos se mantuvieron firmes.

—Tal vez para desayunar —pronunció la afirmación con el final abierto, como si fuera una pregunta.

Todo el aire había desaparecido de la habitación. Nos quedamos mirando.

—Ah. —Cuando al fin pude encontrar mi voz, no parecía la mía—. Seguro. Claro. Pero déjame… —Di un paso vacilante, intentando bordearlo. Él se hizo a un lado justo cuando yo hacía lo mismo. Lamentablemente, seguimos la misma dirección. A pesar de mi intención de cubrir toda la carne que me fuera humanamente posible, la toalla se había desplazado un poco. La sujeté con fuerza contra mi torso. Él bajó la mirada. Yo hice lo propio. Tenía los pechos más apretujados que con el mejor de los corsés y a punto de salirse por encima de la toalla.

Levanté la mirada. Él hizo lo mismo, lentamente.

—Sobornar a un agente de la ley constituye un grave delito, McMullen —dijo él.

Me quedé boquiabierta. Intenté esquivarlo. Él intentó apartarse. Quizá no. Fuera como fuese, volvimos a chocarnos. Me golpeé contra él, sujeté la toalla contra el pecho con más fuerza y le miré a la cara.

Sus labios se curvaron hacia arriba con sombría diversión. Él jamás había estado tan cerca de la risa tonta

Le miré fijamente, lo aparté de un empujón y me hice paso como un vendaval.

Sólo tardé un par de minutos en vestirme. No era que quisiera impresionarle. El hombre era un enviado de Satanás… enviado… Satanás. Aquel hombre era el mismo Satanás.

Cuando entré en la cocina, él se volvió. Recorrió mi cuerpo con la mirada. Tenía los ojos tan oscuros como los de un típico español, pero conservaban una luz especial. Resistí la tentación de levantarme el jersey. No es que fuera escotado ni nada por el estilo. De acuerdo, era un poco escotado… y ceñido. Pero era uno de los pocos jerséis que había sobrevivido a mi éxodo de Schaumburg y afuera hacía frío. Noviembre en Los Ángeles. En fin. Podíamos estar por encima de los veinte grados. En Sunset Boulevard los nuevos ricos se ponían sus pieles.

—Ahora tienes mejor aspecto —dijo él.

No sabía si agradecérselo o clavarle un cuchillo en el ojo. Finalmente decidí coger el plato que me alargaba.

Un trío de algo que parecían tortitas recién hechas yacía en el centro del plato. Una tajada de naranja se levantaba en espiral ante ellas.

Parpadeé estúpidamente mientras me sentaba a la mesa. Él sacó un vaso de vino del congelador, lo llenó de zumo de uva y lo colocó junto al plato.

Me quedé mirándolo, perpleja. Él se encogió de hombros.

—Mi madre siempre quiso una niña.

Mientras se volvía, no pude evitar advertir que la mujer ni siquiera se acercó un poco. Tenía las caderas estrechas y el culo prieto como una ciruela de California.

—Estará más sabroso si le pones cilantro.

Lo dudaba. Su trasero era más o menos perfecto. Pero dirigí rápidamente la mirada a la comida justo cuando él se volvía hacia mí. El tenedor ya estaba en mi mano. Como un explorador. Siempre a punto.

—¿Qué es esto?

—Las llamo tortillas locas.

—¿De verdad?

—Si quisiera matarte, lo haría de un modo más oportuno.

—¿Eh? —No podía ignorar el hecho de que Rivera sabía cocinar. Desafiaba todas las leyes de la lógica. Ni siquiera sabía que comía.

—No estoy intentando envenenarte —dijo él.

—Ah —asentí con la cabeza, y corté vertiginosamente un trozo de tortilla y la probé. Sentí que mis glándulas salivales volvían a la vida y mis cejas se elevaban hacia el cielo. De pronto, me alegré de que Jed no hubiera aparecido para dispararme. Afortunadamente, Rivera ya se había vuelto hacia la cocina y no contempló mi leal adoración.

Él se sentó en una silla en el otro extremo de la mesa con su plato, y tomó un sorbo del zumo de uva. Helado… en una copa de vino.

No se molestó en levantar la vista.

—¿Un chico guapo? ¿Carismático hasta la médula?

—Lo de la médula lo has pillado.

Una sonrisa asomó a sus labios.

—Sólo estoy intentando pillarte desprevenida para que te decidas a contarme la verdad.

Se me encogió un poco el estómago.

—¿Acerca de qué?

Él tomó un sorbo de su zumo.

—En estos momentos me conformaría con la verdad de lo que fuera. —Su mirada se posó en mí, inquebrantable y de una maléfica oscuridad.

—De acuerdo —asentí con la cabeza y procuré no deshacerme ante su mirada. Los latinos deberían estar casados o encerrados. Probablemente las dos cosas. Ambas son buenas—. Las cosas estas de tortilla están muy buenas.

—El secreto está en la salsa.

—¿Qué?

—Le he añadido un poco de vino.

—Oh. —Aparté mis ojos de su mirada, tomé otro bocado, recordé que la noche anterior me había saltado la cena y consideré la posibilidad de tragarme el resto. Quizá hubiera sido de mala educación. Así que tomé una tercera minúscula porción—. ¿Así que tu madre te enseñó a cocinar?

—Dale un tomate y una rama de apio y te hace una cena de tres platos.

Había orgullo en su voz y algún tipo de veneración. El teniente Jack Rivera, el hijo de mamá. La vida da más vueltas que una noria.

—Así pues… —me aclaré la garganta—. ¿No tienes ninguna hermana?

—Ni hermanos, tampoco.

Incluso el zumo de uva sabía mejor de lo normal. Dios santo, ¿cómo se puede mejorar el zumo de uva?

—¿Por qué?

Él se encogió de hombros.

—Supongo que yo solo daba más problemas que una casa llena de niños.

Podía imaginármelo de niño. Los niños no me gustan especialmente. Tienden a hurgar en todo orificio posible y huelen a gato encerrado. Pero él quizá era un granujilla encantador.

—Así que no has cambiado —dije yo.

Él casi se había terminado el plato y se acercó para examinarme.

—Algunas partes sí.

Le miré a los ojos, y luego fijé la mirada en mi plato. No terminaba de entender a aquel hombre. ¿Estaba intentando seducirme o colgarme? ¿O las dos cosas? Posiblemente ambas. Dios santo.

—Me han dicho… —Me detuve, recordando que mi fuente era su ex esposa, a la que había conocido de manera fraudulenta, y volví a empezar—. He oído que tu padre era político.

Él asintió.

—Senador.

—¿Es eso bueno?

—Si perteneces a un grupo de interés determinado o tienes fondos en una cuenta bancaria en Suiza.

—Debo suponer que él no te gusta…

—¡Escúchame! —Se abalanzó bruscamente sobre la mesa. Vaya, vaya. El poli bueno se había esfumado—. Por mucho que me guste rememorar mis orígenes familiares, creo que ha llegado el momento de que nos pongamos manos a la obra. ¿No crees?

Todavía no me había terminado las tortillas. Merecía una última comida.

—¿A qué te refieres?

—¿Qué narices hiciste ayer por la noche?

Meneé la cabeza.

—¿De qué narices estás…? —Oh, mierda. Parecía Penélope Glamour—. No sé de qué me estás hablando.

—Te estoy hablando de un tío muerto, un coche destrozado y tu maldita billetera. —Levantó esto último como si fuera una pistola humeante.

—Ya te lo he dicho. No tengo ni idea de cómo llegó allí. ¿Acaso es culpa mía que me la robaran?

—Maldita… —dijo, a continuación apretó los dientes, se reclinó de nuevo en la silla y se cruzó de brazos—. Muy bien, cuéntame tu versión. Pero si me engañas… —Él meneó la cabeza—. Lo juro por dios, McMullen, no voy a ser tan considerado con un juez delante.

Sentí que me temblaba la mano izquierda. Deposité cuidadosamente el tenedor en el plato, entrelacé los dedos en mi regazo y me humedecí los labios. Las tortillas me apetecían de verdad. Pero creo que perdí el apetito. Y aquello me puso furiosa. Así que recurrí a toda mi dignidad y lo fulminé con la mirada.

—No creo que sea un asunto de tu incumbencia cómo paso…

—¡Maldita sea! —La mesa rebotó como un trampolín cuando él la golpeó con la palma de su mano. Yo pegué un bote al unísono.

—¡Muy bien! ¡Muy bien! Pero no tienes que hacérselo pagar al mobiliario. —La cabeza me daba vueltas ¿Y ahora qué? ¿Desaparecer como un fantasma? ¿Mentir como una cosaca? ¿Decirle la verdad? ¿Paralizarme? Sí.

Acaricié la mesa perjudicada.

—La compré en el rastro de Culver City. Y no fue barata. Yo no tengo un sueldo gubernamental, sabes. No puedo permitirme el lujo de comprar muebles nuevos si cualquier terco…

—McMullen. —Su voz era honda y profunda, y prometía futuras nuevas insolencias.

Tragué saliva, levanté la barbilla, y puse en práctica mi expresión más altanera.

—Ayer por la noche salí con un amigo.

—Un amigo.

—Sí. —Papá hubiera juzgado mi tono insolente y me hubiera amenazado con calentarme el trasero con su cinturón. Elaine quizá hubiera utilizado la palabra «estreñido»—. No quería decírtelo… sabiendo lo que sientes por mí.

A juzgar por la expresión de su cara, parecía querer estrangularme. Pero al parecer no era de esos a los que les gusta hablar de sus emociones más profundas.

—Continúa —dijo él, y bastante bruscamente, pensé.

—Cené con un conocido.

—¿A qué hora?

—A las seis.

—¿Con?

—¿Con quién? —le corregí.

Él me enseñó los dientes.

Jugueteé con el tenedor y lo miré con altivez.

—No quiero que se vea envuelto en todo esto.

—Mala suerte.

Pasé de la expresión altanera directamente a la de crueldad.

Aunque todavía no la había diñado, puesto que mis rodillas golpeaban contra las piernas de la mesa del rastro.

—¿Cómo se llama, Chrissy?

Fruncí la boca y dirigí la vista hacia el salón, como si estuviera decidiendo decirle o no la verdad. Pero estaba demasiado ocupada con mi vejiga.

—Sé cómo te puedes llegar a poner, Rivera. No quiero que le molestes.

—¿Molestarle? —Los ojos le brillaban como a un hombre lobo, aunque debo admitir que en este caso quizá le he echado demasiada imaginación. Lo que quiero decir es que he salido con muchos capullos, pero la mayoría de ellos tenían la cantidad normal de pelo. Y casi ninguno de ellos aullaba a la luna—. ¿Cuándo he molestado yo a alguien?

—Ahora mismo me estás molestando a mí —dije yo plácidamente.

Él sonrió. Decir que no había ni un rastro de afecto en su sonrisa sería quedarse corto. Pero glacial quizá se le acercaría.

—¿Y te acuerdas de Solberg? —pregunté yo—. Casi le provocas un infarto. —Le quité la piel a la tajada de naranja, por hacer algo—. Quizá ésa sea la razón por la que está desaparecido. Porque él…

—¿Quién fue el afortunado, McMullen? —preguntó él.

—Escúchame, no…

Él se abalanzó sobre la mesa. Yo retrocedí.

—Muy bien, se llama Ross. ¿Satisfecho?

—¿Ross qué más?

¿Y ahora qué? ¿Y ahora qué? ¿Y ahora qué?

—Eso no procede. Si no me crees, ponte en contacto con el restaurante al que fuimos. Estoy segura de que se acordarán de nosotros.

—¿Bailaste desnuda encima de la mesa o algo por el estilo?

Procuré lanzarle otra mirada feroz. Estaba a punto de conseguirlo.

—Da la casualidad de que Ross es un hombre muy atractivo.

—¿Ah, sí?

—Y próspero.

—¿Te acuestas con él?

Me puse en pie.

—Creo que ya hemos terminado, teniente.

Él permaneció donde estaba. ¿Qué se suponía que debía hacer ahora? ¿Llamar a la policía? Parecía un poco redundante.

—¿Qué hicisteis después de cenar?

Me pasé la lengua por los labios y dirigí la vista hacia la puerta ansiosamente. Suelo comer rápido y soy un hacha en las distancias cortas. Pero no me sentía lo suficientemente fuerte para hacerlo.

—Fuimos a tomar una copa a Los Cuatro Robles —dije yo.

—¿Acaso no sirven alcohol en el restaurante al que… asististeis?

—Me gusta el ambiente de Los Robles. Elegante y acogedor.

—Y ahí es donde dejaste tu billetera… desatendida.

Yo asentí con la cabeza. Aquel movimiento era sorprendentemente difícil de ejecutar mientras respiraba.

—Me olvidé por completo de ella.

—No te culpes, estando con un monumento como Ross.

Extendí las manos y le hice un gesto del tipo toma ya.

—Así pues, ¿cuánto tiempo estuviste sufriendo el ambiente enrarecido de Los Robles?

—No mucho. Tal como te he dicho, tan sólo unos minutos.

—Tú y el bueno de Ross teníais mejores asuntos de los que ocuparos, ¿verdad?

Apreté los dientes.

—A decir verdad, sí.

Me miró fijamente, con los ojos burlones y escépticos.

—¿Así pues, terminó el periodo de escasez?

Aquel término sexual no me era extraño.

—Lárgate —dije yo.

—¿Tuviste que llevarlo a la cama en brazos como a Solberg o pudo hacerlo por sus propios medios?

Sentí que se me inflaban las ventanas de la nariz. Si bien era cierto que hacía media década que no tenía sexo, eso no le daba derecho a hacer chistes fáciles.

—Podría hacerte papilla sin dificultades —dije. Quizá había perdido algo de altivez.

Arqueó una ceja.

—Chica fácil —susurró él—. No quería menospreciar al amor de tu vida.

—Yo menospreciaré tu…

Él se echó a reír.

—¿Cuánto tiempo estuvo?

La ira está muy bien, pero cuando el terror se empieza a extender cual ácido sulfúrico, la ira suele echar a correr en busca de refugio. Dirigí la mirada a la puerta de entrada.

—No será uno de esos que besa y corre, ¿verdad?

Volví la mirada bruscamente hacia él.

—Estuvo el tiempo suficiente.

Le temblaron los labios, pero yo no estaba para desentrañar su significado.

—Debías estar algo desentrenada, ¿no?

Le miré fijamente a los ojos.

—No me extraña que tuvieras mal aspecto esta mañana. Quizá sería mejor que me dieras el apellido de Ross. Le diré que tenga más cuidado la próxima vez.

—Lamento que te sientas celoso, Rivera —dije—. Pero vas a tener que aceptar el hecho de que estoy comprometida.

—¿Comprometida? —Él se puso en pie. El movimiento fue lento, pulcro, como el de un fuerte depredador examinando a un conejito. A mí no me gusta ser el conejito. A pesar de que son bonitos.

Él rodeó la mesa lentamente, sin apartar sus ojos de los míos. Lo seguí con la mirada, helado en su sitio. Pobre, pobre conejito.

—¿Sabes lo que creo, McMullen? —Él estaba de pie enfrente de mí, con una expresión dura en los ojos—. Creo que mientes. Creo que no existe el tal Ross.

Llené mis pulmones de aire.

—Ah, hay un Ross —dije yo.

—¿Ah, sí? —Él se me acercó un poco más.

—Es más alto que tu.

Una sonrisa arqueó sus labios.

—Me han dicho que no es el tamaño lo que cuenta.

—Te dobla el sueldo. Gana más dinero que el que ganará Solberg en los próximos dos años, y ni siquiera es un *friki* de la informática.

Él se echó a reír, yo estaba que echaba chispas.

—Bueno —dijo él, arrojando mi billetera a la mesa y volviéndose hacia la puerta—. Me han dicho que hoy día los gigolós ganan una fortuna.

Capítulo catorce

Prefiero estar cabreado a ser camelado
La versión de Chrissy de la máxima del padre Pat.

*U*na vez hube dejado de babear y la presión arterial volvió a equilibrarse, logré eliminar de mi mente a Rivera y llamé al servicio de información telefónica.

Era tan sencillo como conseguir el número de teléfono de Universo Electrónico. A falta de mejores opciones, marqué el número inmediatamente.

El hombre al otro lado de la línea tenía un leve acento asiático. El tipo de acento que inmediatamente me hace sentir estúpida.

—Sí, hola —dije yo, utilizando mi tono de voz nasal en defensa propia—. Me gustaría hablar con J.D. Solberg.

Hubo un silencio.

—Lo siento. ¿Trabaja en Universo Electrónico?

—No. Simplemente se pasa de vez en cuando para probar vuestro fabuloso equipo.

—¿Me lo puede describir?

Lo hice.

—Se trata de una emergencia. Por favor, pásemelo.

—Lo lamento —dijo él—, pero el señor Solberg no parece encontrarse aquí en estos momentos.

Mi corazón se empezó a acelerar.

—Pero ¿ha estado ahí antes?

—No se lo podría asegurar.

—¿Ha estado ahí hoy?

—No lo sé.

—¿Ayer? ¿Estuvo él aquí ayer? Lo sabría si fuera así. Tiene una nariz como un…

Me colgó. Me dirigí de inmediato a Santa Ana, donde se encontraba Universo Electrónico, justo al salir de la autopista de Mesa. Era un edificio imponente del tamaño aproximado de Montana. Una vez en el interior de sus puertas de cristales oscuros, inspeccioné todos los rostros y oí todas las voces. Solberg no estaba por ningún lado. Pero había suficiente material electrónico para enviar al hombre a la Luna. Lo que significaba, según mi entender, que también había suficientes artilugios como para hacer salir a Solberg de su escondite. Si es que se estaba escondiendo. Y si se estaba escondiendo, tendría que tener algún tipo de plan para solucionar sus actuales problemas. Quizá era un soso y un poco bizco, pero tampoco era idiota.

Eché un vistazo a la tienda. El personal vestía de negro. No eran los típicos dependientes *frikis* de la informática. Para empezar, todos rondaban los diecisiete. Eran delgados, predominantemente hombres, y serios.

Pero tenía que encontrar a un hombre que pudiera mantenerse coherente ante la demostración de mi escote, así que me desabroché el botón superior del jersey, me estrujé los pechos y me acerqué al empleado que me quedaba más cerca.

—Hola.

Le dediqué una sonrisa.

—Esto es increíble. —Eché un vistazo a la tienda con los ojos como platos—. Sólo he oído cosas buenas sobre Universo Electrónico.

—Gracias. —Hizo una pequeña inclinación y fijó la vista momentáneamente en mi pecho—. ¿Qué desea?

—No estoy segura. Sólo me estaba preguntando… si os traigo un disco que tiene… bueno… un esquema electrónico de alta tecnología… ¿lo podría abrir en vuestros ordenadores?

Él me lanzó una mirada astuta. O quizá estaba volviéndome a mirar el escote.

—Bueno, depende. ¿En qué medida está usted familiarizada con la tecnología de Universo Electrónico?

—No mucho, me temo.

—Entonces estaría usted un poco perdida. Tenemos una tecnología muy avanzada.

—Pero ¿sería capaz de manejar el equipo?

Parecía ofendido por el bien de sus máquinas, Universo Electrónico y la tecnología en general.

—Sin lugar a dudas.

—¿Independientemente de lo que se trate?

—Si se puede hacer, lo hacemos aquí.

Le di las gracias y me alejé con aire despreocupado. Después de ello, hablé con todos los empleados que me fui encontrando, preguntándoles por Solberg, pero ninguno de ellos afirmó haber visto al pequeño *friki*, aunque me pareció que un jovencito llamado Rex se ponía ligeramente nervioso al darle la descripción de J.D.

—Llámame —le dije, entregándole mis números de teléfonos y permitiéndole una miradita a mi escote—. Tan pronto como lo veas. Por favor. Te estaré eternamente agradecida.

Él asintió como atontado y se sonrojó, demostrando que ni siquiera los artilugios electrónicos pueden competir con un par de tetas cuando están lo suficientemente cerca y son naturales.

Volví a casa previsiblemente derrotada y dediqué el resto del día a navegar por Internet, en busca del mago que Ross había mencionado.

Pero no había nadie en la red llamado el Mago Martini. Imaginaros. Después de agotar todas mis posibilidades, encontré un espectáculo llamado *La magia mística de Menkaura*, que se representaba en un hotel llamado La Pirámide.

Sonaba exótico y, efectivamente, cuando entré en su página web, el hombre llevaba un turbante y una larga capa negra, que ondeaba tras de él; como si fuera mágica.

Aprendí un montón de cosas. Por ejemplo, el mago Menkaura descendía de una antigua tribu beduina conocida por sus poderes místicos. La capa adornada con borlas al viento por efecto del aire acondicionado le quedaba muy bien. Y todas sus ayudantes eran guapas, curvilíneas… y llevaban el torso desnudo.

Parpadeé ante la pantalla. Tal vez se me tendría que haber ocurrido que los magos de Las Vegas tenían ayudantes con el torso desnudo, pero aquella idea jamás se me había pasado por la cabeza. Y a pesar de que tenía delante una foto de varias de sus núbiles bomboncitos, encontraba la idea bastante increíble. Estaba claro que no podían ocultar cosas en sus mangas.

Lo que me hizo preguntarme dónde las esconderían.

Pero al ver la fotografía del caballo, comprendí que sus accesorios eran un poco grandes para poder ocultarlos en la ropa... o en otras partes.

Un semental negro kohl, tal como revelaba la foto, era una de las principales atracciones, y muy admirado por las bellas señoritas de Menkaura.

Hice una mueca ante el grupo de asistentes escasamente vestidas colocadas sugerentemente alrededor del pobre animal, y a continuación busqué en la pantalla los nombres de dichas ayudantes. Sus nombres no figuraban en ninguna parte, pero quizá no necesitaban nombres. Quizá Menke simplemente las llamaba por el color, porque parecía que los bomboncitos venían en todos los colores. Una castaña clara, otra morena, otra castañas oscura, una pelirroja, otra rubia. Quizá estaba intentando lanzar algún mensaje, o quizá simplemente le gustaba la variedad.

Examiné a la rubia. Me hubiera gustado pensar que ningún hombre la podría encontrar más atractiva que Elaine, pero los hombres eran impredecibles... e idiotas.

Decepcionada, me comí una zanahoria y procuré pensar. Pero las zanahorias no suelen inducir a grandes reflexiones, así que volví a la cocina y probé una chocolatina de chocolate negro. Efectivamente, se me ocurrió una idea en pocos segundos.

Volví a la página web y examiné las fotos con cierta repugnancia. Cinco bomboncitos escasamente vestidas me devolvieron la mirada. Cinco. Ross dijo que solo había cuatro. Claro que también dijo que estaba borracho, pero tenía la sensación de que el chico sabría decir cuántas mujeres con el torso desnudo había en el escenario, a menos que fueran un centenar o algo por el estilo. Entonces se equivocaría en una o dos.

Lo que significaba... que al mago Menkaura le faltaba un bomboncito.

Me comí otra chocolatina y me puse a pensar, pero al final,

a pesar de mi profunda reflexión, decidí ir a buscar el teléfono.

—Hotel y casino La Pirámide. ¿Qué desea?

La mujer al otro lado de la línea parecía verdaderamente encantada de que la hubiera llamado, nada que ver con que estuviera publicitando la bestialidad virtual y el porno estúpido en un escenario probablemente a pocos metros del lugar acondicionado en el que se hallaba cómodamente sentada.

—Verá —dije—. Estoy intentando contactar con Menke.

Hubo un silencio.

—¿Menke?

—Sí, el místico Menke.

—Oh. —Su voz se heló un poco en los bordes. Resulta casi imposible actuar como una persona de clase alta en Las Vegas, pero ella estaba dándole una oportunidad a su vieja escuela—. Menkaura Qufti, ¿el mago que trabaja aquí en La Pirámide?

—Sí, el mismo.

—Lo lamento, pero no se encuentra aquí en estos momentos, aunque puede dejarle un mensaje si lo desea.

—¿No está aquí? —dije, desconcertada por el hecho de que el hombre fuera místico y móvil.

—No. Mucho me temo que no.

—Ah, mierda. Bueno, dile que llame a Pinky, por favor.

Otra pausa.

—Por supuesto señora… Pinky. ¿Puede darme su número de teléfono?

—Por supuesto —le di mi número—. Y dígale que estoy buscando trabajo, ¿de acuerdo?

—Claro.

—Y dígale, también, que estoy muy bien hecha, pero que podría entrar en quirófano si fuera necesario.

Ella no tenía mucho que decir al respecto. Colgué el teléfono.

Ya era la hora de cenar. Miré en el frigorífico. Ni siquiera quedaba queso. Maldito Rivera.

Estaba a diez minutos en coche de Vons, donde solía comprar la comida. Elaine no compraría en otro lugar que no fuera Comida Sana, donde hay una atmósfera circense en un día cualquiera y colas durante semanas.

Por lo que a mí respetaba, solía asegurarme de que la leche venía de vacas que no hubieran sido tratadas con hormonas de crecimiento bovino. Más tarde me enteraría de que uno de los posibles efectos secundarios de las hormonas era el crecimiento del pecho. Ahora ya no soy tan quisquillosa.

No me entretuve demasiado con la compra. No es que tuviese la intención de cocinar, ni que pudiera. Pero si el Equipo de Asalto de Armas Especiales se abría paso en mi cocina, no tendrían los ingredientes necesarios para hacer una buena tortilla.

Alrededor de las nueve en punto, sin ninguna certeza acerca de la dirección que tomar para llegar a Solberg, volví a indagar en la vida profesional de Hilary Pershing por Internet. No encontré demasiada información. Fui de una página a otra, y a pesar de que había varias menciones de su trabajo en NeoTech, su vida en el circuito de los gatos parecía ser su obsesión. Figuraba el nombre de sus cinco felinos adultos. Ninguno de ellos tenía nombres como *Óscar* o *Calcetines*. Hilary tendía hacia el dramatismo: *Ónix plateado a la luz de la lumbre*, este tipo de cosas.

Quizá estaba compinchada con el místico Menkaura, pensé, y me pregunté vagamente si ella tendría a Solberg encerrado en una jaula de gato en su sótano.

A pesar de mis habilidades de talla mundial, aquella noche no dormí bien. Tuve pesadillas de hombres con graves problemas de halitosis y armamento de aspecto repugnante.

El domingo consideré la idea salir a correr, pero las pesadillas —y la dura realidad— me convencieron de que era demasiado arriesgado. Lo malo a veces también tiene cosas buenas.

Por la tarde, ocupé mi lugar en lo alto de las colinas que daban al barrio de Solberg. Hubiera sido más inteligente buscar información sobre los hombres que me habían secuestrado, puesto que Rivera no se había mostrado demasiado comunicativo al respecto. Pero volví al único lugar al que estaba segura que Solberg acabaría volviendo.

Lamentablemente, él no apareció. Pero a las dos y trece minutos, la puerta del garaje de los Georges se abrió y apareció un BMW. Me apresuré a coger los prismáticos, enfoqué a toda prisa, y descubrí que Tiffany era la única ocupante del coche. El garaje estaba vacío. Eso significaba que, o bien los Georges sólo disponían de un vehículo, algo poco probable en un barrio en el que el consumo de gasolina eclipsaba la deuda nacional, o el señor Georges estaba de viaje… una vez más.

Bajé de la colina, aparqué en la calle de su casa, y al golpear a la puerta, apenas sentí nervios. Nadie respondió. Llamé al timbre. Nada. Presioné el timbre unos instantes. Nada de nuevo. O el señor Georges estaba sordo o la casa estaba vacía.

Tras mirar a mi alrededor, bordeé el garaje y me dirigí hacia el patio trasero. El corazón me latía con fuerza. A pesar de mis acciones de la semana pasada, el hecho de entrar sin autorización a una casa continuaba intimidándome.

Pero la visión del hoyo eclipsó al resto de pensamientos. Hacía un metro ochenta de longitud y uno y medio de profundidad, y se encontraba justo al lado de un espacio rellenado de tierra que parecía que parecía de las mismas dimensiones.

Un ruido procedente de la Ausonia Lane me alertó, poniéndome en movimiento.

Al llegar al Saturn, apenas podía respirar. Di rienda suelta a mi imaginación.

Había cavado dos tumbas en su jardín. Tiffany Georges había cavado tumbas. ¿Para su esposo? ¿Para Solberg? ¿Para ambos?

Guiada por la certeza de que estaba cerca de algo, volví a lo alto de la colina.

Estuve sentada allí el tiempo suficiente como para poder pensar acerca de los extraños acontecimientos que a veces tienen lugar. Sabía de mis mil años en la escuela, y de mis otros mil años trabajando como camarera, que la gente perdía la chaveta y mataba a gente. Dios santo, yo misma contemplé la posibilidad de matar a Rivera el día anterior, y ni siquiera estaba casada con él.

¿Cabía la posibilidad de que la pequeña Tiffany hubiera perdido la cabeza y hubiera asesinado a su marido? ¿Cabía la posibilidad de que Solberg hubiera descubierto el crimen y hubiera seguido la misma suerte? Sin embargo, todo aquello no explicaba la extraña llamada de teléfono ni que el tipo de la pistola me hubiera perseguido por el césped.

La vida, pensé una vez sana y salva en mi casa, era complicada de verdad.

Y

El lunes atendí a tres pacientes antes del mediodía. Me pareció que los dos primeros estaban considerablemente más lúcidos que yo.

El tercer cliente era Howard Lepinski.

Lo había estado tratando por un trastorno obsesivo-compulsivo y un montón de problemas más durante casi seis meses. La mayor parte del tiempo hablaba sobre cuestiones de gran trascendencia como sus preferencias a la hora del almuerzo. Mi cordura salía muy bien parada en comparación.

—¿Cree que debería comer pan integral? —preguntó—. Lo que quiero decir es que los estudios demuestran que la fibra puede reportar grandes beneficios a nuestro colon, pero el pan blanco tiene menos calorías. Y…

—Señor Lepinski… —lo interrumpí delicadamente, a pesar de que tenía los nervios como las cuerdas de un banjo—. ¿Se da cuenta de que está hablando de su almuerzo una vez más?

Le dediqué mi sonrisa profesional.

—Creía que ya habíamos superado este punto.

Movió el bigote. Hubo un tiempo en que lo juzgaba positivamente en comparación con el individuo que lo seguía. El paciente se llamaba Andrew Bomstad. Andy era un hombre muy calenturiento y… rico. El señor Lepinski no había quedado muy bien parado hasta que Andrew había revelado su verdadera naturaleza y su pene erecto de una sola vez. Unas semanas y una investigación por asesinato más tarde, y había aprendido a reservar mi opinión.

Desde entonces procuro ser más tolerante.

—La dieta es importante —dijo él. Su tono era de desaprobación—. Eres lo que comes. ¿No lo habías oído antes?

Asentí con la cabeza. Sí lo había oído. Pero por el momento todavía no me había convertido en un cacahuete cubierto de caramelo. Llamadme incrédula.

—He estado pensando en hacer la dieta Atkins.

Debo admitir que me sorprendió. Lo que quiero decir es que sabía que Atkins era el último grito nutricional, pero el señor Lepinski es un poco más ancho que mi bazo.

—No para perder peso —explicó él—, sino para ganarlo. —Levantó un brazo escuálido y sacó músculo. Tal vez—. Una dieta rica en proteínas. Ya sabe. —Volvió la vista hacia la puerta y me miró—. ¿Cree usted que estaría más atractivo si estuviera cachas?

La idea de utilizar el señor Lepinski y el término «cachas» en la misma frase me rompía todos los esquemas, pero recurrí a mi mejor cara de póquer.

—¿Cree que necesita sentirse más atractivo, señor Lepinski?

—Bueno… —Él se encogió de hombros y se puso a la defensiva. Mucha gente se pone así al hablar de superación personal. Creo que se debe al hecho de que desde que somos pequeños se nos cuenta el bulo de que, todos nosotros, somos espectaculares, y que no deberíamos cambiar ni un ápice. Lo que es una solemne estupidez, por lo que a mí respecta. La mayoría de nosotros estamos como una cabra y cualquier tipo de superación personal vale la pena.

Pero a pesar del hecho de que Lepinski solía sacarme de quicio, en el fondo sabía que era un buen tipo.

—No —dijo él, entonces—. No lo sé. —Se calló, con aspecto preocupado—. Supongo que no haría daño a nadie.

Había algo en su tono de voz, cierta nostalgia, quizá, que me intrigó. Incliné la cabeza y solté con cuidado:

—¿Qué opina su esposa acerca de su interés por la salud?

—¿Sheila?

Asentí con la cabeza. No parecía del tipo poligámico, aunque la pregunta pareciera altanera, pero logré reservarme mis reflexiones.

Él volvió la vista hacia la puerta y después centró en mí su mirada. Esperé. Él miraba incesantemente de un lado para otro, pero las rodillas permanecían perfectamente pegadas y sus zapatos, de piel marrón, estaban alineados con precisión marcial.

Tenía los nudillos blancos sobre sus flacas caderas.

Esperé un poco más.

—Creo que tiene una aventura —dijo con aspereza al fin.

Al salir de la oficina, me sentía exhausta y derrotada. Exhausta, derrotada e incompetente. La esposa del pobre hombre le estaba poniendo los cuernos y todo lo que podía decir era «¿Cómo te sientes?».

Me desplomé en la silla de mi escritorio. Las últimas dos semanas habían sido un infierno. La desaparición de Solberg, el asalto de los dos matones, y luego Rivera. Casi prefería a los matones.

Al menos no habían puesto en duda que tuviera una cita. Al menos no me habían hecho decir tonterías del tipo «es más alto que tú» o «probablemente gane más dinero que Solberg en un par de años» o…

Mi mente se detuvo en seco. Cielo santo. Había puesto a Solberg y Ross en la misma categoría. ¿Y si Rivera los había relacionado? ¿Y si había llamado a NeoTech y había descubierto que Ross trabajaba allí? ¿Y si era un perfecto imbécil?

Me temblaban las manos mientras marcaba el número de NeoTech. Alguien con la voz gangosa me transfirió inmediatamente al despacho de Ross.

—Bennet.

Se me hizo un nudo en la garganta del tamaño de una cucaracha de Schaumburg.

—¿Sí?

—Soy… —respiré hondo—. Soy… mmm… —Justo en aquel preciso momento se me olvidó mi nombre.

—Chris. —Su voz era cálida—. Hola. ¿Cómo estás?

—Bien. Estoy … mmm… Bien. —Había hecho un nudo con el cable del teléfono.

—¿Y tu amiga? Se llamaba Elaine, ¿verdad? ¿Cómo se encuentra?

Tardé unos instantes en recordar la excusa inventada que le había dado para dejarlo plantado en el Safari.

—Oh, sí. —Aclaré la garganta, luchando contra mi conciencia. Tenía problemas más importantes. Mi frágil estabilidad mental, por ejemplo—. Ella está bien.

—Perfecto.

El teléfono se sumió en silencio.

—Mira, mmm, Ross, llamo para pedirte un favor.

—Dispara.

Hice una mueca. Nunca se me había dado muy bien la fraseología.

—Tengo un problemilla. Con la policía. Nada muy importante —me apresuré a añadir—. Bueno, ya sabes… —probé a reír. Dios santo—. Un malentendido. Unas multas de tráfico sin pagar, ese tipo de cosas. —Estúpida, estúpida, estúpida—. Bueno, no… —Volví a reír. Con menos gracia que la primera vez. Se oyó un chirrido al otro lado de la línea, como si un perro se hubiera hecho con un juguete de goma. Iba a tener que cambiar de tercio—. No son multas de tráfico, exactamente. —Si Rivera se ponía en contacto con Ross, ¿qué le diría? Probablemente no demasiado. Él era el rey de la conducta antisocial. Confiaba en la aversión a la comunicación del oscuro teniente—. El viernes por la noche tuvo lugar un pequeño incidente. Alguien chocó contra alguien y alguien creyó que era mi coche. Pero en realidad, no lo era…

—¿Tiene algo que ver con el… —Se calló como si estuviera comprobando sus notas— el teniente Rivera?

Me quedé con la boca abierta un buen rato. Mi mente se detuvo en seco, como una lavadora al centrifugar.

—¿Hola?

Parpadeé.

—¿Ya has hablado con él?

—Bueno, no —hizo una pausa—. Pero me ha llamado. Un par de veces. Aunque yo no estaba en la oficina, y ha sido una mañana de locos. No he tenido la oportunidad de devolverle la llamada.

—Ah… —Me sentí como si me hubieran recocido y me hubieran dejado en el colador demasiado tiempo—. Bueno… —Respiré con cuidado, no fuera que los pulmones me fueran a explotar—. Me preguntaba si podías hacerme un favor.

—Lo intentaré.

—Yo… mm… yo, mmm… —Dilo ya, ¡maldita sea!—. Me gustaría que le dijeras a Rivera que estuvimos juntos toda la noche —solté, a continuación me mordí el labio y cerré los ojos fuertemente—. En mi casa.

Él permaneció en silencio lo que me pareció una eternidad, y a continuación:

—¿Fue tan increíble para ti como para mí?

El aire salió de mis pulmones con un silbido. Mis hombros se combaron como la lechuga del día anterior.

—Yo no he hecho nada malo, Ross. Lo juro por Dios. Lo juro sobre la tumba de mi padre.

Él volvió a permanecer en silencio.

—Yo quería a mi abuelo —dije al borde del abismo.

Él se echó a reír.

—De acuerdo.

—¿Lo harás? —susurré.

—Sí. Pero me debes una.

—¿Qué?

Él se retrasó un instante.

—¿Una cena? ¿En tu casa?

Maldita fuera, le daría mi hijo primogénito. O sexo. ¿Qué tenía de malo el sexo? ¿Acaso ya no quedaba nadie que chantajeara a la gente con el sexo?

—De acuerdo.

—Entonces, de acuerdo. ¿Qué me dices del viernes por la noche?

Quedamos en la hora, y seguidamente le puse al corriente de lo que habíamos estado haciendo aquella noche juntos. Parecía sorprendido, aunque no decepcionado.

Lo interpreté como una señal de que vendrían buenos tiempos.

Capítulo quince

El celibato es una mierda, y no va con segundas.

EDDIE FRIAR,
poco después de salir del armario.

*L*a semana fue un desastre.

Desprovista de mejores ideas, llevé el disco confiscado de Solberg a casa de Eddie Friar. Eddie es un ex novio. También es homosexual. Lamento decir que eso apenas califica nuestra relación de extraña; en comparación con unos cuantos centenares. De hecho, Eddie es uno de los pocos chicos con los que he mantenido el contacto. Es elocuente, atractivo y agradable. Desgraciadamente, su propuesta por lo que respectaba al CD no fue más refinada que la mía; parecía contener planos y esquemas para una especie de invención.

Le agradecí su ayuda, y me preguntó si quería pasar el Día de Acción de Gracias con él. La idea me pareció un poco patética: un gay y una rabiosa heterosexual pasando el día del pavo juntos, pero no tan patético que pasarlo sola con una lata de comida basura, así que volví a darle las gracias y continué mi desdichado camino.

Sin idea de adónde ir o en quién confiar, esperé a que la situación se serenara mientras me ocupaba de asuntos más urgentes, como la preservación de mi existencia.

Unos meses atrás, adquirí un sencillo sistema de seguridad para mi humilde morada. Pero a la luz de los recientes acontecimientos, pensé que quizá había llegado el momento de revisarlo.

Los chicos de la instalación llegaron el martes para el trabajo, se quedaron de pie en el vestíbulo y me miraron como si se estuvieran preguntando qué narices había que robar. Efectivamente, podías colocar la totalidad de mi casa en un camión de carga y no encontrarías más que un par de cucharas a juego, pero creía que mi vida merecía la pena.

Quizá estaba equivocada. Sus honorarios equivalían a la extorsión. Tendría que asesorar a otros dos mirones y un esquizofrénico durante todo un año para pagar la mitad.

El miércoles, el mago de Las Vegas me devolvió la llamada. Reconocí el código zonal en el identificador de llamadas de mi teléfono. Al parecer, había interpretado muy bien el papel de rubia tonta al dejar el mensaje.

Intenté recuperar aquel mismo estado de mente platina al descolgar el teléfono.

—¿Sí? —dije.

—Buenas tarde —respondió él. Su voz era fastuosa y teatral. Creo que alejé la oreja del aparato y me quedé mirándolo—. ¿Puede pasarme con la señorita Pinky?

—Sí. Yo soy Pinky. ¿Quién es usted? —Si hubiera estado masticando chicle, la recreación de mi mundo hubiera sido perfecta.

—Soy el mago Menkaura.

Tardé unos instantes en contestar, y tras un instante respondí.

—Menke, eh, gracias por devolverme la llamada. —Se oía mucho ruido de fondo: gente hablando, un objeto arañando el suelo. En un momento dado me pareció oír el bramido de un elefante, pero quizá fue fruto de mi imaginación—. Estoy sin trabajo y me han dicho que te falta una chica —contuve la respiración.

—¿Quién te ha dado esa información?

—¿Quién? —¿Era aquel tipo auténtico, o su voz de mago oriental tenía un deje de acento de Brooklyn?

—Un tipo llamado Orlando González. —Había visto su nombre en Internet y crucé los dedos para que Menke no lo conociera personalmente—. Quizá ha oído hablar de él. Está causando sensación en Dallas. Da igual, resulta que fui su ayudante durante un tiempo, después de que una de sus chicas se quedara embarazada, y me ha dicho que quizá necesites a alguien, así que me desplacé a ver tu espectáculo el domingo pasado.

—¿De verdad?

—Sí. Y se trata de un espectáculo de primera, Menke. Y el caballo… Ah, háblame de esa bestia tuya tan sensual.

—¿Acaso no es precioso? Es un pura sangre beduino, el águila de las arenas del desierto.

Vaya, vaya.

—Sea como sea, he pensado que quizá tú y yo podríamos ayudarnos mutuamente —dije.

Él se calló. Yo me mordí el labio. Quizá se me había ido la mano.

O quizá me había quedado corta.

—A pesar de que tus otras chicas no estén tan bien dotadas como yo.

Quizá estaba equivocada, pero creo que estaba aguantando la respiración.

—Pues da la casualidad de que —dijo él finalmente— necesito una nueva ayudante.

—¿Sí? —Él y el antiguo editor del *Playboy*, Hugo Hefner—. Es genial. ¿Qué te parece si me paso para verte a principios de la semana que viene?

—Creo que me las arreglaré.

Él propuso una hora.

Yo me disculpé y le dije que era el día en que me encontraba con mi entrenador personal.

—Sin las nalgas duras, no hay ricuras —dije yo, dedicándole un rebuzno.

Él lo volvió a intentar, y coincidimos.

—Fabuloso —dije yo, entonces, hábilmente, como si se me acabara de ocurrir—. Eh, tu ayudante, la chica rubia, ¿cómo se llama? Creo que he visto a su doble en Dallas hará un par de años.

—¿Mi ayudante rubia?

—Sí.

—Se llama Atenea.

¡Atenea! «Ya lo tengo», pensé, aunque el tono de su voz hizo sonar una campana en mi mente. Lo dijo como si se estuviera dirigiendo a un auditorio de millones de personas en vez de a una rubia con el cerebro de chorlito en una cabeza bien pequeña.

—Atenea, sí, ése era su nombre artístico —dije—. Pero ella en realidad tenía un nombre muy corriente, Louise, Hazel o…

—Gertrude —dijo él, y advertí que ni siquiera podía decir el nombre sin solemnidad—. Gertrude Nelson.

Colgué unos instantes más tarde y busqué el nombre en el listín telefónico de Las Vegas, pero no aparecía el teléfono de Gertrude, así que volví al trabajo y dejé reposar la información, junto con un millón de detalles pendientes.

Aquel día tenía poco trabajo. El Día de Acción de Gracias estaba a la vuelta de la esquina y la mayor parte de mis clientes debían de estar visitando a sus parientes. Mi madre había vuelto a llamar para pedirme que volviera a casa. También me sugirió que podía invitar a Ernie Catrelli. Conocí a Ernie en el instituto. Jugaba de *quarterback* en el equipo de rugby de la escuela Sagrado Corazón. Ahora va por su tercer divorcio y vive con sus padres.

Yo opté por el chico gay.

Elaine entró en mi despacho.

—Bueno… —Intenté sonar alegre porque si ella parecía triste, lo más probable era que yo confesara toda la verdad y la enviara directa a Las Vegas en un intento ciego por salvar el culo flacucho de Solberg—. Te marchas a Schaumburg esta noche, ¿verdad?

Ella se dejó caer en la silla frente a mi escritorio.

—He decidido que no voy a ir.

—¿Cómo? —Volver a casa había sido una gran idea. Necesitaba alejarse un tiempo. Tenía que encontrar a Solberg. Sola—. Tu familia debe de estar muy disgustada.

Ella lo negó con la cabeza.

—De todos modos, están muy ocupados. He decidido que pasaré más tiempo con ellos en Navidad.

—Ah. —No se me ocurrió nada que decir al respecto. Pero «yo no entré en la casa de Solberg y alguien me persiguió por su jardín con una pistola del tamaño de Milwaukee» fue mi primer impulso.

—Así pues, ¿tú que vas a hacer? —preguntó ella.

No habíamos tenido mucho tiempo para hablar últimamente, conmigo jugando a ser Sherlock Holmes y ella quedando con el chico de los helados.

—Eddie Friar me ha invitado a pasar el día de acción de gracias con él —dije yo—. Si iba a quedarse en Los Ángeles, sería mejor que estuviera cerca—. ¿Quieres venir?

—¿Crees que le importará?

Le lancé una mirada.

—¿Conoces a algún hombre al que le pudiera molestar tu presencia, Laney?

Sus ojos se humedecieron un poco.

—No sé que haría sin ti, Mac —dijo ella. Le di una réplica inteligente, pero el sentimiento de culpabilidad me estaba volviendo loca porque sí sabía lo que haría sin mí. Quedaría con chicos que darían sus riñones por pasar media hora con ella, en lugar de llorar la pérdida de un imbécil enano y escuálido que había huido a Las Vegas y que quizá había tenido la mala pata de perder la vida, o algo mucho peor. Mucho peor sería que estuviera metido en un lío, porque entonces tendría que contratar a una banda para que lo asesinara.

Aquella tarde, mientras conducía de vuelta a casa, tenía los ánimos más bien bajos, pero aquello no fue nada comparado con lo que sentí cuando vi que había un coche aparcado en mi calle.

Era un Thunderbird de los primeros modelos. Lo miré con los ojos entornados mientras me dirigía a la puerta de la entrada.

—¡Christopher!

Pegué un grito y me hice a un lado mientras un hombre asomaba por debajo del parachoques del coche. Se dobló en dos riendo como una hiena, y juro que pude sentir el acné brotando como palomitas de maíz en mi cara.

—Peter —dije yo.

—Cielo santo, estás a la que saltas, como si fueras una virgen.

Me las arreglé para subir el único escalón de entrada hacia la puerta principal e introduje la llave.

—¿Qué estás haciendo aquí?

Él me siguió con aire despreocupado.

—Necesitaba un poco de aire fresco. Así que pensé en visitar a mi hermana pequeña.

—¿Por qué? —le pregunté, abriéndome paso a empujones.

Él irrumpió en carcajadas mientras entraba en mi casa y me daba un abrazo de oso.

—Yo también me alegro de verte.

Mis costillas protestaron.

—¿Dónde está Holly?

Él volvió la vista hacia el salón, y se dirigió hacia él con aire despreocupado, como un niño pequeño buscando problemas.

—Eh, ¿te has comprado muebles nuevos?

—No. —Dejé el bolso en la encimera y lo seguí hasta su interior—. ¿Dónde está Holly?

Él se dejó caer en mi asiento reclinable y levantó la vista hacia mí. Hubo un tiempo en que creía que era el hombre más guapo del universo. Eso fue antes de que me diera excrementos de oveja y me dijera que eran pasas. También es difícil tener buenos pensamientos cuando tienes la cabeza metida en el inodoro de tu primo.

—Se ha quedado en casa —dijo él.

Me senté enfrente de él y pasé la suave seda de mi falda por debajo de los muslos, como si me encontrara en una sesión. Pero no tuve esa suerte. Peter McMullen y la rentabilidad o estabilidad jamás llegarían a cruzar una sola mirada.

—¿Qué ha ocurrido esta vez? —pregunté.

Él empezó a juguetear con la silla, tamborileando con los dedos sobre su brazo y mirando por la ventana.

—¿De qué estás hablando?

—Ni siquiera estás casado. —Solía apañárselas para permanecer fiel hasta el día de la boda. Creo.

Él me miró fijamente unos instantes, a continuación reclinó la cabeza en el cojín del asiento y cerró los ojos.

—A veces creo que no soy del tipo de hombre que se casa.

—No puedes ser del tipo que se divorcia a no ser que seas del que se case, Pete —le dije.

Él levantó la cabeza para volver a mirarme.

—Dios santo, ¿desde cuándo eres tan cursi?

Me puse en pie. Las visitas familiares me dan ganas de arrancarme la piel a tiras. Hay algo que me hace acordarme de quién era. O quizá sea que hace recordar quién continúo siendo. Mi humor se iba deteriorando, de malo a peligroso.

—Creo que fue cuando tú le dijiste a Grez Grossman que era lesbiana —dije yo.

Él se echó a reír.

—Es que yo creía que eras lesbiana. Jamás salías con chicos.

No le dije que nadie me pedía para salir. En lugar de ello, fui al frigorífico y empecé a sacar calorías. Ya tenía acné, ahora sólo me quedaba tener la grasa.

—¿Así que también la estás engañando? —pregunté.

—No. —Él me siguió hasta la cocina, echó un vistazo al frigorífico, y luego hizo lo propio con el armario. En un momento, había encontrado la crema de cacahuete—. No la estoy engañando. Sólo... —Desenroscó la parte superior, perdió interés, y la hizo a un lado, lo que demuestra su falta de cordura. ¿Qué clase de persona pierde el interés en la crema de cacahuete?—. Mierda, no sé qué pensar.

Así que nada nuevo en Chi-town.

—Ella es... —Meneó la cabeza. Unos cuantos mechones de pelo oscuro le caían por la frente. Sus ojos eran del color del ámbar pulido, tan enternecedores como los de los santos. Las chicas se habían enamorado de esa mirada tierna desde el día en que yo me quitaba el primer pañal. Los hombres quizá eran como un grano en el trasero, pero a veces las mujeres son directamente imbéciles.

—¿Demasiado gorda? —Me aventuré a decir, abriendo la panera.

—¿Gorda? —Me miró con cara de pocos amigos—. No. ¿Por qué iba a...

—¿Demasiado vieja? ¿Demasiado lista? ¿Demasiado fea? ¿Demasiado mala? —Los había oído todos.

Él permanecía en silencio. No solía ser habitual en mis hermanos. A menos que hubieran perdido el conocimiento. Levanté la vista, preparada para ponerlo boca arriba y evitar que se ahogara con su propia baba. Mi madre me había educado bien.

Su rostro parecía afligido.

—Dios santo, Chrissy —dijo él—. ¿Alguna vez he sido tan imbécil?

Yo me enderecé, corroída por el sentimiento de culpa.

—Yo no soy la mejor mujer a quién preguntárselo.

Él asintió lentamente.

—Iba a decir que es demasiado dulce —dijo él.

Dejé de untar el pan con mantequilla.

—Todas eran dulces, Peter —dije yo.

Él volvió la vista hacia la puerta de entrada y se metió las manos en los bolsillos traseros del pantalón. El tío todavía no tenía barriga. Maldito fuera.

—Sí. —Su tono de voz era sereno—. Y yo no quiero… quiero decir que… quizá no sea lo suficientemente bueno.

Sonó el timbre de la puerta. Me quedé mirándolo.

—¿No qué? —Estaba asombrada por su seriedad. Para mis encantadores e irlandeses hermanos, nada era serio excepto la escasez de cervezas. Aquello era la maldición de las siete plagas.

—Hay alguien en la puerta —dijo él.

Volví la mirada hacia la puerta.

—Será mejor que vayas a ver quién es.

No estaba segura de hacerle caso. Las buenas noticias no solían llegar así, pero caminé en aquella dirección, con la cabeza revuelta. Quizá mi hermano Pete estaba creciendo. Quizá también existía Santa Claus.

Abrí la puerta. No era Santa Claus. Era Rivera, de pie en la entrada de mi casa con unos pantalones chinos y un jersey oscuro, más sexy que nunca. Su carisma me impactó con la fuerza de un puñetazo en el estómago.

—Hola —dijo él.

Yo abrí la boca. Nada salió de ella.

—¿Estás ocupada?

Sexy y de paisano. Cielo santo. Quizá era cosa de Santa Claus.

—¿Necesitas algo? —pregunté, con tono prudente. Él había sido civil con anterioridad. Por lo general, terminaba con ambos diciéndonos impertinencias como gatos escaldados.

Él volvió la vista hacia el nauseabundamente perfecto jardín de los Al-Sadr.

—Quiero hablar contigo.

Se me encogió el estómago.

—¿Qué ocurre?

—Nada.

—¿Vas a detenerme?

—Por Dios, McMullen. Yo… —hizo una pausa—. ¿Tendría que hacerlo?

Ignoré aquella pregunta. Algo acerca del séptimo mandamiento cosquilleó mi cabeza.

—No sé cómo pudo ir a parar mi billetera en aquel Cadillac, Rivera. De verdad.

Él frunció el entrecejo.

—Además —dije casi sin aliento y con la voz quebrada—. El Día de Acción de Gracias está cerca.

—Eso ya lo sé, McMullen. —Casi parecía estar molesto, aunque yo también lo estaba. No tenía derecho a aparecer en la entrada de mi casa oliendo como un esclavo del sexo cuando lo único que pretendía era prolongar mi involuntario celibato.

—Eh, Christopher… —Pete apareció a mi lado como si fuera una pesadilla, terminando de abrir la puerta de un codazo y mirando a Rivera—. Hola, soy Pete. —Le tendió la mano. Rivera se la apretó, al tiempo que se le ensombrecía el rostro—. Sólo quiero… —señaló el interior de la casa—. Irme a la cama. Me muero de sueño.

Desapareció en cuestión de segundos. La casa se sumió en un silencio.

Rivera me miraba fijamente, sin ninguna expresión discernible en sus finamente cincelados rasgos.

—¿Es ese Ross?

Una encrucijada. En aquel preciso instante me di cuenta de que un ser humano normal y con una mente equilibrada le hubiera dicho la verdad. Pero los seres humanos normales y equilibrados no suelen tener hermanos como Pete, que estaría más que contento de deshacerse en elogios hablando del día en que le pegué una lata de cerveza a la mejilla izquierda después de una juerga particularmente molesta.

—No —dije yo.

—¿Estás aprovechando el tiempo perdido, McMullen?

Un torrente de emociones recorrió mi cuerpo y creo que solté un gruñido.

—Escúchame, tú…

—Bien… —Dio un paso atrás, con los ojos oscuros ocultos mientras sonreía gravemente—. Te dejo con él. Que tengas un feliz Día de Acción de Gracias.

¡Feliz Día de Acción de Gracias!

A la mañana siguiente, continuaba furiosa. Pero llamé diligentemente a Eddie y le pregunté si podíamos ser dos más en la comida. Él me aseguró que cuántos más fuéramos más reiríamos, aunque él todavía no conocía a mis hermanos.

También llamé a mi madre para informarla del paradero de Pete, pero lo hice desde mi teléfono móvil, puesto que tenía la tendencia a cortarse. No me molestaba del todo.

—¡Christina! —dijo Eddie en su bella voz de barítono, y me dio un abrazo al abrir la puerta. Yo se lo devolví. Eddie me gustaba de verdad. De hecho, siempre me gustó mientras salía con él. Suelo detectar a los homosexuales con bastante precisión, pero él me engañó muy bien—. Y tú debes de ser Peter.

—Sí. —Mi hermano dio un paso adelante. Ellos se estrecharon la mano en un gesto de unión masculina consagrado por la tradición. Hay cosas a las que ni siquiera las tendencias sexuales pueden poner fin—. Gracias por invitarme. Huele muy bien aquí. —Pete sonrió y se volvió hacia la cocina—. Creo que me he muerto y ahora estoy en el cielo.

—Sí. —Eddie asintió con la cabeza y recorrió el trasero de mi hermano con la mirada—. Yo también.

Le dirigí una mirada. Él volvió la vista hacia atrás, sobrio como un monje. Vive un par de años luz delante de mí en un pequeño bungaló en Santa Mónica. El paisaje de la playa es un poco raro para mí, pero debo admitir que Eddie tenía un bronceado fabuloso y unos músculos pectorales que provocaban suspiros. Si no fuera terriblemente vergonzoso, confesaría que una vez escribí un soneto sobre ellos.

—Así pues, ¿Laney todavía no ha llegado? —dije yo.

—No… —Iba a decir, pero a continuación se detuvo mientras sonaba el timbre y fue a mirar por la mirilla—. ¿Parece un personaje animado?

—Déjala pasar —dije.

—Vaya. —Él se volvió hacia mí. Peter se había ido a la cocina. Eddie miró en su dirección—. ¿Dónde encuentras a esta gente?

—En Chicago —dije, apartándolo de un empujón y abriendo la puerta.

El galgo de Eddie estaba tumbado en el sofá, con un tobillo cruzado elegantemente encima del otro y con aspecto de querer reservarse la opinión mientras Elaine me abrazaba.

—¿Cómo estás?

—Genial —mentí, pero con más estilo de lo normal. Hice las presentaciones.

—Eres la mujer más bella que he visto en mi vida —dijo Eddie.

Creo que ella se sonrojó. Como si no se lo hubieran dicho un millón de veces.

—¿Laney? —Peter dijo desde el salón.

—Peter. —Ella se apresuró por la casa y fue a darle un abrazo—. Hace años que no te veo.

—¡Años! —Él la apartó un poco para poder verla mejor—. Apenas te reconozco.

Oh, ¡mierda! Si no la quisiera como una hermana, hubiera estado dispuesta a cortarme las venas con el cuchillo de trinchar.

—Christina, ayúdame en la cocina, por favor —dijo Eddie. Yo le seguí hacia la fuente de los aromas. No había muerto y todavía no había ido al cielo, pero me sentía un poco preorgásmica.

—¡Qué narices! —dijo él, volviéndose hacia mí.

—¿Continúas siendo gay? —le pregunté, mirando en el interior del horno y sobresaltando a mis glándulas salivales. Pequeños canapés de cangrejo se asaban felizmente al lado de un bello y excelente asado con pequeñas zanahorias confitadas. En lo alto de la cocina, el puré de patatas y ajo sonreía felizmente. El hombre que incluso podía cocinar vegetales estaba sexy.

—No me termino de decidir. —Y dirigió su mirada al salón—. Tu hermano no es...

—Se ha divorciado cuatro veces. —Eché un vistazo al frigorífico. Una tarta de crema y frambuesas reposaba indiscutiblemente en el estante central. Me dolía la boca ante semejante imagen.

—Cada vez me siento más convencional —dijo él, dándome un golpe suave con el codo mientras se dirigía a la cocina—. Coge el vino, ¿de acuerdo?

—Eh. —Peter apareció en cuestión de segundos—. ¿Qué puedo hacer? No quiero ser un gorrón.

¿Desde cuándo? Levanté la vista, advirtiendo que Elaine estaba justo detrás de él, y obtuve la respuesta.

Los hombres se comportan de un modo extraño cuando está Laney. Una vez vi a un hombre lanzarse el gintonic por los pantalones después de que ella le sonriera. La verdad es que no sé por qué. Pero comparado con él, Pete lo estaba haciendo muy bien; para ser Pete, aunque él continuara irritándome.

La comida era tan buena como los aromas habían prometido, y mientras no tenga conocimiento de primera mano de la actuación de los chicos gays en la cama, tengo que decir, que la fama de que los gays son buenos en la cocina no es una exageración.

Comí hasta que mi estómago amenazó con expulsar la comida y una inminente situación embarazosa. Pete ofreció los apropiados y justificados cumplidos, quitó sus cosas de la mesa y se ofreció para recoger.

—¿Hoy no hay fútbol? —preguntó Laney, recogiendo sus platos de la mesa.

—Sí, pero me gustaría ayudar.

Le lancé una mirada que tendría que haberle puesto el pelo de punta. Él me devolvió la sonrisa, feliz como un niño con zapatos nuevos.

—Mira el partido —le ordené—. Laney y yo nos ocuparemos de la cocina.

—Pero...

—Míralo —repetí, y Eddie sonrió mientras se acomodaba

en el sofá al lado de su galgo. Ella apoyó la cabeza en su entre-pierna y lo miró con ojos amorosos.

Tenía que comprarme un perro. Al parecer, tenían la capaci-dad de apartar a los hombres de la inminente fornicación; no es que yo tuviera problemas con casi todos mis novios, o que me volviera taciturna con el pensamiento de las vacaciones que se avecinaban.

—Así pues, ¿qué está haciendo aquí Pete? —preguntó Elaine.

Llené el fregadero de agua caliente.

—¿Mirarte? —Quizá había algo de rencor en aquella afir-mación.

—Tiene buen aspecto.

—¡Laney! —dije, volviéndome hacia ella con veneno—, no serás...

Ella se echó a reír.

—En aquel sentido en que te hacía comer excrementos de cabra.

Me relajé. Elaine podía ser excéntrica, pero sabía reconocer a un neandertal cuando alguien la cogía por el pelo.

Me volví hacia el fregadero y carraspeé.

—¿Estás bien? —preguntó ella.

—Sí. —Me encogí de hombros—. Se trata del idiota de Ri-vera.

Las palabras se escaparon antes de que las pudiera recuperar debido a mi estupor después de comer.

Ella me miró fijamente.

—¿Has visto al teniente?

Mierda. No era más idiota porque no me entrenaba.

—Sí, él... me hizo una visita.

—¿Qué quería?

—No lo sé. —Me encogí de hombros, queriendo hundir la cabeza en el fregadero—. Quería hablar conmigo de algo.

—¿De qué?

Mierda.

—Sobre... —Estuve a punto de quitarle el color a un cuen-co que estaba frotando como una posesa—. El fiasco de Boms-tad, supongo.

—Estás de broma. ¿Otra vez? ¿Te habló de eso?

—Bueno, no, pero lo daba por sentado.

—Hoy es el Día de Acción de Gracias.

—Ajá.

—Es una locura.

—Es un tío.

—Ya me he dado cuenta. ¿Qué es lo que dijo exactamente?

—Dios santo, Laney, yo...

Ella se puso las manos en las caderas.

—¿Qué dijo?

Fruncí el ceño y procuré acordarme. El solo hecho de pensarlo me alteraba.

—Me preguntó si estaba ocupada y me dijo que quería hablar conmigo. Yo le pregunté si pasaba algo y el me dijo que nada. Yo le dije que se aproximaba el Día de Acción de Gracias y él me dijo que ya se había dado cuenta, y entonces...

—Quería pedirte para salir.

La cocina se sumió en un silencio. Tenía el cerebro tan activo como una roca lunar. La miré a los ojos.

—¿Qué?

—Dios santo, Mac, fue a invitarte a pasar el Día de Acción de Gracias con él.

Yo lo negué con la cabeza.

—Esto es una locura.

—Es un hombre

—Ya me he dado cuenta. —Parpadeé y volví a menear la cabeza—. Te equivocas.

—Nunca me equivoco con los hombres. Bueno, casi nunca. ¿sabe cocinar?

Asentí estúpidamente. Ella me dio su abrazo ese de «eso es lo que ocurre». Tenía el estómago ligeramente revuelto, aunque no sabía muy bien por qué. Debió de ser el decimoquinto canapé de cangrejo.

Capítulo dieciséis

Lujuria y amor. Ambos prenden fuego en tus pantalones. Pero ¿qué podemos hacer para distinguirlas la
una de la otra?

PETER MCMULLEN,
después de cada divorcio.

Visité a mis pacientes habituales en aquel viernes posterior al Día de Acción de Gracias. La mayoría de ellos parecían estar agradecidos de haber dejado zanjado el tema de la familia.

Llegaron los Hunt. Les pregunté por sus vacaciones. Su hijo había vuelto a casa por la comida familiar y, al terminar, se fue corriendo a ver a su novia. Sus hijas adolescentes pasaron el fin de semana con sus primos en San Diego.

Algunos padres padecen el síndrome del hogar vacío con mayor intensidad durante las vacaciones. Pero aquél no parecía ser el caso. Empecé a hurgar en sus vidas delicadamente. Porque esto es a lo que me dedico.

—Larry preparó la comida —dijo la señora Hunt. Estaba sentada muy rígida y con la espalda recta. Pero había algo ligeramente diferente en ella, algo menos rígido.

—¿Ah? —debo admitir que me sentí impresionada. En casa de mamá un hombre se jugaba la vida del mismo modo que miraba al refrigerador—. ¿Era la primera vez?

—Yo diría que sí —dijo la señora Hunt.

—¿Y cómo fue la cosa?

Ella miró a su marido por el rabillo del ojo. Tenía las mejillas encendidas.

—Bien —dijo ella.

—Sí. —Él estuvo de acuerdo. Ambos se miraron—. Pero los boniatos confitados fueron lo mejor.

Intuí que había una alusión sexual en el intercambio.

Al salir renqueando de mi oficina cincuenta minutos más tarde, me sentía como si hubiera asistido a una película porno.

La última paciente del día canceló su sesión. Una versión corta de la extrañeza, le deseé suerte con su cita con el fontanero y me fui corriendo a casa.

Cuando llegué a casa, era casi de noche. Miré a uno y otro lado de la calle Opus. Había un Toyota azul desconocido aparcado a un par de metros de mi casa, pero no parecía haber ningún asesino ni chicos con sonrisas siniestras y tampones al acecho. Con todo, sabía gracias a las películas de terror, que uno debe preocuparse por los hombres que no ve, así que entré apresuradamente en mi casa, cerrando la puerta con llave tras de mí y tecleé el código de seguridad. Peter se había marchado poco después de que me fuera apresuradamente al trabajo hacía unas ocho horas. Miré cautelosamente a un lado y otro, preguntándome dónde habría dejado la rata muerta, pero no estaba por ningún lado. Ni siquiera en el fregadero de la cocina.

O estaba madurando o estaba enfermo. Fuera lo que fuese, me sentía agradecida, porque Ross llegaría en una hora y media.

Teniendo en cuenta el genio culinario que soy, había comprado una bandeja de lasaña precocinada que introduje en el horno sin siquiera mirar el manual de instrucciones. Prepárate, Julia Child.

Tenía pensado comprar una barra de pan francés y hacer una sabrosa y nutritiva ensalada, pero me había olvidado de comprar una lechuga fresca y lo que tenía en la nevera era de color marrón y no tenía demasiado buen aspecto, así que tiré la bolsa a la basura y saqué el espumante del frigorífico. Había estado enfriándose desde la mañana; en posición horizontal, claro está. No sé cocinar, pero tampoco soy una bárbara.

Escoger la ropa fue la parte más difícil de aquella odisea. Me quité los pantalones, me puse frente al espejo en ropa interior y eché un vistazo a mi armario.

Cinco faldas y un montón de blusas más tarde, salía del dormitorio con los mismos pantalones que había llevado para ir a trabajar. Eran negros. Los acentué con una blusa negra... mi atuendo habitual en las primeras citas. Elaine lo llama mi uniforme de guerra.

Faltaban unos minutos para las siete. Todavía tenía que maquillarme convenientemente y hacerme un peinado elegante al tiempo que natural. Eso no hubiera sido ningún problema, si fuera preciosa y talentosa. O un hombre calvo.

Resultaba que no era ni una cosa ni la otra.

Me golpeé la cadera con el marco de la puerta al entrar corriendo en el baño, pero no me dio tiempo a frotarme para aliviar el dolor. Ya eran casi las siete. Si llegaba temprano, tenía la firme intención de salir por la ventana y huir en dirección a Seattle.

Intenté ponerme rímel mientras me rizaba el cabello. Pero el rizador terminaba una y otra vez en el lavabo y me hice daño en el ojo dos veces.

Al sonar el timbre, tenía el pelo en lo alto de la cabeza con espuma de poliestireno color violeta y pestañeaba para quitarme rímel del ojo derecho.

Creo que también lancé unos cuantos improperios.

Volvió a sonar el timbre de la puerta. Hice una mueca y grité:

—Un minuto. —Y me quité los rulos de la cabeza mientras me aplicaba una nube de laca. La mayoría de ella terminó solidificándose en la capa de rímel de mis pestañas y volví corriendo a la habitación, golpeándome la cadera de camino.

Había una montaña de ropa de un metro de altura en mi alfombra esculpida naranja y verde. El timbre volvió a retumbar. Escondí la ropa debajo de la cama a patadas, ahuequé la colcha e introduje mis pies en un par de zapatos de tacón discretos.

Cuando respondí a la puerta, Ross había envejecido unos años, aunque no se le notaban.

—Hola —dijo él.

—Siento la espera —dije yo.

Su sonrisa desató dos hoyuelos en las mejillas. Me sentía desmesuradamente contenta por haber tenido la inteligente previsión de haber ocultado de la vista mi ropa.

Quizá tendría que añadir las tareas de la casa a mi lista de virtudes poco destacadas.

—Creía que me había equivocado de casa —dijo él, acercándose y besándome en la mejilla.

—Pero esperaste, de todos modos.

Su sonrisa se incrementó un milímetro. Los chicos con sonrisas como aquélla deberían tener más cuidado. Me he propasado por mucho menos; digamos, un poco de colonia y un cómo estás.

—Tenía la esperanza de que la persona que viviera aquí se apiadara de mí y me invitara a cenar.

Terminé de abrir la puerta y él entró al recibidor.

—Has tenido suerte —le dije, mostrándole el camino hacia la cocina.

Le pedí que abriera el vino mientras yo pescaba la lasaña del horno y cortaba el pan. Me había olvidado de calentarla.

La lasaña se pegó al pan y goteó en el mantel al servirla, pero no sabía del todo mal.

Él estuvo de acuerdo.

—Bueno, ya he hablado con tu teniente Rivera —añadió él, cambiando de tema con extraordinaria brusquedad.

Se me atragantó un poco la comida, me aclaré la garganta y meneé la cabeza.

—No es mi teniente.

—¿De quién es, entonces?

—Creo que es un gato callejero —dije, tomando un sorbo de vino. Qué chic. Y elegante. Después de tomar un respiro, decidí que no tenía tan mal aspecto, aunque había estado mirándome a través de una gruesa capa de rímel—. ¿Qué te dijo?

Se encogió de hombros y cortó un trozo de lasaña.

—No demasiado. Dónde estaba la noche del dieciocho pasado, este tipo de cosas.

Sentí la garganta repentinamente seca, y los huesos extrañamente frágiles.

—¿Y…?

—Le dije que tenía un importante partido con mis amigos del club de squash.

Pude sentir que la vida se escurría entre mis manos.

Él me miró fijamente unos instantes, y se echó a reír.

—Es broma —dijo él—. Le dije que estuve aquí.

Pensé en golpearme en el pecho para reactivar el ritmo de mi corazón.

—Lo siento. ¿Estás bien? —preguntó él, y se rio entre dientes mientras se aproximaba para alcanzar mi mano—. Mentí como un bellaco, tal como me pediste. —Él se inclinó hacia atrás, retirando los dedos de los míos. Dejé escapar aire cuidadosamente—. Tampoco tenía otro remedio después de todos los detalles que me diste acerca de nuestra velada juntos.

—Bueno… —Me aclaré la garganta, comprendiendo que continuaba viva—. Sólo quería ser meticulosa.

Él tomó un sorbo de vino y dejó la copa colgando entre sus dedos.

—Estaba particularmente impresionado con el detalle del color de tus sábanas.

Sentí que me sonrojaba, pero no estaba segura de si era el vino o la charla acerca de las sábanas lo que hizo que la sangre me subiera a la cabeza.

—Espero que no te molestara demasiado.

Él se encogió de hombros.

—No te preocupes. —Tenía los ojos del color del mar del Caribe cuando la marea está alta. De acuerdo, jamás he visto el mar del Caribe, la marea alta o justo lo contrario, eso era lo de menos, pero sus ojos… bueno, eran azules—. Esperaba encontrar el modo de volverme a ganar tu simpatía —dijo él.

Parpadeé estúpidamente y jugueteé con el tenedor.

—¿Mi simpatía? ¿De qué estás hablando?

—Oh, vamos —dijo él, y me lanzó una mirada de soslayo desde el otro extremo de la puerta mientras agitaba el vino—. He recurrido a ese truco un millón de veces.

—¿Qué truco?

—Recibir una llamada de emergencia en mitad de una cita.

De algún modo, jamás había contemplado la posibilidad de que él creyera que había intentado escapar. Vamos a ver, tenía los ojos del mar en pleamar.

—Era una verdadera emergencia —dije yo.

—Ajá.

—De verdad.

Él me examinó unos instantes.

—¿De verdad?

—Por supuesto —¿Parecía estar loca? ¿Más loca que deses-perada?—. Siento haber salido corriendo. Era una… no podía eludirlo.

—¿Era tu amiga de verdad? —Él se apoyó en los codos, evi-tando hábilmente la lasaña.

Mmm. De acuerdo, las cosas se estaban complicando.

—Sí.

—Creo que estás mintiendo —dijo él.

—No… —iba a decir.

Él arqueó los ojos.

—Bueno, de acuerdo, a veces miento.

Él se echó a reír. Quizá le gustaban las mentiras. Excelente. Estábamos hechos el uno para el otro.

—Pero era una verdadera emergencia.

—Bueno, eso me deja más tranquilo —dijo él—. Creí que te había molestado mi olor o algo por el estilo.

Le miré a los ojos. La luz era tenue, iba por mi segundo vaso de vino y él tenía… aquellos ojos.

—Créeme, no hay nada de tu cuerpo que me pueda moles-tar —dije, y me dedicó una sonrisa que hizo que los dedos de los pies se me curvaran en mis discretas sandalias.

Quince minutos más tarde nos sentábamos el uno al lado del otro en el sofá con el vino. La música sonaba suavemente de fondo. Qué clase.

—Así que psicóloga —dijo él.

Yo me encogí de hombros.

—¿Desde hace año y medio?

—¿Qué te trajo a California?

Tomé un sorbo de vino.

—Si uno pretende ganarse la vida tratando los trastornos de los demás… —Dejé que la frase se fuera apagando.

Él se echó a reír.

—De cabeza a la ciudad de los sueños. Bien pensado.

—¿Qué me dices de ti?

Él se encogió de hombros.

—Recibí una buena oferta de trabajo en Neo. No podía re-chazarla.

—Tiene muy buena reputación, he oído.

—Salvo Universo Electrónico, nada nos puede hacer sombra.

—¿Universo Electrónico? —pregunté, recordando el lugar. Era la tienda de alta tecnología cuya totalidad de empleados no había visto al *friki*.

—Universo Electrónico —dijo él, con los ojos iluminados por el entusiasmo—. Están creciendo como la espuma. En realidad, se trata de una empresa japonesa. Acaba de abrir su primera tienda en Estados Unidos. Al parecer, si conoces su protocolo de intercambio secreto, te dejan jugar con sus juguetes.

—¿Conoces el protocolo de intercambio?

—Ni siquiera conozco su dirección. Pero dime más cosas acerca de tu trabajo. ¿Es éste realmente el lugar si quieres ser psicólogo?

—Oh, no lo sé. —Removí el vino y adopté una actitud lánguidamente inteligente—. Creo que las dificultades psicológicas son una cuestión universal. —Estaba poniéndome filosófica y disfrutando del tono que había adoptado mi voz. Christina McMullen, sonando inteligente, o borracha—. Quiero decir, si los hombres de las cavernas no hubieran estado tan atareados combatiendo uno de esos animales salvajes del pleistoceno, probablemente se habrían obsesionado con sus relaciones con… —Pero en aquel preciso momento Ross se acercó y me besó.

Nuestros dientes se chocaron.

—Lo siento —susurró él, y retrocedió unos centímetros—. Todo esto no se me da muy bien.

El ritmo de mi corazón había alcanzado el estatus de un colibrí.

—¿De verdad? —dije apenas sin aliento.

—El que es patoso, lo es siempre.

—¿Sí?

—Sí —dijo él, volviéndome a besar.

En esta ocasión nuestros dientes no entrechocaron. Y había mentido acerca de sus habilidades.

Se inclinó sobre mí. Se fue inclinando hacia un lado. Yo hice lo mismo. Me acarició el brazo. Sus labios se cerraron alrededor de los míos. Olía a… no sé a qué olía; a algo que se podía comer de un bocado. Pero él se retiró. Quizá estaba al corriente de mis tendencias carnívoras.

Nos miramos a los ojos. «Y ahora viene la pregunta del millón», pensé. Estaba mal acostarse con alguien en la primera cita. Tan mal. Pero, por otro lado, aquélla no era mi primera cita. Era la milésima. Aunque no con la misma persona.

—¿Tienes que responder? —preguntó él.

Yo parpadeé, como despertando de un sueño.

—¿Qué?

Él inclinó levemente la cabeza, con los ojos divertidos.

—Ha sonado el timbre de tu casa.

—Timbre —empecé a codificar otra vez.

—Hay alguien en la puerta —dijo él.

Entonces lo oí. El sonido del timbre, seguido de un golpe en la puerta.

No sé cómo no advertí el timbre. No sería por mi fuerte respiración. La fuerte respiración es propio de mujeres sexualmente frustradas que apenas pueden mantenerse en pie.

—Ah.

Él se incorporó. No me quedó otro remedio que hacer lo mismo. Me hubiera sentido como una idiota, tumbada en el sofá.

—Sí, yo… sí —dije, poniéndome en pie. Me temblaban un poco las piernas… y apenas las podía mantener juntas.

Me dirigí vagamente al vestíbulo. Si se trataba de otro vendedor ambulante, le daría una patada en el culo. A menos que estuviera vendiendo galletas de esas tan ricas. Vamos a ver, besarse está muy bien, pero no le llega a la suela del zapato a una caja de delicias de caramelos y medio litro de leche.

Eché un vistazo llena de esperanza por la ventana, y cualquier pensamiento dichoso cayó en el olvido.

Rivera estaba en la entrada de mi casa, y no parecía contento.

¿Qué podía hacer? Mi mente se puso a funcionar a toda marcha, aunque sin generar demasiados buenos resultados.

Quizá, pensé, en un último intento de inspiración, si permanecía en silencio, no se percataría de que estaba en casa.

—Abre, McMullen —dijo él—. Sé que estás ahí.

Solté algún que otro improperio ente dientes y me volví para sonreír a Ross.

Me miraba con imperturbable curiosidad.

—No es un buen momento, Rivera —dije yo, volviéndome hacia la puerta y hablando en voz baja.

—Y una mierda —bramó él—. Déjame entrar.

Volví a dedicar una sonrisa a Ross, consideré todas mis maravillosas opciones durante tres segundos y abrí la puerta de un tirón.

—Maldita sea, Rivera —dije entre dientes—. Estoy acompañada.

—Felicidades —dijo él, abriéndose paso a empujones. Examinó mi casa como si fuera un exterminador en busca de cucarachas, a continuación señaló el salón con la cabeza—. ¿Quién es ése?

—Sal inmediatamente de mi… —Iba a decir, pero justo en aquel momento oí que Ross se levantaba del sofá y se aproximaba a nosotros.

Contuve algún que otro improperio y volví mi beatífica mirada hacia mi invitado.

—Ross —dije, pero me resultaba bastante duro hablar entre dientes—. Éste es el teniente Rivera. Rivera —apenas gruñí al decir su nombre—. Éste es Ross.

El teniente permaneció en silencio durante una décima de segundo, y a continuación dijo.

—¿Bennet?

Intenté pensar en algún modo de negarlo, pero Ross había dado un paso adelante y tendido la mano a Rivera. Por un momento pensé que el muy cabrón se negaría a aceptar el más honorable de los rituales masculinos. Pero no fue así. Sus dedos se encontraron y se estrecharon. Sus ojos hicieron lo propio. Quizá también se husmearon los traseros y dieron vueltas alrededor del otro gruñendo.

—¿Hay algo que podamos hacer por usted, teniente? —preguntó Ross, y retirando su mano de la de Rivera, me pasó el brazo con ademán protector por el hombro. Yo procuré evitar sobresaltarme como un conejillo asustado mientras él me rozaba el brazo con los dedos.

Rivera advirtió la caricia. Su boca se torció ligeramente.

—Siento tener que molestaros —dijo él. Había oído mentiras más creíbles al cura de mi parroquia—, pero tengo que hablar con McMullen ahora.

—¿Chrissy? —preguntó Ross, y bajó la mirada para mirarme. Nuestras miradas se encontraron. Él sonrió, cálida y lentamente. Sentía los huesos como mantequilla—. Ahora mismo estábamos algo ocupados, teniente —dijo él, estrechándome ligeramente contra su pecho.

Contuve un escalofrío. Ah, sí, sabía que estaba haciendo teatro por el bien de Rivera. Pero también soy consciente de que Tom Cruise actúa en la gran pantalla y los recuerdos de *Top Gun* siguen manteniéndome despierta algunas noches.

—No lo dudo —dijo Rivera. Su tono de voz era tan siniestro como su mirada—. Pero no vamos a tardar nada.

Ross desvió su atención de mí.

—¿No podría esperar hasta mañana? —Volvió su atención hacia mí de nuevo, y por un instante pensé que iba a volver a besarme en presencia de Dios y el teniente—. Yo mismo la acompañaré a comisaría. A primera hora de la mañana, si es necesario. Entonces… —dijo él, y bajando la mano, me recorrió la espalda con los dedos—… podríamos desayunar en Russell's.

—¿Russell's? —dije yo, con la boca seca.

—Es un sitio increíble que conozco. No es bonito, pero es acogedor, ¿sabes? Hacen unos gofres belgas tan grandes como un edificio de oficinas y…

—No —le interrumpió Rivera.

Nos volvimos hacia él a la par. Yo sin aliento, y Ross con su sonrisa desvaneciéndose.

—Esto no puede esperar.

—Escuche —dijo Ross, y su tono ya no era tan simpático y agradable. De hecho, se puso derecho, como para añadir altura. Y que el cielo me caiga ahora mismo encima si no tenía razón. Era más alto que Rivera—. Sólo se trata de un par de multas de tráfico. No creo que sea necesario que tengamos que…

—¡Ross! —mucho me temo que grité su nombre.

Él se volvió hacia mí, con las cejas arqueadas hasta el nacimiento del pelo.

—Yo, mmm… —Relajé la voz y le dediqué una sonrisa angelical mientras dirigía la mano hacia su pecho—. Lo siento… cariño. —Evité mirar a Rivera, a pesar de que me atraía cuál encantador de serpientes a una cobra—. Pero supongo que tendré que hablar con el teniente.

Ross frunció el ceño, pero simultáneamente alargó la mano para apretármela.

—Puedo esperar en la otra habitación, si quieres. —¿Qué otra habitación? No había muchas. El dormitorio, el baño y mi despacho. Por el despacho parecía que hubiera pasado un tornado, me parecía mal hacerle esperar sentado en el váter, y mi tocador contaba con una pila de ropa que parecía el Everest. ¿Y si tenía tiempo para echar un vistazo… digamos, ¡debajo de la cama! Mi mente empezó a correr, jadeando, detrás de mis hormonas, intentando alcanzarlas.

—No puedo pedirte algo así —dije—. Y, de todos modos, tengo que levantarme pronto mañana.

—¿Estás segura? —peguntó, mirándome directamente a los ojos. Si me equivoco en el deseo que había en sus ojos, devuelvo mi licenciatura como psicóloga y vuelvo a las bebidas tediosas.

Se me doblaban las rodillas. Las obligué a mantenerse firmes.

—Sí —dije.

Un minuto más tarde se había ido. Mis sueños más húmedos se fueron con él.

Rivera lo observó mientras se marchaba, y a continuación se volvió hacia mí.

—Casi —dijo él.

Capítulo diecisiete

No necesitas ser más listo. Sólo tienes que buscarte
amigos más tontos.

MICHAEL MCMULLEN,
cuando su hermana comparó sus notas
con las de cerebrito Laney.

Nos encontrábamos el uno frente al otro en el vestíbulo, con
el estrógeno y el terror nadando alrededor como peces intoxica-
dos en mi malogrado sistema.

—¿Vas a invitarme a pasar? —dijo Rivera.

—No. —No mencioné el hecho de que ya estaba dentro. Parecía obvio para aquellos cuyos cerebros no habían sido deshi-
dratados y almacenados en sus testículos—. ¿Qué es lo que
quieres?

Él echó un vistazo a su alrededor y entró en el salón. Había
dos vasos de vino en la mesa de centro. Ambos estaban vacíos.

—¿Haciendo una pausa en tu incesante búsqueda de tu amigo el genio de la informática? —preguntó él.

—¿Te han soltado libre toda la noche, Rivera, o debo suponer que el perrero vendrá pronto a buscarte?

Él inclinó la cabeza. Llevaba unos vaqueros azules y un jersey negro. La comisura de la boca se levantó un milímetro.

—¿Siempre te pones agresiva cuando sufres una carencia?
Ah, espera —dijo él—. Ya demostrabas tener genio la primera
vez que te vi, sonrojada y despeinada sobre el cuerpo sin vida de
Bomstad.

Pensé en media docena de réplicas desagradables y creativas, pero levanté la barbilla y me dirigí al sofá. El sitio en el que estaba sentado Ross continuaba caliente. Suspiré.

—¿En qué puedo ayudarte, Rivera?

Él entrecerró ligeramente los ojos.

—También pareces algo azorada.

Le dirigí una sonrisa, la que me reservaba para los discapacitados mentales y los pervertidos sin remedio.

—Ahora mismo te lanzaría un yunque en la cabeza.

Él me miró fijamente, y se rio entre dientes mientas se ponía cómodo en mi sillón.

—Siento haberos aguado la fiesta —dijo él.

—No me cabe la menor duda.

—De verdad. —Sus ojos se pusieron del ámbar del fuego—. Créeme, McMullen, no hay otra persona a la que me gustaría más ver tumbada en una cama.

Intenté encontrar una réplica a la altura, pero no sabía si había una doble intención en su comentario, y si la había, tampoco sabía cuál era, e incluso si la pudiera llegar a descifrar…

Oh, mierda. Aparté mi atención de él y bajé la vista hacia mis manos. Las tenía fuertemente entrelazadas en mi regazo.

—¿Has averiguado algo de Solberg? —le pregunté.

Hubo una pausa. Quizá era un silencio cargado de significado, pero había llegado tarde.

—Entonces, ¿no sabes nada de él?

Sacudí la cabeza, impresionada al comprobar que mi cuerpo continuaba funcionando a un nivel rudimentario. Él se echó hacia atrás y apoyó el tobillo derecho en la rodilla izquierda, sin apartar los ojos de mí.

—¿Lo conoces bien? —me preguntó él.

—¿A quién? ¿A Solberg?

Él frunció el ceño.

—¿Has estado bebiendo, McMullen?

Lo fulminé con la mirada.

—Evidentemente, a Solberg —dijo él.

Me hubiera gustado poder mentirle, decirle que Solberg y yo habíamos sido apasionados amantes, pero mis labios no podrían pronunciar semejante salvajada.

—No muy bien —dije en su lugar.

—¿Te has acostado con él?

Me quedé de piedra. No importaba que justamente hubiera contemplado la idea de decirle aquella misma mentira. El hecho de simplemente sugerirlo, me sacaba de quicio.

—¿Tienes algún motivo para haber irrumpido de este modo en mi casa?

Él se puso en pie, todo el largo contorno de su cuerpo con todos los ángulos musculares y sus tersas planicies.

—Estás metida en un buen lío, McMullen. Sólo intento echarte una mano.

Yo volví la vista hacia la puerta y le volvió a mirar.

—No sé de qué me estás hablando.

—Hablo de esos hombres en Los Cuatro Robles. Unos cabrones bastante feos. Uno de ellos está muerto. ¿Te suena de algo?

—No sé de qué me estás hablando. —Mi tono de voz se fue debilitando.

—Esto ya lo has dicho.

—Bueno… —En aquel momento deseé con todas mis fuerzas no haber tomado la segunda copa de vino—. Bueno… quería dejarlo claro.

—López estaba acusado de homicidio sin premeditación.

Sentí que la sangre dejaba de circular por mi cerebro y se concentraba en mis pies. Supe inmediatamente a quién se refería pero lo negué con la cabeza, para despejarlo o negar sus palabras, quizá ambos.

—¿Quién?

Él sonrió. La expresión de su rostro no desprendía un atisbo de humor.

—El chico al que disparaste en la nuca.

Me sentí desfallecer.

—Yo no he disparado a nadie en la nuca —susurré.

—Desde cerca de un ángulo de cuarenta y cinco grados.

—No lo sé…

Él apretó los dientes.

—Supongo que tampoco sabes nada acerca del dinero.

Yo parpadeé, procurando no venirme abajo. Pero hete aquí el dilema: tengo hormonas y tengo cerebro. No funcionan al mismo tiempo. Y si a ello le añades un par de acusaciones de asesinato, me puedo sentir afortunada si mi vejiga funciona correctamente.

Él me lanzó una mirada.

—¿Chrissy?

—¿Qué dinero?

—Recibimos una llamada anónima. Al parecer ha desaparecido un montón de pasta de NeoTech.

—¿NeoTech?

—¿Te acuerdas? La empresa en la que trabaja tu novio.

Ni siquiera tuve fuerzas para desmentirlo.

—Alrededor de medio millón de dólares.

—Medio… —Iba a decir cuando tuve que detenerme para coger aire en mitad de la frase—. Esto es… —No funcionó. Seguía sin poder respirar.

—¿Qué dices, Chrissy? —preguntó él, como si estuviera verdaderamente interesado—. ¿Qué ibas a decir exactamente?

—Eso es imposible.

—¿Porque Solberg es una persona demasiado honesta?

—Porque es demasiado… —Busqué desesperadamente algo sensato que decidir. Nada—. Sumiso.

Él se reclinó un par de centímetros.

—¿Tan mala fuiste con él la última vez?

Me eché a reír. Mi voz sonó entrecortada y estúpida.

—No seas idiota. —No pude evitar acordarme de las fotos en el despacho de Solberg. El modo en que él miraba a Elaine. El modo en que hablaba de Elaine. Hice un gesto de negación con la cabeza. Aquello no podía ser fingido—. Él venera a Laney. La adora; o al menos así era cuatro semanas atrás. ¿Quién sabía qué narices había ocurrido desde entonces? No tiene tiempo para desfalcos.

Rivera me miró entrecerrando los ojos.

—¿Cómo has sabido que se trataba de un desfalco?

Sentí unos pinchazos en el estómago, pero forcé una risa.

—¿Qué otra cosa podía imaginar, Rivera? ¿Que apuntó a Emery Black con una pistola?

Él no lo discutió.

Volví a menear la cabeza y me dirigí hacia la cocina. Mi mente estaba empezando a despertarse. Lo próximo iba a ser mi estómago.

—Es una rata asquerosa, jamás haría una cosa así a Elaine.

—¿Hacerle qué?

Abrí el congelador. Una rata muerta colgaba justo en mitad de la tarrina de helado. En el congelador. Un genio. Cerré la puerta.

Rivera me lanzó una mirada, se acercó hacia mí e imitó mis movimientos.

—McMullen… —Ni siquiera se molestó en mirarme—. ¿Por qué hay una rata muerta en el congelador?

—Una advertencia para el resto de ratas —dije yo, y a continuación—. Solberg jamás se arriesgaría a perder a Laney.

Él cerró la puerta del congelador.

—Quizá fue idea de ella.

Yo entorné la vista.

—Y quizá tú seas un capullo.

—Por mucho que disfrutes fantaseando con las partes de mi cuerpo, McMullen, quizá deberíamos ceñirnos al tema que nos ocupa. Ella podría estar involucrada en algo que tú quizá desconozcas —dijo él.

—Ella está involucrada en el tofu, la harina sin gluten y los tejanos de la talla treinta y ocho.

—Talla treinta y ocho —dijo él.

Le miré fijamente a los ojos. Él me devolvió el gesto.

Mi mente se disparó en diez mil direcciones, como una cometa en vientos con intensidad de tormenta.

—Durante todo este tiempo sabías que estaban saliendo juntos —supuse.

—Me lo figuré al ver las cinco mil fotos de ella en el despacho de su casa.

Pero Black creía que Solberg era gay. Y Ross nunca había oído hablar de Elaine. A menos de que estuviera mintiendo. O que los dos estuvieran mintiendo.

—Sabías lo de Solberg y Laney —dije—, y aún así continuabas acusándome de estar con él.

—La infidelidad no es un delito federal, McMullen. Pensé que quizá os estaba viendo a ambas simultáneamente.

—Estamos hablando de Elaine.

Sus ojos se oscurecieron como la medianoche.

—Y tú.

¿Qué narices quería decir? Intenté desesperadamente pensar en algo ingenioso que contestarle, pero para aquel entonces mi ingenio estaba bastante agotado.

—Ella no tiene nada que ver con esto.

—Háblame de Jed. Chrissy.

—Yo… —Me ahogaba en sus malditos ojos. ¿Qué quería decir con «y tú»?—. No conozco a nadie con este nombre.

—Creo que pasaste una noche dando vueltas en coche con él y su amigo.

—No sé de qué me estás hablando.

—Concéntrate, McMullen. Estabas en el Safari, cenando con el encantador señor Bennet. Recibiste una llamada.

Abrí la boca para contestar, entrecerré los ojos, y me detuve.

—¿Cómo lo sabes?

De nuevo la sonrisa de depredador.

—Soy detective, Chrissy. De hecho, estoy investigando ahora mismo.

Nos separaban dos milímetros. Su brazo rozaba el mío. Yo me estremecí.

—¿Qué estás investigando?

La comisura de su boca se elevó. Me acarició la mejilla con la punta de los dedos.

—Solberg te llamó, ¿verdad?

—¿Por qué iba a hacerlo? —Tenía la garganta seca.

Él se encogió de hombros y apartó un mechón de pelo detrás de mi oreja.

—Quizá tengas razón. Quizá no quería arriesgar su relación con Elaine. Quizá quería devolver el dinero. Quizá quería que le ayudaras a hacerlo.

Apenas podía respirar. Podría haber unas cuantas causas.

—No sé de lo que me estás hablando.

—Pues ahora está metido en un buen lío.

—Yo…

—Tu pelo vuelve a estar alborotado —dijo él, deslizando los dedos por mi nuca—. Te queda bien.

Quise retroceder. Lamentablemente, mis piernas ni siquiera hicieron la tentativa. Estaba pegada al suelo.

—No sé nada acerca de la desaparición del dinero. Lo juro por Dios.

—Pero sí sabes algo acerca del paradero de Solberg. ¿Dónde está?

Lo negué con la cabeza. Él se acercó todavía más.

—Estoy de tu parte, McMullen. Sólo quiero ayudarte. Creo que te has lanzado a la espalda más de lo que eres capaz. Schwarz es un matón de poca monta, pero es miserable y está desesperado.

Él me acarició la clavícula con el pulgar. Se me aflojaron las piernas. Estaba segura de que era por el recuerdo de mis secuestradores.

—¿Pudiste ver sus rostros? —preguntó él.

Yo parpadeé.

—¿Cómo?

—¿Llevaban máscaras?

Lo negué con la cabeza. Quizá para negar todo conocimiento.

—Entonces ellos quisieron matarte.

Intenté pronunciar una negación, pero…

—No podían permitir que los identificaras —dijo él—. Dime lo que sepas.

—Yo no disparé a nadie. —Mi voz no era más que un ronquido.

—Lo sé. Creo que Jed disparó a su compañero. Quizá por accidente. —Él me acarició el hueco de la garganta. Yo me estremecí de arriba abajo—. Pero tú te encontrabas en su coche.

Lo miré fijamente, pensando a toda prisa. Quizá debería decírselo. Quizá debería confesárselo todo. Quizá la cárcel me sentara bien.

Pero recordé la ronca súplica en la voz de Solberg.

Me humedecí los labios y me solté.

—No sé de qué me estás hablando.

Él dio un manotazo contra la encimera. Me sobresalté como si hubiera oído un disparo.

—¿Por qué narices no me dejas que te ayude?

—¿Ayudarme? —bramé—. La mitad del tiempo me acusas

de asesinato. La otra mitad… —Pensé que sólo había estado jugando conmigo, despertando mis hormonas, confundiéndome. Pero sus ojos brillaban por algún tipo de emoción que no pude identificar, con su cuerpo rígido como un palo.

—¿Qué me dices de la otra mitad? —dijo él, agarrándome de la mano y empujándome suavemente contra el refrigerador. El tacto de su cuerpo era tan sólido como el aparato detrás de mí.

Me mantuve completamente rígida, a pesar de que me empecé a restregar levemente contra su cadera.

—Tengo por norma no liarme con hombres que me acusan de homicidio en más de una ocasión.

Él deslizó la mano por mi brazo. A nuestro alrededor saltaban chispas cual juegos artificiales.

—Creo que ya estamos liados, McMullen.

Me estaba derritiendo por dentro y por fuera. Pero yo me mantuve firme.

—Déjame en paz, Rivera —dije—. No estoy lo suficientemente bebida para esto.

Él sonrió, el borde de una sonrisita voraz, y entonces me besó.

Sentí que mis rodillas perdían fuerza. Sentí que mi mente se paralizaba.

Él retrocedió. Me apoyé con la base de la mano en la encimera de la cocina y me puse derecha.

—Si me entero de que me estás ocultando información, McMullen, pienso enviar tu culo directo a la cárcel.

Yo parpadeé.

—Cierra la puerta con llave cuando salga —dijo él— y deshazte de esa rata asquerosa.

Capítulo dieciocho

Hay cosas que están mal. Hay cosas que están muy mal. Y luego está la señorita McMullen.

PADRE PAT,
quien nunca perdonó a Christina por
sus numerosas e imaginativas indiscreciones.

*E*l domingo por la mañana estaba profundamente dormida cuando sonó el teléfono, pero mi mente se puso en marcha con una inusual rapidez. Los últimos días habían sido duros para mis nervios, pero bastante buenos para mi claridad mental.

—Chrissy. —Era mi madre. Por lo que sé, nunca duerme. Las tres de la madrugada, las once y media de la noche… daba igual que estuviera fuera o dentro de casa. Ella siempre lo sabía—. Te noto la voz rara. ¿Estás bien?

—Es que… —Volví el despertador sobre la mesita hacia mí y contuve algún que otro taco. Mi madre es capaz de recorrer tres mil kilómetros para lavarme la boca con jabón—. Es pronto —dije.

—Son más de las ocho.

—En Chigaco —le corregí y esperé que recordara ese pequeño concepto llamado zona horaria.

—Ah, es verdad. Bueno… —Su tono era desenfadado—. Quería decirte que Peter John ha llegado a casa sano y salvo.

—Genial. —A mi tono quizá le faltaba algo de entusiasmo. Pero me alegraba de verdad. Si estaba en Chicago, no estaba en Los Ángeles.

—Bueno, todo estaría muy bien, si no fuera porque Holly no le ha dejado entrar en casa.

Me incorporé en la cama, verdaderamente impresionada. No recordaba que Holly fuera especialmente brillante ni polémica.

—¿Qué?

—Dice que se lo está pensando.

—¿Holly? —Ni siquiera sabía que solía pensar.

—Sí, Holly. —Hubo una pausa momentánea—. Quiero que la llames.

—¿Qué?

—Tú eres psicóloga. Quiero que la llames y le digas que vuelva con él.

Creo que dejé escapar una especie de risa.

—Mamá, esto no es asunto mío. Yo no puedo…

—No importa, entonces. —Podía imaginármela elevándose en el aire. Como una mártir preparándose para las llamas—. Ya veo que no tienes tiempo para ayudar a tu familia.

Y ahí estaba… La culpa. Justo allí, debajo de la superficie, preparada para hacer erupción como una olla a presión a la más mínima señal de provocación.

—Bueno… te dejo para que vuelvas a dormir —dijo ella.

Apreté los dientes, pero a pesar de ello, surgieron las palabras.

—Muy bien, la llamaré.

—No. No te molestes. Yo…

—La llamaré —repetí.

Colgamos a los veinte segundos. Fui al baño, me bebí un vaso de agua y procuré volver a dormirme, pero no podía. Cagándome en todo, crucé la cocina descalza, sacando mi libreta de direcciones del cajón superior, y llamé al último número de teléfono de Pete.

Holly respondió a la tercera señal. Huelga decir que se sorprendió al oír mi voz. No suelo tener los números de mis hermanos memorizados puesto que pocas veces me encuentro en la necesidad de que alguien me obligue a comer excrementos de oveja.

—Chrissy. —Su voz era dulce como la de una niña, tal como la recordaba.

—Sí, hola. —Me aclaré la garganta, sin tener idea de dónde quería ir a parar—. Mmm… ¿Cómo estás?

—Bien. ¿Cómo estás tú?

—Bien. Estoy bien Oye, yo sólo quería asegurarme de que Pete había vuelto bien a casa.

—Sí —hubo una pausa—. Ha vuelto.

—Bien —asentí con la cabeza—. Excelente. Parecía disgustado, ya sabes, y quería…

—¿Tu madre te ha pedido que me llamaras?

—Bueno, en realidad… —Esperaba que me interrumpiera antes de terminar la frase, pero no lo hizo—. Estaba preocupada… por ti… y Peter.

—Peter no se chupa el dedo, ¿sabes? —dijo ella.

—¿A qué te refieres?

Ella dejó escapar aire.

—Mira, Chrissy, te agradezco que llames y todo lo demás pero… Peter no es tan perfecto como tú crees.

—Perfecto…

—Él es… a veces pienso que está conmigo por el sexo.

Dios santo.

—Yo…

—No es que el sexo sea malo. En realidad, es increíble. Él puede hacerme…

—¡Holly! —Creo que grité su nombre, pero si había algo de lo que no me apeteciera hablar a las seis de la mañana, era de la increíble vida sexual de mi hermano—. No creo que Pete sea perfecto.

—¿De verdad?

Por el amor de Dios, ¿es que todo el mundo se había vuelto loco?

—No. Creo… creo que tiene algunos defectos.

Ella dejó escapar un suspiro.

—Él es… a veces es bastante inmaduro.

¿Bastante? Tenía una rata muerta que demostraba que quizá había sido demasiado generosa en este punto.

—Pero, quiero decir… —hizo una pausa—. Continúo enamorada de él.

Y no sólo eran las bromas. El hombre tenía la mente endemoniada de un niño de dos años. Pero ella le quería. Me recliné en la silla de listones de madera y dejé que aquellas palabras penetraran en mi mente confusa.

—¿Has contemplado la posibilidad de dejarte asesorar?

—¿Asesorar?

—Terapia.

Hubo una larga pausa.

—No creo que él quisiera.

Yo tampoco, pero un vago pensamiento me pasó por la cabeza.

—¿Dónde está pasando estos días?

—Creo que en su antigua habitación.

—¿En casa de mis padres? —Creo que aquel pensamiento me hizo sonreír un poco. Si mal no recordaba, a Pete le gustaba tomarse unas cervezas por la mañana y quedarse dormido. Mi madre tenía el hábito de despertar a todo mundo a las seis y media en punto. Como en el ejército.

—¿Y si le dices que pensarás en dejarlo volver si acepta asistir a una buena terapia de pareja? —pregunté yo.

—No creo que lo hiciera.

—Entonces no tienes que dejarle volver, ¿no? —Las palabras salieron por mi boca antes de que pudiera detenerlas. Cerré los ojos y me reprendí por ello en silencio. Si mi madre lo hubiera oído, estaría en el primer vuelo hacia el Oeste.

—Pero yo… le quiero.

—Entonces tienes que decidir si estás dispuesta a aguantar sus infantilismos de m… —me detuve diplomáticamente—. Tienes que decidir qué es lo que quieres. Holly. Tú eres la que decides.

Hubo una larga pausa. Esperé.

—Hay, mmm… —se aclaró la garganta—. Hay algo más.

Su tono de voz era extraño. Sentí un tirón premonitorio en los arcos de los pies.

—Qué.

—Estoy embarazada.

Permanecí en absoluto silencio. Era incapaz de hablar. Mis hermanos eran unos imbéciles. Mi hermanos eran unos adolescentes. Pero había una cosa que habían hecho sistemáticamente bien; era no procrear. Era un milagro. Pero ahora…

—¿Lo ves? —Su voz era más suave de lo habitual—. Ésta es la razón por la que sólo puedo… aceptarlo tal como es.

Algo en mi interior —el sentido común quizá— me decía que mantuviera la boca cerrada. Pero la abrí igualmente.

—Sí, supongo que tienes razón —dije—. Esto es lo que suelen decir sus ex mujeres.

La conversación duró unos treinta minutos más. Cuando colgué el teléfono, estaba mareada.

Pasé el resto del día esperando una llamada de teléfono que me hiciera olvidar a mi familia, fumando, y buscando información sobre Jed y López.

Mi madre no llamó. Me fumé medio paquete de cigarrillos y no encontré nada de ninguno de los dos delincuentes. Sencillamente, no había información.

Pero tenía que encontrar a Solberg. Si la conversación con Holly me había enseñado algo, era que el pequeño *friki* no podía ser tan malo. Si bien era cierto que era insufrible y merecía respirar el mismo aire que Laney, al menos no la había dejado embarazada y se había ido de la ciudad. De hecho, ni siquiera había intentado acostarse con ella. Quizá la quería de verdad. Y quizá estaba en apuros de verdad. Y quizá, incluso probablemente, su apuro estaba relacionado de algún modo con NeoTech.

Tenía que descubrirlo. Aquello estaba claro. Quizá no estaba tan claro que tuviera que conducir hacia la casa de Hilary Pershing, deslizarme por su jardín como una comadreja ávida de huevos y volver a intentar echar un vistazo por su ventana. Pero era lo que había pensado hacer, puesto que alguien había malversado dinero de NeoTech, y probablemente sería la misma persona responsable de la desaparición de Solberg. ¿Y no tenía sentido que fuera alguien que ganara considerablemente menos dinero que sus compañeros varones?

A las 11:42 horas me senté en el coche en la calle de su casa. Tenía las manos sudorosas, pero también tenía una linterna, un asiento y estaba decidida a ello.

A las 11:47 horas salía del santuario de mi Saturn. La calle estaba oscura. Mis zapatos retumbaron contra el asfalto. Pershing, como el noventa y nueve por ciento de la población paranoica de Los Ángeles, había levantado una verja de metal alrededor de su propiedad, pero llegados a este punto de mi demencia investigadora, era poco menos que una molestia. Un minuto más tarde estaba en el interior, llevando una linterna y avanzando silenciosamente por el lateral de su casa. Podía oír mi respiración en la oscuridad. Si no volvía a empezar a correr, iba a morir de un paro cardíaco mucho antes que alguien tuviera la oportunidad de dispararme.

Una vez hube alcanzado la ventana en cuestión, permanecí allí con la espalda apoyada en el áspero estuco de la casa. Todo estaba en calma. Era ahora o nunca.

Coloqué el taburete, me subí encima, y encendí la linterna.

—Apágala. —Me ordenó una voz a mis espaldas.

Me quedé más helada que un polo, con los nervios patas arriba.

—¿Me has oído?

Yo apagué la linterna y procuré mirar detrás de mí, pero me clavaron algo en la espalda.

—Si te giras, te disparo. Lo juro por Dios.

—¿Hilary? —me temblaba la voz.

—¿Quién eres?

Era Hilary. No sabía si sentirme mejor o peor por aquello. Supongo que para alguien que te apunta con un arma, la identidad del asaltante no es lo más importante.

Las ideas fueron recorriendo mi cerebro cual agua en un retrete. Pillé una al vuelo y la puse en práctica.

—Soy policía, Hilary —dije—. Y sé la verdad.

—Tú no eres policía.

—Lo soy. —El sudor recorría mis pechos—. Agente Angela Grapier. Distrito doce. Mi compañero sabe que estoy aquí, Hilary. Frank llegará en un par de minutos.

—Baja de aquí.

Así lo hice, lentamente, con los miembros rígidos, sin atreverme a volverme.

—No hagas nada de lo que te puedas arrepentir, Hilary. Te has metido en un lío, pero puedo ayudarte. —O golpearla en la cara con la linterna y salir corriendo como alma que lleva el diablo—. Baja el arma. Podemos hablar. Lo sé todo acerca de lo tuyo con Solberg. Sé que él…

Pero oí un ruido sordo y un gemido detrás de mí.

—¿Hilary?

—Los quiero.

—Mmm… ¿Me puedo dar la vuelta?

—Los quiero tanto. No los arranque de mi lado, por favor.

Me volví lentamente, con el vello del brazo de punta. Ella estaba arrodillada. Una escoba de mango corto yacía a su lado en el césped.

—Sé que he actuado mal. —Ella se golpeaba el pecho con los puños—. Pero no puedo dejarlos en manos de cualquier persona.

—Ah… ¿está él dentro?

—Todos están dentro. Todos.

Mi mente estaba perpleja.

—Todos…

—Mis gatos. Todos mis gatos. Sé que tengo demasiados. Una ordenanza municipal y todo esto. Lo sé. Pero son como una familia. Odio a Solberg por haberme delatado.

—Mmm. —Aquél era un extraño giro de los acontecimientos—. ¿Cómo narices iba yo a saberlo? Aquel gusano repugnante. ¿Qué le importa a él los gatos que tengo? Hace años que los conoce. Y de pronto, se cree un santo. Dice que me podría deshacer de ellos. Como si fueran basura o algo parecido. Lo tendría que haber matado.

—¿Lo hiciste?

—¿Cómo? —dijo ella parpadeando—. Claro que no lo maté. ¿Qué les pasaría a mis niños si yo estuviera en la cárcel? Me enfrenté a él, pero entonces se marchó.

Mi mente bullía.

—¿De dónde se marchó?

—De su habitación en Las Vegas —dijo ella, frunciendo el ceño—. Era el doble de grande que la mía. El cabrón de Black siempre lo ha tratado con favoritismo.

De acuerdo.

Así que podía tachar a Hilary de la lista de candidatos. Estaba más loca que una cabra y era más fría que un témpano, pero no había asesinado a Solberg ni arrojado su cuerpo en descomposición a su habitación de invitados. En lugar de ello, había acumulado el número de cuarenta y siete gatos. Al parecer, Solberg había reparado en ello y le había amenazado con denunciarlo al ayuntamiento. Ella había respondido amenazándolo con cortarle los huevos si lo hacía. Entonces fue cuando él creyó conveniente abandonar la habitación de hotel. También fue entonces cuando Elaine llamó.

De todos modos, eché un vistazo a todos aquellos gatos, le dije que tenía seis meses antes de que el Departamento de Policía de Los Ángeles se le echara encima como una tonelada de residuos de corral y abandoné el lugar.

—Pero yo vivo en Irwindale —dijo ella, un comentario muy relevante, pero yo ya estaba fuera de la entrada y a mitad de camino de mi coche.

A la mañana siguiente conduje a lo que había acabado llamando el Punto de la Locura y pasé un trillón de horas vigilando las dos casas de Amsonia Lane. Tiffany había salido, entrado y salido. Ni Solberg ni el señor Georges, nuestro estimado abogado, habían dado señales de vida.

Algo más tarde, hice algunas investigaciones sobre el pasado de Tiffany. Ni siquiera encontré una multa de tráfico. Algo que, al fin y al cabo, levantó todavía más mis sospechas. ¿Vamos a ver, qué tipo de persona no conduce rápido? Nadie que haya vivido en Los Ángeles algo más de una hora.

Dejé caer la cabeza sobre la mesa y contemplé la posibilidad de cometer un suicidio calórico, pero mientras me dirigía hacia la cocina y examinaba mi dominio culinario, me percaté de que iba a tener que tramar alguna otra manera de quitarme la vida, puesto que tan sólo había unas cuantas briznas de brócoli y media bolsa de espinacas.

Me comí las cabezas de brócoli de pie, con la puerta abierta, delante del refrigerador. Los recuerdos me asediaban. ¿Cómo habían sabido Jed y el señor Ajo que estaba en el Safari? ¿Para empezar, habían sido ellos los que me habían llamado o había sido Solberg? Quizá le habían intervenido el teléfono, aunque ni siquiera sabía si aquello era posible con un móvil. Quizá alguien había escuchado mi conversación con el *friki*.

Pero quién…

La respuesta estalló como una globo de chicle en mi cabeza. Bennet.

Aquel pensamiento me revolvió el estómago.

¿Acaso Bennet se había figurado que era Solberg quien había llamado? ¿Habría enviado él a aquel dúo de matones para que me interrogara? ¿Había querido asesinarlos…?

Pero no. Aquello era ridículo. Bennet era atractivo y tenía unos ojos que brillaban como… como alguna masa de agua. No había podido hacer algo así. Porque no tenía ningún modo de saber adónde me dirigía…

A no ser que me hubiera seguido.

La idea me erizó el vello de los brazos y el cuello se me quedó rígido.

¿Y si fuera Bennet quién hubiera desfalcado el dinero de NeoTech? ¿Y si Solberg lo hubiera descubierto y me hubiera llamado para… advertirme de ello?

La imagen del pequeño y escurridizo Solberg intentando salvarme en lugar de perder el culo por mis pantalones no me entraba en la cabeza, pero quizá el tiempo que había pasado con Elaine le había hecho cambiar. Era posible. Pershing había dicho que él conocía la existencia de sus gatos desde hacía años, pero no fue hasta entonces que le advirtió de lo que tenía que hacer. Quizá le había ocurrido lo mismo con Bennet. Quizá él sabía que estaba desfalcando dinero y le advirtió que lo confesara antes de que fuera demasiado tarde. Quizá Solberg había tratado de pasar inadvertido desde aquel día, aunque salió de su escondite al descubrir que yo estaba involucrada.

De nuevo, no había ningún modo fiable de identificar la voz del teléfono. Quizá no había sido Solberg. Aquello me hizo sentir un poco mejor. A decir verdad, no sabía muy bien qué sería peor: deber algo a Solberg o morir en manos de Bennet.

En realidad, ninguna de las opciones sonaban demasiado bien, así que parecía prudente continuar investigando.

Tras varios minutos de pensamientos incoherentes, llamé al restaurante Safari. Un hombre respondió a la segunda señal.

—Hola —dije yo, esperando recordar el nombre correcto de nuestra camarera—. ¿Puedo hablar con Grace, por favor?

—¿Grace? —dijo la voz, y a continuación—. Eh, apresúrate con la sopa. Todo lo que no sea un pepino se sirve caliente.
—Regresó al teléfono al cabo de un minuto—. ¿Grace Hyat?

Hyat. Escribí el nombre en un trocito de papel que había recuperado reciclando.

—Sí —dije yo.

—¡Maldita sea! —gruñó—. He dicho salteado, no a la brasa. —Quien fuera con quien estaba hablando necesitaba unas clases urgentes de relaciones públicas… o la inyección de la rabia—. ¿Qué quiere? —Probablemente las dos cosas.

Cada minuto que pasaba sentía mayor empatía por Grace. También estaba cada vez más convencida de que ese diablo no me iba a dejar hablar con su intimidada camarera por menos que una orden judicial, pero lo intenté de todos modos.

—Soy su prima, Jules Montgomery… de Fresno. Voy a estar en la ciudad tan sólo un par de horas y esperaba…

—Está ocupada —dijo él, colgando sin más dilación. Un hombre así tiene que gustarte mucho.

No me molesté en cambiarme de ropa antes de montarme en el Saturn y conducir hacia el restaurante. Creía que no había tiempo que perder.

El restaurante estaba lleno de gente que había ido a comer. Al parecer, a Estados Unidos se le había abierto el apetito después del Día de Acción de Gracias y no veía ningún motivo para dejar de atiborrarse de comida en cualquier momento cerca de las navidades.

Quizá hubiera sido más sabio esperar, pero no tenía forma de saber cuándo volvería a trabajar Grace, o si iba a sobrevivir a aquella locura.

La vi sirviendo a una mesa de ocho.

La encargada se me acercó con un cuaderno de notas y una sonrisa de cine. O quizá era de actriz de televisión. Mis padres no se habían preocupado mucho de nuestra salud dental. La primera vez que vi a un odontólogo fue ocho meses antes. Se sacó de la manga una lista de procedimientos necesarios más larga que una caña de pescar y me dijo el coste de sus servicios. Opté por continuar comiendo.

—¿Tu nombre?

—Chrissy —dije—. Pero me gustaría esperar a una mesa al lado de aquella ventana. —Señalé hacia donde estaba la apresurada Grace.

Ella me lanzó una mirada de lástima. No estaba segura de si era porque se había percatado de mi atuendo y me había tomado por una vagabunda o porque estaba visiblemente desquiciada.

—Mucho me temo que tendrá que esperar un buen rato.

—Está bien —dije—. De todos modos, estoy a régimen.

Ella me dedicó una sonrisa con menos voltaje, garabateó algo en su bloc y se volvió hacia la pareja a mi lado. Tenían un niño insoportable con mocos en la nariz y cierto brillo en los ojos que prometían armar jaleo en sus comidas durante los próximos catorce años.

Mientras tanto, me deslicé hacia el sofá de piel sintética junto a la puerta, sin querer perder mi oportunidad por si alguien la llamaba al sanctasanctórum.

Pasó casi media hora antes de que un tramo de vinilo del sofá se abriera para poder sentarme en él. Me contoneé hacia una esquina y esperé un poco más. Los asistentes en general, advertí, iban considerablemente mejor vestidos que yo. De hecho, incluso el niño me ganaba en eso, aunque yo no tenía una nariz llena de mocos que limpiarme en la manga.

Pasaron cuarenta y cinco minutos hasta que me condujeron a una mesa.

Pedí un agua caliente con lima en virtud de mi cintura en crecimiento y el estado de mi situación financiera. Nunca te cobran el agua caliente. Lo descubrí durante mis días de estudiante universitaria, cuando consideraba el MacDonald's un restaurante de cuatro estrellas.

Grace llegó con su bloc de notas infantilmente decorado y un aparente dolor de cabeza. Quizá me equivocaba con lo del dolor de cabeza, pero la mía estaba a punto de estallar. Creo que fue el mocoso.

Ella continuaba sin llevar anillo de casada y su expresión era de cansancio detrás de su fachada profesional. En lo que a mí respecta, las camareras deberían ser canonizadas a la más mínima oportunidad.

—¿Qué va a tomar? —me preguntó.

No perdí el tiempo en preliminares. En lugar de ello, puse un billete de veinte dólares en la mesa y la miré fijamente.

—¿Te acuerdas de mí, de la noche del viernes pasado?

Ella me miró entrecerrando los ojos como si se estuviera preguntando por qué siempre le tocaban los raros.

—Te fuiste pronto —dijo ella—. Creo que estabas acompañada por un señor.

—El muy cerdo —dije yo, asegurándome de que lo aderezaba con unas gotitas de rencor.

Tenía las cejas perfectamente arregladas. Se levantaban formando dos arcos idénticos.

—Él es el primer hombre en muchos años que he presentado a mi hijo —dije. No soy una mentirosa nata. Bueno, de acuerdo, tal vez lo sea, pero estaba segura de que a Grace no le importaba si le contaba la historia de verdad. También estaba segura, a juzgar por el nivel de su fatiga, de que empatizaría con mi situación materna de ficción—. El pequeño Tony lo quería como a un padre.

Ella continuaba mirándome.

Fruncí el entrecejo como si ella hubiera tardado en reaccionar.

—El muy cabrón me ha estado engañando.

—Ahhh —asintió ella, apoyó el peso en una cadera y apoyó en ella el bloc de notas.

—La última vez que estuve aquí recibí la llamada de una amiga. Ha estado enferma todos los días durante este tercer trimestre, pero esta vez se encontraba verdaderamente mal. Tenía los pulmones hechos trizas. Tuvo que ir al hospital. No sabía qué más hacer. No podía dejarla ir sola. El asqueroso de su marido no aparecía por ningún lado.

Ella volvió a asentir. Sentí una chispa de algo entre la culpabilidad, el orgullo y la camaradería entre mujeres.

—Así que me monté en mi Saturn y la llevé a Huntington. Y, mientras tanto, el ídolo de Tony me engañaba con su ex.

Meneé la cabeza y miré por la ventana. Me hubiera gustado poderlo rematar con unas cuantas lágrimas, pero no fue necesario. En lugar de ello, me mordí el labio e hice una mueca de dolor.

—Espero estar equivocada. Por el bien del pequeño Tony.
—Volví mi atención hacia ella—. Pero yo también merezco la
verdad. —Respiré hondo y enderecé valientemente la espalda—. Ésa es la razón por la que he venido a verte. Porque tengo
que saberlo. ¿Se encontró con alguien después de que yo me
fuera?

Ella lo pensó durante unos instantes y lo negó lentamente
con la cabeza.

—No —dijo ella—. Salió corriendo detrás de usted.

—¿Corriendo?

—En cuestión de segundos. Cuando volví con vuestros pe-
didos, el se disculpó, dejó un billete de cien dólares encima de la
mesa, y se marchó.

—No se comió sus… —hice una pausa—. ¿Cien… dólares?
Ella se encogió de hombros.

—Quizá sea un cabrón, pero no es un cabrón tacaño. A veces, las cosas son así. —Ella frunció el ceño—. De verdad, ni siquiera pidió el cambio, simplemente lo dejó aquí. Me sorprende
saber que no lo vieras en el aparcamiento.

«¿Por qué tenía tanta prisa?», me pregunté frenéticamente,
pero recordé mi interpretación digna de oscar y continué.

—Estoy convencida de que fue a casa de ella. No podía esperar ni un segundo. ¿Acaso te acuerdas de la dirección que tomó?
Ella soltó una carcajada.

—¿Estás de broma? Pero si la mayoría de veces ni siquiera
me acuerdo de mi nombre.

Me compré una hamburguesa en In-N-Out. Las hamburguesas de Wendy's son mejores, pero no se encuentran en cualquier lado.

Una vez en casa, comprobé los mensajes en el contestador.

La voz de mi madre llenó la habitación, pidiéndome que la
llamara. No lo hice. El siguiente mensaje era de mi oftalmólogo.
En el último se oía a alguien colgando. Comprobé el identificador de llamadas. Era alguien de Universo Electrónico. Fuera
quién fuera…

Mis neuronas se pusieron en guardia. Había llamado alguien de Universo Electrónico. Marqué el número con los dedos temblorosos.

Un hombre respondió a la segunda señal.

—Sí. —Me sentía tensa y sin apenas aliento—. Me llamo Christina McMullen. Alguien me ha llamado desde este número.

Hubo un momento de silencio, y a continuación:

—¿En referencia a qué, señora?

—No estoy segura.

—¿Sabe usted quién la ha llamado?

—No.

—Entonces, mucho me temo…

—Rex —dije antes de que colgara—. Creo que era Rex. ¿Está él aquí?

Hubo una pausa antes de que dijera que lo iba a comprobar, y así lo hizo. Un minuto más tarde, volvía a estar conmigo.

—Lo lamento. Al parecer Rex tiene el resto del día libre.

—Pero ¿ha estado ahí hoy?

—No estoy del todo seguro, y estamos a punto de cerrar. Será mejor que vuelva a llamar usted mañana.

—¿Puedo dejarle un mensaje?

—Quizá lo encuentre mejor mañana.

—Pero ¿y esta tarde? Es muy importante.

—No tengo su número de teléfono.

—Pero seguro que puede conseguirlo. —Mi novio número treinta y dos una vez me comparó con bastante mala fortuna con un bulldog. Quizá fuera este tipo de reacciones las que desencadenaran aquel comentario, o el modo en que me caía la baba cuando me hacía carantoñas—. ¿Puedes encontrarlo y yo le dejaré un mensaje?

—Bueno, no estoy seguro. Quiero decir que…

—Es una cuestión de vida o muerte.

—De acuerdo. —La advertencia de la vida o muerte siempre funciona—. Dime qué quieres que le diga, intentaré contactar con él.

—Dile que Christina McMullen le ha llamado. Recuérdale que ha intentado contactar conmigo y dile que lo vuelva a intentar tan pronto como le sea posible —dije, y le dejé mi número de teléfono.

—¿Esto es todo? —parecía decepcionada. Quizá esperaba recibir un mensaje del presidente o algo por el estilo.

—Es urgente.

—Ajá —dijo, y colgó.

Después de esto estaba frenética. Lo que quiero decir es que no sabía si Rex había llamado porque había visto a Solberg o porque recordaba mi escote con amor, o ni siquiera si había llamado. Quizá sólo se trataba de una llamada de Universo Electrónico para intentar venderme algún aparejo… algún abridor de latas o algo por el estilo. Anduve por la habitación durante unos instantes, pero no me hizo ningún bien, así que me ceñí a mi antiguo plan.

Conseguir la dirección de Bennet no requería de grandes habilidades detectivescas. Cualquier idiota con un listín telefónico de Los Ángeles podría haberlo hecho. Pero requería a un idiota con algunos graves problemas mentales para continuar con mi descabellado plan. Yo parecía encajar.

Me duché rápidamente, me afeité las piernas, me corté ambas rodillas, me apliqué papel en los cortes y me introduje en una falda de color topacio que me llegaba hasta la mitad de los muslos y parecía que hubiera sido empaquetada en las caderas. Entonces me puse una camisola de color marfil. Estaba bordada en los bordes y mostraba todo centímetro de escote que podía bajo mis clavículas.

Me ricé el pelo, me retoqué el maquillaje y comprobé el funcionamiento de mi espray de defensa. Pero como no sabía qué era lo que estaba buscando, decidí creer que estaba en perfectas condiciones y lo introduje en mi bolso.

Escogí un par de sandalias con tacones que hubieran podido ser declarados armas letales y me dirigí a la puerta.

Al llegar a la entrada, advertí que las nubes de la mañana se habían desvanecido y que el sol brillaba alegremente en el cristalino cielo azul. Hacía calor para finales de noviembre. O quizá había otras razones por las que estaba sudando como un jugador de rugby.

Me di la vuelta, marché hacia el baño y me rocié con otra capa de desodorante. Entonces fui a por una botella de burdeos y salí con aire resuelto de la casa.

Dos minutos más tarde, armada con una falsa seguridad y tendencias suicidas, me dirigía hacia el este por la 210 con la mitad de población de Los Ángeles, asegurándome que estaba perfectamente segura, mientras fumaba como una chimenea encendida.

Al llegar a la casa de Ross, mis manos apenas temblaban. Era una casa triangular. Con un estuco muy parecido al del color de mi falda, contaba con buganvillas y eucaliptos junto con extrañas entradas de arco, pero estaba decidida a deslizarme en su sereno dominio y mentir como una bellaca. Una vez más. Cerré los ojos y procuré pensar en otros modos de sonsacarle la verdad, pero ninguna idea brillante me vino a la cabeza. Así que salí del coche y empecé a andar sobre mis elegantes tacones.

El trayecto del camino de su jardín de entrada me dejó sin habla.

Llamé al timbre. No ocurrió nada. Esperé cinco segundos, entonces dejé escapar un suspiro de alivio y me di la vuelta, dispuesta a salir corriendo a mi casa.

—¿Chris?

Di un salto, golpeándome la espalda contra la rugosa pared y respirando con dificultad.

Ross Bennet me miraba desde una distancia de un metro y medio. Llevaba unos pantalones de correr azules y nada más. Bueno, zapatos y quizá ropa interior. No lo sabría decir. Pero tenía el torso desnudo. De ello estaba bastante segura.

Sus ojos recorrieron mi cuerpo, de arriba abajo.

—¿Qué estás haciendo aquí?

Me di cuenta con bastante retraso de que estaba pegada a la pared de su casa como un espagueti olvidado.

Él ladeó la cabeza para mirarme.

—¿Estás bien?

Yo dejé escapar aire apresuradamente.

—Sí. Sólo… claro. Estoy bien. ¿Por qué no iba a estarlo? Yo sólo… —Levanté la mano y me sorprendió descubrir una botella considerablemente costosa de Burdeos—. Me sentía mal por lo del viernes por la noche —estaba tartamudeando. «Vamos, McMullen. Vamos —pensé—. Has pasado por cosas mucho peores»—. Estaba… —«En el barrio no, no digas que estabas en el barrio»—. En el barrio —¡maldita fuera!— y pensé en pasar por aquí… para disculparme.

Él se me acercó. Yo resbalé a ambos lados. Él me miró de un modo extraño, introdujo las llaves en el cerrojo y abrió la puerta.

—¿Quieres entrar?

Lancé una mirada en el interior como si fuera la cueva de un oso pardo, y luego dirigí la vista hacia él.

—Claro —dije, y permanecí exactamente donde me encontraba. En situaciones de duda, me paralizaba como un conejito asustado. «Buena idea, McMullen.»

Él se echó a reír.

—Adelante, entonces.

—Ah, sí. —No me moví—. Gracias. —Continuaba sin moverme.

Él arqueó las cejas. Yo dejé escapar una risita, logré despegarme de su pared y entré en su casa con el rabo entre las piernas.

Tenía erizada la piel de la espalda, pero no advertí ningún cadáver en las inmediaciones de la casa. Aunque todavía no había visto su cocina. La presentadora Martha Steward dice que la cocina es donde realmente llegas a conocer a la gente. Me pregunto si también sería aplicable a delincuentes. Ahora que lo pienso, seguro que ella conoce a un buen número de delincuentes. Nada como el interior de una cárcel para abrir nuevos horizontes. Quizá estuviera de suerte.

—Así pues, ¿de dónde vienes? —preguntó él.

Volví la mirada bruscamente hacia él.

—¿Qué?

—Estabas en la zona, ¿no?

Dios.

—De la iglesia.

Él sonrió y dirigió la mirada a mi blusa.

—¿Así vestida?

Yo bajé la vista. Por algo les llaman sujetadores de realce. Tenía los pechos apretujados como una estrella de porno.

—He ido a confesarme —dije—. Por mi armario.

Él se echó a reír. Le salieron los hoyuelos en las mejillas. Me costaba creer que un hombre con semejantes hoyuelos pudiera ser culpable de nada más serio que fornicar, pero teniendo en cuenta que mi vida estaba en juego, decidí reservarme la opinión hasta que viera la cocina.

—¿Me puedes dar un minuto para lavarme? —preguntó él. Me vinieron a la cabeza paredes salpicadas de sangre.

—¿Limpiar qué?

Él me miró fijamente. Si no recuerdo mal, él no era la primera persona en mirarme como si hubiera perdido el juicio.

—He salido a correr —dijo él—. Necesito una ducha.

—Ah. —Me reí. Mi voz parecía la de un payaso en estado de embriaguez—. Claro, no hay problema. Sólo que… esperaré en el… —Señalé con la botella de vino hacia la habitación contigua. Había un sofá de piel con un sillón a juego, y suficiente material de lectura como para pensar que estaba empezando a montar una biblioteca pública—. Aquí dentro.

—De acuerdo. —¿Me miraba como si estuviera a punto de decapitarme o como si estuviera loca? Quizá ambos—. Disculpa el desorden. Estás en tu casa. Tardaré un minuto.

—Tómate tu tiempo —dije, y procuré adoptar el aspecto más despreocupado mientras me dirigía con paso tembloroso a su salón.

Me senté en el sofá. Quizá estaba tratando de hacerle pensar que era inofensiva. Quizá me sentía desfallecer. Eché un vistazo a su material de lectura tan pronto como oí el agua de la ducha. Desde donde estaba sentado podía ver al menos una docena de libros sobre finanzas, dos sobre tecnología, y otro acerca del adiestramiento de cachorros. Eché un vistazo a mi alrededor. Ningún cachorro. Quizá planeaba comprarse un cachorro. ¿Cómo iba a ser malo si tenía hoyuelos y estaba planeando comprarse un cachorro?

Hundí la cabeza entre mis manos. Estaba claramente fuera de mí, deduje, pero desde el rabillo del ojo advertí el pasillo y una puerta abierta que daba a algo que parecía un despacho.

Mi profesor de sexualidad humana en una ocasión me dijo que yo tenía el sentido de la curiosidad muy desarrollado. Mis hermanos decían que era más curiosa que un gato.

Nunca estuve convencida de que estas conclusiones fueran

ciertas, aunque estaba bastante segura de que mi profesor me quería llevar a la cama y mis hermanos eran unos imbéciles. En cualquier caso, me quité las sandalias y me dirigí al despacho tan pronto como oí que Ross entraba en la ducha.

Me hubiera ayudado mucho saber qué estaba haciendo, pero mi absoluto descontrol era una de esas crueles realidades de la vida. Así pues, entré de hurtadillas en el despacho y eché un vistazo a mi alrededor. Tenía el bolso colgado firmemente del hombro. No era precisamente una funda para pistola, pero el espray de defensa estaba allí. Como si fuera un revólver.

Bennet tenía un escritorio de tapa corrediza. La tapa de roble macizo estaba bajada. ¿Quién tiene la tapa bajada? La abrí con cuidado. Crujió. Contuve la respiración. El agua continuaba fluyendo, y la puerta del baño continuaba cerrada. Descorrí completamente la tapa y eché un vistazo a su contenido. Había muchas cosas, colocadas en aproximadamente una docena de cubículos, pero a primera vista no había notas que dijeran «he matado a Solberg» o «tu suerte con los hombres es la de siempre, McMullen. Soy un cabrón». Ni siquiera había una pistola humeante. Hojeé los papeles. Nada.

A continuación quise probar suerte con el cajón que había a mano derecha. Estaba un poquito más ordenado, aunque tampoco fue de ayuda. Los dos cajones siguientes estaban llenos de catálogos de aviones de juguete y videojuegos.

Al abrir el cajón superior contuve la respiración. Había un talonario de cheques dentro de una funda de plástico azul marino.

Volví la mirada a la puerta. La ducha continuaba funcionando. Abrí el talonario y dirigí la vista al saldo.

Allí no había quinientos mil dólares. De hecho, no había ni quinientos. Fruncí el ceño. Bennet era un ejecutivo de una empresa de gran reputación. No parecía vivir lujosamente, salvo por el billete de cien dólares que dejó en el Safari, claro está, y tampoco parecía tener el perfil del adicto a la heroína. Entonces, ¿por qué no tenía más fondos disponibles? Devolví el talonario al cajón e intenté abrir el siguiente, a continuación el siguiente, a continuación el inferior. Estaba cerrado con llave.

Tenía algunas dificultades para espiar.

¿Por qué un hombre que vivía solo iba a cerrar con llave un cajón? Y más concretamente, ¿dónde estaría la llave? Examiné toda superficie visible en la habitación. Nada. Bueno, muchas cosas, pero... nada. Empecé a buscar en los cubículos, uno a uno, empezando con el superior y continuando horizontalmente, y luego hacia abajo. Encontré la llave en una caja llena de cheques en blanco decorados con escenas marítimas.

Volví la vista bruscamente al baño. La ducha continuaba sonando. Cogí rápidamente la llave y la introduje en el cerrojo del último cajón. Encajó.

La ducha se paró. Levanté la cabeza. La puerta continuaba cerrada. Giré la llave pero no ocurrió nada.

Oí a Ross salir de la ducha. Unos cuantos segundos. Sólo tenía unos cuantos segundos mientras él se secaba. Volví a girar la llave, pero en aquel preciso instante él salía al pasillo, mojado y desnudo como vino al mundo.

Capítulo diecinueve

Quizá haya una fina línea entre el amor y el odio,
pero lo que marca realmente la diferencia es el lado de
la línea en el que te encuentras.

PETER MCMULLEN,
después de su tercer divorcio.

$\mathcal{M}$e quedé paralizada. Mis ojos amenazaban con salirse de las órbitas. No es que no hubiera visto un chico desnudo antes, sólo que por lo general no eran tan… tridimensionales.

—¿Qué es lo que está pasando? —dijo él.

Mi mirada se detuvo en él. Nuestros ojos se encontraron en el pasillo. Su mirada estaba ensombrecida y ya no era de aquel azul caribeño tan peligroso bajo los rizos chorreantes de su pelo empapado.

—Yo… yo… —Empecé a rebuscar en el bolso, recordando vagamente el espray.

Sus ojos se entrecerraron y se clavaron en su escritorio.

—Sé lo que estás haciendo —dio un paso gigantesco hacia mí. Yo tropecé hacia atrás. Él me agarró por la muñeca. Mi mente se heló en el espray.

—Estás fisgoneando —dijo él, empujándome hacia el pasillo.

El corazón retumbaba en mi pecho como un martillo neumático.

—Así que ya conoces mi secreto.

Tragué saliva, preguntándome si era demasiado tarde para gritar. Demasiado pronto para morir.

—Soy un vago —admitió él, y soltándome el brazo, cerró la puerta firmemente detrás de mí.

Él sonrió. Yo parpadeé, percatándome con tardía brillantez de que había sacado una toalla de algún lado y se la sostenía algo desvencijada en su… cosa.

—Y no soy muy modesto. —Se aclaró la garganta—. Discúlpame. Pensé que continuarías en el salón —dijo él, retrocediendo hacia lo que parecía su dormitorio.

Me quedé de pie parpadeando como una animadora ofuscada. Le oí andando por el dormitorio.

Las preguntas asediaban mi cabeza como huevos podridos. ¿Era él tan inocente como sugerían sus hoyuelos? ¿Siempre andaba por la casa desnudo? ¿Por qué se molestaba en llevar ropa el resto del tiempo?

¿Y qué había en el cajón de abajo?

Además de la llave. ¡Mierda! Me había dejado la llave en el cerrojo. Miré frenéticamente hacia su dormitorio, abrí la puerta del despacho sigilosamente y entré en su interior para retirar la llave a toda prisa. Pero algo se apoderó de mí. Llamémosle curiosidad. Volví la llave con los dedos temblorosos. La cerradura cedió. Miré hacia el pasillo. Continuaba vacío.

El cajón se abrió silenciosamente bajo mi mano. Y allí, encima de una pila de papeles, había otro talonario. Me quedé mirándolo, inmóvil como un espantapájaros. En la habitación contigua, se oían los pasos de Bennet.

Agarré el talonario sin darme tiempo a pensar en las consecuencias. Algo se oyó en la habitación de al lado.

El talonario se me escurrió de la mano, golpeó el brazo de una silla de piel y fue a parar debajo del escritorio.

¡Mierda! Abrí el cajón de un tirón, saqué la llave y la guardé bajo una pila de papeles.

En el dormitorio, se oyó el crujir de una tabla del suelo.

Salí del despacho como una bala.

Ross entraba en el pasillo medio segundo más tarde, mientras yo miraba atentamente un cuadro de su pared. A día de hoy, no me acuerdo de lo que era. Podría ser una fotografía de Brad Pitt desnudo, por lo que a mí respecta… Pero probablemente no lo fuera.

Cuando reuní el valor para mirar hacia Bennet, estaba abotonándose una camisa verde lima dentro de unos pantalones caquis. Una hilera de suave vello color caramelo descendía por su ombligo y se perdía en sus pantalones de talle bajo. Tenía los pies descalzos. Tragué saliva.

—Hola —dijo él, y acercándose hacia mí, me besó en la mejilla, como si nos acabáramos de encontrar en un día soleado en Griffith Park; no como si planeara decapitarme y enterrar mi cuerpo en… Griffith Park—. Me alegro de verte de nuevo.

La culpabilidad me golpeó como si fuera una bola de demolición. Él era un buen chico y lo estaba tratando como un convicto. Un guapo convicto con una gran sonrisa y un gran… Bueno, basta con decir que quizá un poco de lujuria me golpeó junto con la culpabilidad.

—Hola —pude decir.

Él sonrió.

—Estás muy guapa, por cierto.

—Tu… —Aparté la mirada decididamente de su rostro—. Tú te has, mmm… abrochado mal la camisa.

—Ah, gracias —dijo, y empezó de nuevo. Durante varios segundos tuve la vista privilegiada de una fina línea de su torso.

Me las apañé para mantenerme en posición vertical. Quizá fuera por el sentimiento de culpa. Estoy bastante acostumbrada a este sentimiento, infundido en el útero de mi madre durante el embarazo.

—Me alegro de ver que continúas viva —dijo él.

Yo parpadeé.

—Después de haberte quedado a solas con Rivera, no estaba muy segura de tus probabilidades.

Forcé una risita. Tierra trágame.

—Me sentí mal por haberte dejado con él.

Se quedó en silencio. Al parecer, me tocaba a mí decir algo.

—Él es, mmm… —Mantuve las manos firmes y la vista apartada de su pecho y su otra cosa—. No es tan malo como parece.

—¿De verdad?

—No —dije. Me sentía torpe y tenía náuseas—. Estoy de broma.

Él se echó a reír y se dirigió a la cocina.

Yo me volvía automáticamente hacia el despacho, pero no pude ver el talonario.

—¿Puedes abrirlo?

Me volví hacia la cocina. Él estaba apoyado en la esquina. El hombre tenía la sonrisa como un deslumbrante faro.

—El vino —dijo él—. Quieres abrirlo, o sólo querías reírte de mí.

Tragué saliva.

—Mmm… no. Sí. Claro que sí… —balbucí mientras me dirigía a la cocina—. Vamos a abrirlo.

Él sacó un sacacorchos del cajón superior, se abstuvo de clavármelo en la espalda y se volvió para hurgar en el refrigerador.

Observé mientras se inclinaba, siguiendo con la mirada la línea de la espalda, la curva de sus nalgas, el bulto de sus muslos.

—¿Puedes abrirlo o quieres que…? —empezó a decir mientras se daba la vuelta, con una salsa de queso en la mano.

Yo tenía la espalda levemente inclinada, al tiempo que descorchaba el vino. Él me miró fijamente. Los segundos transcurrieron lentamente.

—Dios —dijo él.

Estaba a punto de enrojecer modestamente cuando comprendí que eran mis habilidades con la botella de vino y no mi escote lo que le había impresionado. Me aclaré la garganta.

—Son muchos años de práctica —dije yo.

—¿Sí? —Él sacó un par de platos del armario—. ¿Eres una adicta al vino o has trabajado de camarera?

—Camarera de cócteles.

—¿De verdad? —Había encontrado unas galletas saladas. Era una casa como dios manda. Qué clase—. ¿Dónde?

—En Schaumburg, Illinois —dije yo.

—Un largo viaje.

Me entraron ganas de reírme, pero no me fue posible, así que forcé una sonrisa.

—Viví allí —dije—. Durante mis primeros veintitantos años —hice una pausa— de vida.

Él sirvió dos copas de vino y señaló la silla.

La observé como si fuera una trampa para gatos, pero él me estaba observando. Qué otra cosa podía hacer sino sentarme en ella. Me coloqué en el borde como si fuera un albatros a punto de emprender el vuelo.

Él cogió el vino y lo sirvió en cantidades iguales.

—¿Y Schaumburg no te volvía loca?

—Nadie puede estar tan loco —dijo él—. Pero Los Ángeles me gusta. La comida es buena, y no me tengo que gastar tanto dinero en abrigos.

Él sonrió y se volvió hacia la encimera. Advertí los cuchillos clavados en la tabla de madera, sus asas de madera oscura en un ángulo oblicuo. Él cogió un par de cuchillos mientras yo mantenía la respiración. Entonces, se dio la vuelta y colocó dos platos, uno para él y otro para mí. Si fuera un asesino, debía de ser del tipo de los que primero te ofrecen una cena.

Entonces acercó su silla y la dispuso enfrente de la mía. Recorrí con la mirada el salón y volví de nuevo hacia él. Pensar en el talonario de cheques que se me había caído detrás del escritorio me estaba volviendo loca.

—¿Qué hay de ti? —pregunté—. ¿Qué te trajo hasta Los Ángeles?

—Trabajo —contestó—. Tan sencillo como eso. NeoTech era una muy buena oportunidad.

Aproveché la alusión.

—He oído que están teniendo algunos problemas.

Él volvió la mirada bruscamente hacia mí.

—¿Dónde lo has oído?

Mi corazón se detuvo.

—Por… ahí.

El silencio se apoderó de la habitación, y entonces, dijo:

—Dios, lo siento, Chrissy —dijo él—. Vamos a ver, todavía no se ha demostrado nada por el estilo.

—¿Qué no se ha demostrado?

—Que fue Solberg quien robó el dinero. Por lo que sé, quizá sea un error de los libros de contabilidad. Espero que sea así. Mataría a Black.

—¿Quién?

Él me lanzó una mirada.

—¿Quiero decir, qué lo arruinaría?

—Que J.D. hubiera robado alguna cosa. Black lo tiene en un pedestal. Está preocupadísimo por él. A ver, yo también, pero… —Él respiró hondo—. Espero que esto no afecte a nuestra relación.

—Mmm. No. Claro que no.

Él sonrió.

—Dime qué te ha traído hasta aquí.

No aparté la vista de él, a pesar de quería desviarse a la oficina. El talonario estaba cavando un agujero en mi cerebro y haciendo sonar la alarma en todas las direcciones. Seguro que él la podía oír.

—Tú, mmm… —Me forcé a coger una galleta—. ¿No te has creído el cuento de la confesión?

—Las confesiones son escasas hoy en día.

—Soy una chica chapada a la antigua.

—Cualquiera lo diría con esta blusa. —Arqueó las cejas en señal de apreciación y en aquel momento esperé con todas mis fuerzas que él no hubiera asesinado a Solberg. Los chicos tan guapos como él no deberían ir por el mundo asesinando a gente.

—¿Me creerías si te dijera que iba a quedar con alguien para comer?

Él entrecerró los ojos.

—¿Hombre o mujer?

—Mujer.

Él asintió con la cabeza y volvió a mirarme el pecho.

—No serías tan cruel.

Aquello parecía un cumplido. La temperatura me subió un par de grados, pero cuando él se puso en pie, mi cerebro se paralizó.

Me puse apresuradamente en pie, aunque no estaba segura de lo que quería conseguir con ello.

—Soy cruel —dije yo—. Y fuerte. Soy muy… —Cada vez estaba más cerca. Forcejeé con mi bolso, pero continuaba con una galleta en la mano derecha y estaba teniendo problemas con la logística—. Soy muy fuerte.

—Genial, porque estaba esperando a que vinieras para seducirme —dijo él, y me besó.

Fue como poner dinamita en mis pantalones.

Él se apartó.

—Dios mío —dije.

Él sonrió.

—Oh… —Me acarició la mandíbula con el pulgar—. Si ése no fuera tu plan… —Me acarició la garganta. Yo tragué saliva—. El de seducirte.

Mis hormonas gritaban sugerencias sólo para adultos, pero mi cerebro me recordaba que aquel hombre también podía ser un malversador de fondos, o un asesino. Si de algo estaba segura, era de que no era gay.

—Yo sólo… —Me aclaré la garganta—. Me sentía mal… por la última vez. —Él me besó en la comisura de los labios—. Las dos últimas veces, de hecho.

—Al fin y al cabo, ha habido un montón de interrupciones —dijo él, y deslizó su mano por mi brazo desnudo.

Dios santo, ¿cómo me podía sentir tan bien? Sólo se trataba de mi brazo. ¿Qué pasaría si tocara algo más importante?

—Sí —dije. Mi voz era grave—. Así que pensé.

Él me pasó el brazo por la espalda y me acercó hacia él.

Yo tragué saliva.

—Pensé en pasarme por tu casa para…

—Buena idea —dijo él, besándome de nuevo.

Cuando terminó, necesitaba un resucitador.

Él apoyó la frente contra la mía.

—Quizá estaremos más cómodos en mi dormitorio.

—¿El dormitorio? —dije entre jadeos.

—No pareces ser de esas a las que les gusta hacerlo en la mesa de la cocina.

Lo que viene a demostrar que ni siquiera un chico con una sonrisa como un rayo de sol lo tiene que saber todo. Estaba a punto de arrojarlo contra el fregadero y poseerlo.

—Yo, mmm. —Me aclaré la garganta y procuré hacer lo mismo con mi mente—. Todavía no te conozco lo suficiente, Ross.

—¿En qué estás pensando? —dijo, recorriendo con la punta de sus dedos mi espalda de arriba abajo—. Ya me has visto desnudo, ¿recuerdas?

Tenía la boca seca.

—A decir verdad… —dije yo.

—Me parece justo. —Levantando la mano, haciendo vibrar los dedos sobre mis pezones. Me estremecí de arriba abajo.

—Quizá podríamos subir un poco las apuestas. —Me levantó la correa del bolso. Sentí que mi cabeza se echaba ligeramente hacia atrás.

Entonces sonó su teléfono. Yo grité y retrocedí.

Él me miró como si me hubiera metamorfoseado en un oso hormiguero.

—¿Estás bien?

—¡Sí! ¡Sí!, ¡Sí! —No pude hacer más que gritar las palabras.

De algún modo no conseguí convencerle. Él dio un paso hacia mí. Yo me encogí.

—El teléfono. El teléfono. —Señalé alocadamente hacia él—. Será mejor que lo cojas.

—Estoy seguro de que puede esperar.

—¡No! —Extendí el brazo rígidamente hacia él como si fuera un jugador de rugby esquivando a un contrario—. No quiero… causarte ninguna molestia. —Dirigí la vista hacia el pasillo—. De todas formas tengo que ir al baño.

Él parpadeó, con aspecto confundido.

—De acuerdo.

Tal vez parecía un poco dolido, también, pero yo no parecía recobrar el aliento.

—Atiende el teléfono —susurré.

Así lo hizo, observándome mientras decía «hola». No esperé a escuchar mucho más. En lugar de ello, salí como una flecha hacia el baño, donde me apoyé contra la pared y procuré respirar. No funcionó. Lo continuaba oyendo hablar. Recurrí a todo mi coraje y eché un vistazo a la esquina. No podía ver el despacho desde aquella posición estratégica, pero juraría que podía escuchar el talonario llamándome a gritos.

Oí a Ross reírse y farfullar algo desde la cocina. Entré en el despacho como una bala, me puse debajo del escritorio, me hice con el talonario y lo introduje en el bolso. Justo salía corriendo al pasillo cuando apareció por la esquina.

Contuve un grito.

—Chris. —Él frunció el ceño—. ¿Qué ocurre?

—Nada —dije, advirtiendo que estaba acorralada contra la pared—. Nada, sólo… he recordado algo que tenía que hacer en casa.

—Debes de estar de broma.

—No

—¿Qué?

—La plancha

—¿Tienes que planchar?

Lo negué y asentí con la cabeza intermitentemente.

—Me he dejado la plancha encendida.

—Estoy convencido de que no pasará nada —dijo él, extendiendo la mano para agarrarme.

—No. No puedo. Me encantaría. Pero me tengo que ir —farfullé, emprendiendo la marcha rápidamente, aunque era difícil afirmar si estaba abandonando el infierno o me dirigía directamente a él.

Capítulo veinte

La prisa será tu perdición.

J.D. SOLBERG,
que sabe mucho sobre este tipo de cosas.

—¿*C*ómo te ha ido el fin de semana? —Elaine parecía estar completamente resuelta a estar alegre mientras pasaba los expedientes por el cajón superior del archivador. Valoré su estado de ánimo con el último ápice de habilidad terapéutica que poseía.

Era lunes por la mañana. Solberg todavía no había aparecido, y apenas había descubierto nada. De acuerdo al talonario de Bennet, tenía cincuenta y siete mil dólares en el United Equito Bank. No tenía ni idea de lo que aquello significaba. Salvo que era cincuenta y siete mil dólares más rico que yo.

Si él era el malversador, o bien había guardado los millones en alguna otra cuenta o tenía un cómplice.

O, pensé confusamente, tenía un cómplice.

—Ha estado bien. Algo aburrida —dije, deseando por Dios que hubiera sido así—. ¿Y a ti?

—Salí con un fontanero.

—¿Sí?

—Y un fisiculturista.

—¿De verdad?

—Y un chico que conocí mientras me dirigía a mi clase de yoga.

—¿Te pidió para salir en la autopista?

—El tráfico se detuvo a las cinco.

Yo asentí con la cabeza. No suelo recibir proposiciones en los atascos de tráfico en la hora punta. A menos que grite «jódete», a sesenta kilómetros por hora, en cuyo caso soy bastante popular.

Laney sacó del archivador los expedientes de los pacientes del lunes y los dejó en su escritorio. El de Howard Lepinski era más grueso que una novela corta.

—¿Se ha marchado Pete?

—Sí. Se había ido cuando llegué a casa el viernes.

—Le vi distinto.

—¿Tú crees?

—Más… —se calló durante unos instantes—. Maduro.

—Debe de ser una ilusión.

—Tenía buen aspecto.

La miré entrecerrando los ojos.

—Laney, no estarás pensando en la mierda de oveja, ¿verdad?

Ella se rio.

—Es difícil olvidarse de ella.

Me relajé un poquito.

—Además, ayer conocí un armenio muy majo en Glendale.

Que Dios me asistiera.

—¿Ah?

—Parecía muy dulce. Ambos estábamos en la cola de la nueva tienda de Comida Sana. Me compró el zumo de aloe vera. Intenté devolverle el dinero, pero no quiso.

—Ajá. —Durante un momento, imaginé a Laney intentando introducir un billete de cinco dólares en el bolsillo de los vaqueros de un pobre imbécil. Lo más probable era que todavía continuara en una nube orgásmica.

—¿Llevabas falda? —le pregunté.

Llevaba pantalones y un jersey de punto.

—Te he advertido acerca de esos pantalones.

Ella me sonrió. Era demasiado resplandeciente.

—Voy a salir a cenar con él el jueves por la noche. —Y se volvió hacia los expedientes, tan fresca como una lechuga. Pero lo vi venir, pude oír las palabras antes incluso de que abriera la boca—. Dime, ¿te has enterado de algo más de Jeen?

Una docena de excusas y disculpas se concentraron en mi lengua.

—No —dije.

Ella asintió.

—Bueno, entonces espero que esté bien.

—Ajá.

—Quiero decir que… —Se sentó en su silla giratoria y me sonrió. Sus ojos eran tan verdes como la primavera. Había una razón por la cual siete de los quince chicos de literatura inglesa la habían escogido como tema de sus trabajos de introducción a la poesía—. No es que le guarde rencor ni nada por el estilo, sólo que me encantaría que estuviera alrededor cuando salga con Coco.

—¿Coco? —le pregunté, evaluando en silencio su tono, un poco nostálgico, un poco solitario y muy desincronizado.

—El chico del colmado

—Ah.

—Tiene un rancho de caballos cerca de Santa Clarita.

—Claro.

—Me ha invitado a que salgamos a montar. ¿Sabes cuánto hace que no monto a caballo?

Apoyé la cadera cuidadosamente en la esquina de su escritorio. Llevaba una falda de seda oscura y no quería arrugarla.

—¿Así que ya no echas de menos a Solberg?

Permaneció en absoluto silencio durante unos instantes, y entonces dijo:

—He dispuesto de bastante tiempo para pensar las cosas. Y ya sabes… —Se encogió de hombros—. Las cosas nunca hubieran funcionado entre nosotros. Éramos muy distintos el uno del otro. Era mejor que se terminara ahora.

—¿Porque no compartís el mismo número de cromosomas?

Ella se echó a reír, entonces levantó la vista, con los labios ligeramente temblorosos.

—Bueno, aquí tienes la carpeta del señor Moniker —dijo ella, entregándome el primer expediente.

Entré en mi despacho, pensando en que debía subirle el sueldo. Si tuviera que vivir de su trabajo como actriz, no sobreviviría ni una semana. Que es la razón fundamental por la que me gusta almacenar un poco de grasa en mis caderas.

Atendí a siete pacientes aquel día, incluido al señor Lepinski.

—¿Cómo le ha ido la semana? —le pregunté, pero recordaba perfectamente nuestra última sesión y estaba convencida de que no había sido fantástica. A menos que la comparara con la mía.

Él se encogió de hombros y se sentó cuidadosamente en la silla enfrente de mí.

—Estuvo bien. Comí en la charcutería cerca de mi oficina el pasado… martes. No, fue el lunes. Me acuerdo porque fue el día que llovía y estuve a punto de mojarme en el camino de vuelta. Este año ha llovido mucho. Quiero decir… —Él meneó la cabeza en pequeñas explosiones de movimiento, la boca fruncida, los ojos abiertos detrás de las gafas redondas—. No mucho, no en… Seattle o lugares parecidos. ¿Lo sabía? Yo nací allí. —Y asintió con la cabeza, coincidiendo consigo mismo—. En 1954. Pesé…

—¿Fue allí dónde conoció a su esposa?

Se detuvo en mitad de la frase, con la boca abierta, parpadeando. Se le movió el bigote.

—¿Qué?

A veces mi trabajo es muy satisfactorio. A veces es una pesadilla. Aquélla era una demostración de lo segundo.

La expresión de su rostro era afligida y su diminuto cuerpo, tieso como un palo.

—Su esposa —repetí yo. Mantuve un tono firme y natural, como si no supiera que el corazón se le rompía en pedazos en su escuálido pecho. Como si no supiera que deberían quitarme el título y sustituirlo por un certificado de bruja—. ¿Es allí dónde la conoció?

—No. —Otro tic—. La conocí aquí. Era secretaria… legal. Secretaria legal. Trabajaba para una empresa llamada mmm… No me acuerdo de cómo se llamaba, pero era muy buena, creo. Si alguna vez necesita asesoramiento legal, puede llamarlos. El chico joven… Sam Ritchie, creo que se llamaba, parecía bastante competente y sus honorarios eran razonables. No como los del otro. Sólo son…

—¿Ha hablado con ella?

Sus ojos parecían de algún modo magnificados por las gruesas lentes de sus gafas.

—¿Con quién?

Cada vez se hacía más difícil interrogarle, con partida de nacimiento o sin ella.

—Su esposa. ¿Le ha dicho que sospecha que tiene una aventura?

Durante un segundo pensé que saldría disparado hacia la puerta. Durante un segundo deseé que lo hiciera. Pero él no se movió de donde estaba, con sus nudosas rodillas apretadas.

—No quiero hablar de ello.

Yo tampoco.

—¿De qué quiere entonces hablar?

—Estaba hablando —dijo él.

—De acuerdo —asentí—. Pero ello no hará que las cosas mejoren, señor Lepinski. No la hará desaparecer, ni a ella ni al dolor, ni le ayudará a darse cuenta de que merece algo mejor.

Él abrió la boca, la cerró y cerró la ventana.

—¿Puedo? —preguntó él, volviéndose hacia mí.

Era un hombrecillo miope con escaso pelo y una docena de fobias.

—Sí —dije yo, y él sabía que era verdad—. Sí puede.

El resto del día fue igual de bien.

La imagen de Lepinski llorando ante mí se me quedó grabada en la mente, dejándome abatida.

A las 13:55 horas se marchó mi tercer paciente. Estaba terminando de escribir unas anotaciones, cuando oí que la puerta de entrada se abría y se cerraba. También oí el murmullo de voces en la recepción, y luego, claro y alto, un «no».

—Mac —dijo Elaine con voz temblorosa, aunque respiró hondo, intentando calmarse—. Es el jefe de Jeen.

Bajé el ritmo de mis pensamientos, procurando detectar una docena de diferentes matices. Elaine parecía impactada y dolida. Black parecía enfadado aunque dominado.

—Sí —dije, y le tendí la mano. El apretón de manos fue firme como el hierro—. Nos conocemos.

—Iré directo al grano —dijo él—. Mucho me temo que ha habido algunas complicaciones.

Sentí que se me encogía el estómago.

—¿Complicaciones?

—Creen que Jeen ha robado dinero de NeoTech. —El tono de Elaine era forzado, su cara pálida.

Hice un gesto de negación con la cabeza.

—Estoy convencida de que ha habido una equivocación, Laney.

—Yo sólo quería hablar con él. —Black me sostuvo la mirada—. Estoy convencido de que podemos aclarar todo esto si se pone en contacto conmigo. ¿Usted sabe dónde lo puedo encontrar?

—No.

—¿Ha tenido noticias de él?

Volví la vista primero hacia Elaine y luego hacia él. Si alguna vez había dudado acerca de sus sentimientos hacia Solberg, la expresión abatida de su rostro los enterraba para la eternidad.

—Mucho me temo que no —dije yo.

Él se me quedó mirando un segundo, y entonces volvió su atención a Elaine.

—¿Y qué me dice de usted?

Ella lo negó con la cabeza. Las lágrimas le asomaban a los ojos. Sentí que se me rompía el corazón.

—No, yo… —Ella tragó saliva y levantó la barbilla levemente—. Lo siento, hace semanas que no sé nada de él. Desde el día que se suponía que tenía que volver.

Ella no apartó la vista de él, pero clavó los dedos en el escritorio, apoyándose en él.

—No lo sé. Pensé…

—¿Qué? —preguntó él.

—Pensé que éramos íntimos amigos. —Ella sonrió un poco, recobrando la compostura—. Supongo que me equivoqué. Pero estoy convencida de que… —Ella se enderezó—. Él no sería capaz de robar nada, señor Black. Estoy segura de ello.

—Estoy seguro de que es así. Ahora sólo necesito oírlo en boca de él. —Frunció el entrecejo mientras salía por la puerta de entrada, entonces se volvió—. Aunque cuánto más tiempo tarde en aparecer, peor se pondrán las cosas para él. Pero haré todo lo que esté en mis manos para limpiar su nombre. Todo lo que esté en mi considerable poder. —Hizo una pausa. Esperamos—. ¿Están convencidas de no conocer su paradero?

Elaine asintió con la cabeza. Yo hice lo propio.

—Llámenme —dijo él, y de su billetera, nos dio una tarjeta de visita a cada una— si se enteran de cualquier cosa.

La policía llegó apenas dos horas más tarde. Particularmente notable era la ausencia de Rivera. Los dos agentes que habían llegado eran totalmente opuestos. Uno era viejo y bajo. El otro era alto y joven. Ninguno de los dos podían sacarle los ojos de encima a Elaine y ambos parecían ser capaces de comerse la placa antes que ver a Elaine triste. Le hicieron preguntas, tomaron algunas anotaciones y se fueron, disculpándose por robar nuestro tiempo; el lado blando del Departamento de Policía de Los Ángeles.

Al llegar a casa, me sentía vieja y alterada. Miré a uno y otro lado de la calle, comprobando las inmediaciones de la casa, pero todo parecía estar en orden. No había visto el Toyota azul sin identificar desde que lo descubrí, y no había ningún coche sospechoso aparcado en la calle Opus, al lado de mi casa. Un SUV negro pasó por mi lado y prosiguió su camino. Esperé a ver si volvía. No lo hizo.

Una vez en el interior de mi casa, comprobé el identificador de llamadas, no encontré nada sospechoso y llamé a Universo Electrónico, pero Rex tampoco estaba. Así que dejé un mensaje similar al último y llamé al hotel La Pirámide para hablar con Gertrude.

Me preguntaron quién estaba llamando y les solté una paparrucha acerca de haber ganado el gran premio de dibujos del centro comercial. Parecían algo dubitativos, pero finalmente me pidieron que esperara. Lo hice.

—¿Hola?

—Hola, Gertie, soy Kathy Solberg, la esposa de J.D. —dije yo.

—¿Quién?

—¡La esposa de J.D.! —repetí, poniendo énfasis en la última palabra, antes de sumergirme de nuevo en una fresca y nueva locura—. Escúchame, fulana, no te atrevas a negarlo. Sé que te estás follando a mi marido, y también sé que es un mentecato, y sé que yo también lo soy por querer que vuelva. Así que así están las cosas: o me dices dónde encontrarlo o…

—¿Cómo me ha dicho que se llama? —Su voz no sonaba como esperaba. Quizá había visto demasiadas películas de gánsteres, pero ella era una *stripper* y yo tengo un doctorado, y esperaba que ella fuera ligeramente más inteligente que un pedazo de madera.

—Soy la mujer que va a darte una patada en el culo —dije—, y si no me dices dónde puedo encontrar a mi esposo.

—¿Cuándo perdió a su querido exactamente? —Su tono sugería el mínimo interés y una leve irritación.

—Óyeme, sé que estuviste con él el 29. Un amigo mío os vio salir juntos después de tu sórdido espectáculo y si no…

—Escúcheme, señora Solberg, después de mi sórdido espectáculo me voy directa a casa, estudio para mis clases de química, duermo cinco horas, y espero llegar a la escuela a tiempo. ¿Comprende lo que le estoy diciendo?

Admito que aquello aumentó mi desconcierto. Vamos a ver, esperaba que ella mordería el anzuelo, defendería su profesión elegida, y soltaría una sarta de insultos regados abundantemente con palabras malsonantes, no que me hablara de su régimen de estudio.

—Estás mintiendo —dije yo—. Sé que está ahí, y te voy a decir una cosa, ésta no es la primera vez que hace este tipo de cosas. Si fuera tú, empezaría a tomar antibióticos ahora mismo.

—A pesar de que le agradezco el consejo —dijo ella—, usted está seriamente trastornada, así que estoy convencida de que lo comprenderá perfectamente si doy por finalizada esta conversación.

—¡Espera! —dije antes de que pudiera colgar—. ¿Lo dices en serio? ¿No te acostaste con J.D.?

Hubo una pausa.

—Escúcheme —dijo ella. Por el tono de su voz, supuse que estaba profundamente irritada y que no le importaba un pimiento—. Soy una estudiante de químicas, flautista y lesbiana. No me acostaría con su marido ni que me pagara un millón de dólares.

—¿Lesbiana? —Aquél era un giro interesante.

—Sí

—¿Tiene el mago Menkaura alguna otra ayudante rubia a la que mmm… le gusten los hombres? —Pensé en Solberg—. O algo vagamente similar.

—No.

—¿Y no conoces a un chico llamado J.D.? ¿O Jeen? Es bajito y escuálido, con un…

—¿Jeen? —dijo ella.

Mi corazón se paralizó.

—Sí.

Ella dio un suspiro. Quizá estaba pensando. Quizá se estaba preguntando si después del instituto tendría que haber tomado las clases de enfermera que su madre le había recomendado.

—Conocí a un hombre llamado Jeen hace unas semanas. Lleva una extraña piña dorada y me enseñaba fotos de su…

—¿De qué? —dije sin aliento.

—Lo siento —dijo ella, su voz era suave al tiempo que firme—. Pero me enseñó fotografías de su novia.

—¿Su novia?

—Sí.

—¿Era una especie de Marylin Monroe inteligente?

—Se parecía a la chica de mis sueños, sin el sable.

Me eché a reír, quizá de alivio. Quizá porque ya había perdido la cabeza.

Gertrude permaneció en silencio unos segundos.

—¿No me había usted dicho que era su esposa?

—Ah, sí —dije yo—, pero procuro ser comprensiva. ¿Qué hizo él después de que te marcharas?

Se oyó otro suspiro.

—No lo sé. Algunas de las chicas se fueron con sus amigos, creo. Pero él… Creo que le vi marcharse con otro tipo.

—¿Otro tipo? ¿Qué tipo? ¿Qué aspecto tenía?

—Sólo le vi de espaldas.

—¿Qué pinta tenía de espaldas?

—Vamos a ver, tenía vello facial, para mí todos son iguales. ¿Sabe lo que le quiero decir?

No.

—¿Era bajito, jorobado, regordete? ¿Cómo era?

—Era más alto que su esposo, así, como yo.

—¿Qué color de pelo?

—Castaño, creo. ¿De peso medio? Mire, lo siento, pero de verdad que no lo sé.

Me aferré a aquello como un bullterrier.

—¿Viste adónde iban?

—Parecían dirigirse al vestíbulo.

—¿Y no los vio más tarde?

—No.

Dejé que el silencio se prolongara, procurando pensar, pero no funcionó.

—Digamos que —dijo ella finalmente— si su marido rompe alguna vez con su novia, haga que ella me llame, por favor.

Pasé toda la tarde sentada en la posición privilegiada de mi cima, vigilando la casa de Solberg y procurando pensar. Quizá Gertrude me había mentido. Pero lo creía poco probable. No parecía del tipo que se preocupa lo suficiente como para fabricar semejante convincente invención.

Lo que significaba que Solberg no había engañado a Elaine. Pero aquello no decía nada acerca de sus posibles actividades criminales. Con todo, ¿por qué iba a correr semejante riesgo? No tenía ningún sentido. Ganaba un salario alucinante en Neo-Tech, y si bien es cierto que pocos verdaderos millonarios estaban exentos de la codicia, no me parecía probable que fuera lo suficientemente estúpido como para poner en peligro su relación con Elaine. Aunque la palabra «combot» había sido rodeada con el símbolo del dólar en su agenda. Quizá tenía un pago descomunal pendiente a finales de mes. Quizá pensó que sería capaz de convencer a Laney para saltarse la moral y huir para vivir en dicha en alguna isla desierta.

Pero me parecía poco probable. Si Solberg era lo suficientemente inteligente como para contenerse de hacer proposiciones a Elaine, también era probablemente demasiado inteligente como para subestimarla.

Poco después de las siete en punto me quedé dormida con el cuello rígido como una llave al lado de mi reposacabezas. Estaba dormida y babeando. La próxima vez que eché un vistazo a la colina, casi había oscurecido. Pero parecía haber movimiento en el patio trasero de los Georges. Me puse derecha, agarré rápidamente los prismáticos y enfoqué. Efectivamente, alguien estaba recorriendo con dificultad el jardín.

Mis pensamientos flotaban como madera a la deriva en mi cerebro desintegrado. Aquel pequeño giro de los eventos no debía de ser nada importante. Pero a medida que observaba, me fui asegurando de que Tiffany estaba arrastrando algo que parecía una alfombra enrollada.

Mi cerebro se puso en marcha, adquiriendo velocidad. Saqué el teléfono del bolso antes de poder darme cuenta.

—Oficina del sheriff, 911.

Me tragué el hígado y encontré voz.

—Sí, me gustaría informar sobre un asesinato.

—¿Un asesinato, señora? —La voz era más tranquila que un domingo.

—En el 13440 de Amsonia Lane en La Canada. Ella lo ha enterrado en el patio trasero —dije, colgando el teléfono.

El corazón me latía con fuerza mientas bajaba la colina llena de curvas y aparcaba en la calle de la casa de los Georges.

Pasó una eternidad antes de que llegara la policía. Y cuando lo hizo, sólo eran dos agentes, patrullando por el lugar como si fueran sorbiendo cafés y estuvieran jugando al parchís.

Los observé mientras pasaban. Tenían las luces encendidas en el salpicadero pero la sirena estaba apagada.

Salieron del coche y convergieron en la acera. Uno de ellos era alto y tenía la expresión de un basset. El otro era regordete y calvo. Hablaron durante unos instantes, a continuación se separaron, uno se dirigió a la parte trasera y el otro a la puerta de entrada.

Me senté en el Saturn, con los nervios tan revueltos como la ropa interior en el centrifugado.

Miré a uno y otro lado de la calle, salí del coche, tratando de pasar desapercibida, sólo una ciudadana responsable, preguntándose qué estaba pasando en aquel viejo vecindario.

El agente calvo cambió el peso de su cuerpo y pasó de llamar al timbre a golpear la puerta. Justo terminaba de descender las escaleras cuando se abrió la puerta. Tiffany Georges estaba ahí con un albornoz de color lavanda, recortada por la luz a sus espaldas.

Incluso desde mi posición en la carretera pude advertir la expresión de sus ojos.

—¿Señora Georges?

—¿Sí? —lo pronunció como si fuera una pregunta.

—El agente Crevans. ¿Puedo pasar?

Supongo que ella respondió afirmativamente, porque pocos minutos más tarde desaparecieron en el interior de la casa.

Me deslicé paseando hacia el este, pero al pasar la verja que dividía ambos patios, volví a la derecha y me introduje en la propiedad de Solberg. Unos minutos más tarde me deslizaba por la verja. Los prismáticos me golpeaban los pechos y jadeaba como un perrito en celo, pero pocos minutos más tarde me oculté entre la verja y una frondosa y suculenta adelfa. Me puse en cuclillas contra la valla y miré a hurtadillas por las tablas sin pintar.

A unos diez metros de la verja de los Georges había dos hoyos, ahora rellenados de tierra. ¿Por qué? ¿Qué había allí? Parecía que el agente encorvado estaba preguntándose lo mismo. Dio la vuelta a su alrededor una vez y se dirigió a la terraza dando grandes pasos, justo cuando se abrió la puerta.

—Le estoy diciendo —dijo Tiffany—, que acabo de plantar unos bulbos y… ¿quién es éste? —preguntó ella. El segundo agente ya estaba subiendo por las escaleras.

—Es el oficial Stillman.

—¿Qué está usted haciendo aquí?

—Tal como le he dicho, hemos recibido una llamada. —La voz de Crevans era baja, pero podía comprender la mayoría de sus palabras—. Estoy seguro de que se trata de una broma, señora, pero la ley nos obliga a comprobarlo. ¿Le importa si echamos un vistazo?

—¿A mis bulbos? —Su tono de voz ya era alto e insolente. O era culpable o había pagado multas de antes.

—Me gusta la horticultura —dijo Crevans—. Sobre todo los narcisos. ¿Han plantado alguna vez algún narciso?

Su rostro parecía crispado al volverse hacia él.

—No sé de qué me está hablando.

—De sus narcisos —dijo el hombre alto con la expresión inexpresiva.

—Yo no dije que fueran narcisos.

—Entonces, ¿por qué los plantas aquí? —preguntó Crevans. Sus zapatos golpetearon contra la terraza de madera noble y bajaron las escaleras. Tiffany los siguió, sin tambalearse a pesar de sus pies descalzos.

—Así pues —dijo él. Su tono era tranquilo, pero tenía la mano en la culata de la pistola en su cadera—. ¿Dice usted que no sabe dónde se encuentra su esposo?

—Ya se lo he dicho. —Ella no se dirigía a él mientras hablaba—. Se fue a trabajar, como siempre.

Habían llegado al suelo levantado. Los dos policías intercambiaron una mirada. Stillman lo negó con la cabeza en silencioso desacuerdo, como si la mentira le hubiera herido en lo más vivo.

—¿A Everest y Everest? —Crevans volvió la vista hacia Tiffany.

—Sí —dijo ella con la voz entrecortada.

Los dos intercambiaron una nueva mirada. Quizá era más significativa. Por lo que a mí respectaba, estaba a punto de saltar la verja y pedirles a gritos que cavaran las malditas tumbas y dejaran de comportarse como un par de damas en el té.

—Lo comprobamos antes de venir aquí, señora. El señor Georges no ha vuelto a trabajar desde hace más de una semana. Con su permiso, nos gustaría excavar la zona.

—Excavar. —Se echó a reír. El sonido fue corto y entrecortado, como si hubiera estado subiendo una cuesta. Ella volvió la mirada hacia la calle—. Es ridículo. A mi esposo le daría un ataque. Es especialmente quisquilloso con el jardín.

Los agentes miraron la zona pisoteado simultáneamente.

—Bueno… —Ahora parecía nerviosa y con la respiración entrecortada—. Esto es… tal como dije, he estado plantando. No existe ninguna ley que lo prohíba.

—Depende de lo que plante —lamentó el policía alto—. ¿Tiene una pala a mano, señora Georges?

—No tenéis derecho a hacer esto —dijo ella, pero Hangdog ya se dirigía al cobertizo. Volvió con las herramientas necesarias en menos que canta un gallo. Otros dos agentes aparecieron por la esquina de la casa.

El primero era joven y de aspecto saludable. Hizo una señal con la cabeza a Crevans.

—Tengo el permiso —dijo él—. Ya puedes cavar.

Durante unos instantes, todo permaneció en silencio, salvo el ruido de la pala y algún que otro gruñido del policía más alto.

Tiffany Georges sujetaba los bordes de su albornoz cerca del cuello.

El policía dejó de cavar bruscamente. El poli desgarbado levantó la vista.

—Le he dado a algo, Lou.

El tipo calvo asintió con la cabeza, pragmático hasta sus últimas consecuencias.

—Parece ropa.

El rostro de Tiffany estaba pálido, sujetando con las manos como pinzas el satén de la bata.

Crevans continuaba con la mano cerca del arma y sin apartar los ojos de Tiffany mientras hablaba tranquilamente por el transmisor. Un minuto más tarde devolvía el aparato a su cintura y volvía su atención a Georges.

—¿Nos va a decir quién es?

Los policías recién llegados llegaron dando grandes y resueltas zancadas.

—Se lo dije. —Ella estaba al borde de la histeria—. Sólo estaba plantando bulbos.

El hombre escuálido hizo a un lado un poco de tierra y sacó un zapato de la tierra con dramática lentitud.

—Marca —dijo él—. Real Leather.

Tiffany se puso de rodillas y se llevó el puño a la boca.

Stillman empezó a cavar con las manos.

—He encontrado más —tiró de ello cuidadosamente, contuve la respiración, con la oreja pegada a la valla.

—No me tendría que haber abandonado —dijo Tiffany con voz profunda y un débil gemido.

—¿Quién? —preguntó Crevans, inmediatamente en guardia—. ¿Quién no lo tendría que haber hecho?

—Maldita zorra.

Los primeros policías se miraron entre ellos y luego a ella.

—¿Su esposo? —Se aventuró Crevans.

—Decía que era su alma gemela, el muy capullo —bramó ella, mientras se dejaba caer suavemente sobre el césped, extendiendo las piernas frente a ella como un niño pequeño abatido—. Seguro que era una maldita coincidencia que tuviera las tetas grandes como globos.

—La abandonó por otra mujer —dijo Crevans, asintiendo en señal de comprensión mientras le hacía un gesto de silencio a su compañero—. Así que lo asesinó.

—¡Mujer! —Ella se echó a reír. El sonido era crispado—. No es una mujer. Es una mocosa de mierda. ¡Veintidós! Tiene veintidós años.

—Cabrón —reconoció Crevans—. ¿También la has matado a ella?

—He encontrado algo más, Lou.

La calva asintió distraídamente.

—¿Cómo se llamaba ella?

—Tres años más joven que yo. —Ella asentía rítmicamente y meneaba levemente la cabeza—. El muy imbécil. Tendría que habérselo quedado su ex mujer. El dinero no valía la pena. ¿Sabe que dormía con los ojos abiertos? —Levantó la vista, con la mirada perdida—. Me ponía los pelos de punta.

Crevans dirigió la mirada hacia la tumba.

—Sí, es espantoso.

Los policías recién llegados se habían unido a Stillman y sacaban algo enorme y cilíndrico. Parecía una alfombra enrollada.

—Lo tengo —dijo el Basset en un tono casi entusiasta.

—¿Cómo lo asesinó? —le preguntó Crevans.

Ella arrugó la frente e inmediatamente levantó la vista como si su mente acabara de ponerse en funcionamiento.

—¿Asesinarlo? —gruñó ella—. Hice algo peor que asesinarlo.

Desenrollaron cuidadosamente la alfombra. Yo contenía la razón y sujetaba la verja con los dedos paralizados de excitación. Primero apareció una tela azul. La parte trasera de un traje chaqueta. Una cabellera colgaba a un lado.

Tardé unos instantes en darme cuenta de que no había ninguna cabeza, sino un jersey marrón, desenrollado en el césped pisoteado.

Stillman se inclinó hacia delante, recogiendo dos camisas de etiqueta y un par de pantalones de la pila. La parte desmembrada no se veía por ningún lado.

Tiffany se mecía para atrás y para adelante.

—Mira cómo le gusta a ella, sin su ropa elegante.

El lugar permaneció en completo silencio.

—Y su trabajo. —Ella se echó a reír—. Llamé a su jefe, le dije que Jakey se estaba follando a su esposa.

El policía-basset había vuelto a su puesto y se puso a cavar frenéticamente. Crevans lo observaba. Stillman dio con un zapato y una corbata. Hizo un gesto de negación con la cabeza.

—¿Dónde se encuentra su esposo, señora Georges?

Ella espetó:

—Acapulco. Buscando a otra alma gemela —dijo ella, y a continuación se echó a llorar como un niño de dos años al que le habían dado unas palmadas en el trasero.

Capítulo veintiuno

A veces la diferencia entre el miedo y la sabiduría
es casi indiscernible.

Dr. David Hawkins,
que a pesar de ser un asesino,
era un tipo bastante inteligente.

Cuando llegué a casa el lunes por la noche, me sentía como si
me hubiera pasado un camión por encima.

Ya era oscuro y, desde el mediodía, tan sólo había comido
una chocolatina Butterfinger. Las de chocolate negro son mis
favoritas, pero estaba procurando mantener una dieta completa.
Con aquel mismo fin, había encargado comida china a Chin
Yung. El teléfono móvil había empezado a hacer tonterías, pero
tuve tiempo de hacerles llegar mi mensaje. Quizá fue la desesperación en mi voz, pero cuando llegué mi comida ya estaba
preparada. El pollo Kung-pao humeaba como en un sueño en su
pequeña caja con el asa metálica. Llevé la caja y sus compañeros
con cuidado, haciendo malabarismos con ellos y el bolso mientras subía la cuesta de mi casa. La luz de seguridad se había
vuelto a estropear. Algún problema eléctrico cuya reparación
no me podía permitir. Pero quizá…

—¿Qué narices crees que estás haciendo? —dijo una voz desde los arbustos.

Grité. El pollo Kung-pao salió volando por los aires como un
pajarillo asustado, seguido del arroz y mi bolso. Pero no me importaba. Una sombra se levantaba sobre mí. Yo me encogí de
miedo.

—Dios santo, McMullen. ¿Qué problema tienes?

Era Rivera. Yo estaba temblando como una hoja y tenía la vejiga revuelta.

—Ni siquiera tienes una luz de seguridad en condiciones. —Él me sujetó por el brazo—. ¿Quieres que te maten?

Las cajas de mi cena se habían abierto de golpe en el suelo de hormigón y la comida se filtraba entre las grietas. Me quedé mirando aquel valor nutritivo desperdiciado y me eché a llorar.

Lo juro por Dios. No puedo explicar por qué. Sólo sé que me puse a berrear como si fuera la protagonista de un culebrón.

—McMullen. —Rivera me sacudió con cuidado, pero si estaba intentando levantarme el ánimo, no lo consiguió. Tenía los hombros caídos y la nariz me moqueaba salvajemente—. Basta ya.

No podía parar. Él arrastró los pies.

Advertí vagamente la presencia de un corredor que pasaba por allí, con sus cintas reflectivas.

—Maldita sea —dijo Rivera—. Al final vas a conseguir que me cesen. Cálmate.

Empecé a gimotear espasmódicamente.

—De acuerdo. Muy bien. —Él hablaba cautelosamente, como si se estuviera dirigiendo a un chucho perdido de desconocido temperamento—. Vamos dentro.

—Pero m… mi… —Me arrodillé al lado de los restos del desastre en la calzada.

—No te preocupes por eso. Te prepararé cualquier cosa. —Me ayudó a ponerme en pie.

Me coloqué el bolso bajo el brazo.

—Pero yo quería… yo quería… Kung-pao…

—¿Todo va bien por ahí? —El corredor se había detenido. Me llevé la mano al rostro y lo fulminé con la mirada.

—Mierda —murmuró entonces Rivera—. Todo va bien, señor. Ha perdido su… doberman.

—Ah. —El corredor estaba haciendo cabriolas en el aire. O bien estaba intentando mantener el ritmo del corazón alto o quería decirnos algo terrible—. Menudo fastidio. Quizá puedo ayudarles a encontrarlo.

—No será necesario —dijo Rivera, y luego me dijo—: ¿Puedes abrir la maldita puerta?

—Eh —dijo el corredor de nuevo—. Conozco este barrio como la palma de mi mano. Podría…

—El perro está muerto —bramó Rivera.

Me entró hipo, pero pude introducir la llave en el cerro.

—Ah.

—Lo ha atropellado un autobús —dijo Rivera, y a continuación dijo en voz baja—: Entra de una puta vez en casa.

Eso era justamente lo que pretendía, pero mis manos estaban ocupadas intentando limpiarme la nariz y haciendo malabares con mi bolso.

Rivera me apartó de un empujón, giró la llave y me dio un codazo para que entrara. Fulminó el corredor con la mirada, entró detrás de mí y cerró la puerta una vez que estuvimos dentro.

Permanecimos de pie, el uno frente al otro, como furiosos boxeadores. Bueno, él estaba furioso. Yo estaba aturdida.

—¿Me vas a contar qué narices está pasando? —preguntó él.

Yo me sorbí la nariz, recordé mi sistema de seguridad y tecleé el código.

—No era necesario que mataras a mi perro.

—Dios. —Volviéndome hacia él, Rivera alargó la mano, me bajó el párpado inferior y me examinó el globo ocular—. ¿Estás colocada?

Yo me aparté sobresaltada.

—No, no estoy colocada. Estoy… —Las lágrimas amenazaban con volver a aparecer—. Tenía hambre y tú has hecho que… que… —Señalé en dirección a la calle. Tenía hipo.

—Sólo… —Él levantó la mano amenazadoramente—. Sólo tienes que calmarte, McMullen. Voy a… —Él sacudió la cabeza y apretó la mandíbula—. Ya me acercaré a Chin Yung.

Yo parpadeé. Sentí los párpados pesados.

—¿De verdad?

—Sí. Qué habías pedido.

—Kung-pao… pollo.

—Ajá. —Él se dio la vuelta, entonces se detuvo—. Si no estás aquí cuando haya vuelto, pienso encontrarte y esposarte al fregadero.

—¿De verdad? —volví a decir, y mis pesadas pestañas.

Él soltó un taco.

—Cierra la puerta con llave cuando me haya ido —dijo, y se marchó.

No estoy segura de cuánto tiempo estuvo fuera. Pero cuando me desperté, estaba en el sofá y alguien estaba aporreando la puerta de entrada. Me levanté trabajosamente.

—Como no estés aquí dentro, McMullen. Juro por Dios… —bramó desde el otro lado de la puerta.

Una serie de recuerdos, todos ellos embarazosos, me asaltaron. Por un momento, contemplé la idea de dejarle ahí fuera y salir por la puerta trasera, pero podía oler la salsa de cacahuete. Me dejé llevar por su aroma, convencida de que quizá tenía algún motivo para continuar viviendo.

Abrí la puerta. Rivera apareció con el puño en alto y el semblante serio.

—¿Qué narices estabas haciendo? —gruñó.

Yo me encogí de hombros y fijé la mirada en la bolsa de papel que llevaba en la mano. Era grande. El dulce perfume a paraíso terrenal se coló por mis agitadas ventanas nasales. Podía notar la saliva acumulándose en la parte posterior de la boca. Me miró a los ojos, meneó la cabeza, me apartó de un empujón y entró en la casa.

Lo seguí como si fuera un sabueso tras su presa.

—Cierra la puerta con llave —dijo él, sin volverse.

Así lo hice. Cuando llegué a la cocina, él ya estaba sacando las preciosas cajitas de la bolsa.

Me hice con la que tenía más cerca. Él me dio una palmada en la mano.

—Ve a lavarte las manos —dijo él, sacando unos platos del armario.

Contemplé la posibilidad de ponerme a discutir, pero me sentía débil y algo aturdida. Verme en el espejo no ayudó en nada. La falla de San Andrés surcaba mi mejilla izquierda y tenía el pelo tieso como Tim Burton.

Intenté rebajar el volumen de mi pelo, pero se mantenía firme. Así que me lavé la cara, me froté superficialmente las manos y me fui derechita a la cocina.

Rivera estaba sirviendo leche en dos jarras de cerveza. Tenían escrito TOMA CERVEZA CONMIGO en el lateral con un oso pardo en estado de embriaguez trincándose un vaso de licor. Las había comprado en mi viaje a Milwaukee, y me gustaba la palabra «trincarse».

—Siéntate —dijo él.

Me senté, no porque me lo hubiera dicho él. Estaba repartiendo la comida y aquella sola imagen me hacía temblar las rodillas.

Me colocó un tenedor en la mano.

—Come.

No me lo hubo de decir dos veces. Comimos en absoluto silencio. Para mí, era una experiencia espiritual, y no quería estropear el momento. Por lo que respecta a Rivera, quizá estaba demasiado furioso para poder hablar, pero en aquel entonces me daba completamente igual.

Cuando levanté la vista, el plato de Rivera estaba vacío y apoyaba la silla en dos patas. Su expresión era inescrutable.

—¿Dónde estabas que tenías vistas al jardín de los Georges?

Supe inmediatamente a qué se refería. Deseé que no lo supiera.

—¿Qué? —dije, y procurando parecer natural, tomé una cucharada de arroz de su plato. No se lo había terminado. ¿Qué le pasaba?

—Supongo que estarías en la colina al sur de la urbanización.

Tenía la garganta tensa, pero me las arreglé para tragar. En este sentido soy un genio.

—¿Quién es Georges?

Él meneó la cabeza.

—Tendría que encerrarte en la cárcel, ¿lo sabes?

—¿Por qué?

Él se encogió de hombros.

—¿Por violación de la intimidad? ¿Falsificación de informe policial? —Hizo una pausa—. ¿Asesinato?

Me sentía llena y satisfecha, pero quizá demasiado cansada para sentirme intimidada. Lo que probablemente querría decir que tenía otras razones para sentirme intimidada. De hecho, me sentía un poco colocada. Hubiera sido divertido pensar que Rivera había manipulado la comida, pero las calorías en cantidad abundante me afectaban así.

—Yo no he matado a nadie —dije.

Él se quedó mirándome.

—Debe de ser la única ley que no te has pasado por el forro.

—Tampoco he deseado a la mujer de mi prójimo —dije yo.

—Estaba pensando en términos más civiles que bíblicos.

—¡Ah! —dije, mordisqueando una castaña de agua. Era la única cosa que había dejado en el plato.

—¿Qué está pasando, Chrissy?

—Nada. ¿A qué te refieres?

—Estás muerta de hambre. Estás susceptible. Parece que haga un mes que no has dormido.

—He estado muy ocupada. —Pesqué un trozo de pollo de su plato de moo-goo gai-pan. Si fuera el Papa, canonizaría a Chin Yung y a las camareras que trabajan allí. Levanté la vista mientras masticaba, pero no había necesidad de ello, puesto que la carne se deshacía en mi boca—. Ya sabes.

Él apoyó las patas delanteras de la silla en el suelo y apoyó los codos en la mesa.

—Sé que eres una mentirosa compulsiva. ¿Qué sabes de Solberg?

—¿Que es un *friki*?

—¡Maldita sea!

Yo me sobresalté pero me mantuve firme y sorprendentemente no me eché a llorar.

—¿Qué problema tienes? ¡Estás de mierda hasta las cejas! ¿Qué te hace pensar que no van a aparecer en tu puerta de un momento a otro?

Me quedé lívida.

—¿Quién?

—¿Cómo narices voy a saberlo? Si no me cuentas una mierda.

—Yo sólo… yo… —Estuve a punto de contar la verdad, a punto de decírselo todo. Me sentía sola, vulnerable y asustada. Y él era… bueno, él era Rivera. Impenetrable e irritante como nadie. Entonces recordé la voz ahogada de Solberg al otro lado de la línea. Vida o muerte—. No sé de qué me estás hablando. Estoy bien. Todo está bien.

Él me miró fijamente. Yo me sequé las palmas sudorosas de las manos en la falda. Todo aquello tenía muy mala pinta. Le sostuve la mirada lo mejor que pude y él se puso inmediatamente en pie.

—Dios santo —dijo él, pasándose la mano por la cara y dándose la vuelta para mirar por la ventana de la cocina.

Tenía la espalda rígida, las caderas estrechas, las piernas flacas. Tenía arrugados los pantalones de vestir negros, y llevaba parte de la camisa por fuera. Por alguna razón, aquella sola imagen me daba ganas de echarme a llorar como un bebé y confesarlo todo.

—Ni siquiera está cerrada —dijo él, haciendo un gesto de negación mientras se volvía hacia mí—. ¿Tanto te cuesta cerrar la ventana? ¿Tomar precauciones?

—Tomo precauciones.

Rivera dio un resoplido.

—Compruebo si hay coches extraños.

—¿De verdad? ¿Dónde está aparcado mi Jeep?

Le hice una mueca.

—Estaba cansada…

—Dios santo —dijo él, y retirando el plato, se volvió hacia el fregadero.

—¿Qué estás haciendo?

—Lavando los platos —bramó él—. Después de morir asesinada mientras duermas, no querrás tener la cocina hecha un asco, ¿no?

—La verdad es que no había pensado en ello.

—No has pensado en un sinfín de cosas.

Su tono condescendiente me estaba empezando a cabrear. Cogí los palitos de la mesa y los arrojé al lado de los suyos.

—Yo no he hecho nada malo.

—¿De verdad? —Se volvió hacia mí, sacando chispas por los ojos—. Quizá crea que esté mal ser un idiota.

—No soy…

El teléfono sonó en la encimera a mi lado.

Él se quedó mirándolo.

—¿Quién es?

—Todavía no soy adivina.

Volvió a sonar.

—Contéstalo.

—Lo contestaré si me da la gana…

—Ah… por el amor de Dios —dijo él, empujándome hacia el teléfono—. Respóndelo.

Cogí el aparato, mirándolo fijamente mientras lo hacía.

—Hola.

—¿Dónde está él? —La voz era grave y áspera.

Se me heló la sangre en las venas. Volví la mirada bruscamente a Rivera. Sus ojos se entrecerraron de inmediato y dio un paso adelante.

—Creo… creo que se ha equivocado de número —dije yo.

—Dime dónde está o desearás haberlo hecho —dijo la voz. El teléfono se me escurrió por la mano como si fuera un pudín.

Rivera lo cogió y se lo llevó a la oreja con un suave movimiento.

—¿Quién es? —Sus cejas se ensombrecieron como nubes de tormenta—. ¿Quién mierdas eres?

Se oyó el clic al otro lado de la línea. Colgó el teléfono de un golpe.

—Siéntate —dijo él.

Yo permanecí de pie, mirándolo estúpidamente.

—Siéntate de una puta vez —dijo él, obligándome a sentarme en una silla. Volviéndome hacia él sujetándome por los bazos, me miró a los ojos—. ¿Quién era?

Yo me encogí de hombros.

—Maldita sea, McMullen, respóndeme.

—No sé quién era.

—Qué te ha dicho.

Parpadeé.

—Me ha preguntado dónde está él.

—¿Y dónde está?

—No lo sé.

Él me sacudió. La cabeza me tembló.

—¿Quién era?

—No lo ha dicho. —Me picaban los ojos. Me pregunté vagamente si iba a volver a llorar o si ya estaba llorando.

Él me obligó a ponerme en pie de un empujón y me arrastró hacia el sofá. Me senté en él sin que me lo tuviera que decir, como una niña pequeña.

—¿Has recibido alguna otra llamada intimidatoria? —Se irguió sobre mí.

Lo negué con la cabeza.

—No me mientas.

—De acuerdo. —Estaba derrotada. Derrotada y asustada.

—¿Habías oído su voz antes?

—No lo sé.

—¿Y no te suena?

—No tuve suficiente tiempo.

Él soltó un improperio y empezó a dar vueltas por la habitación.

—No tendría que haber hablado. Tendría que haberte dejado hablar a ti. —Volvió a soltar un improperio y continuó andando, pero un minuto más tarde se sentaba a mi lado. Yo me volví hacia él.

—Haz un esfuerzo, Chrissy. ¿No se parecía a la voz de alguien que conozcas?

Pensé en mentirle, pero estaba demasiado cansada. Se lo conté todo. Quizá omití la parte del disco. Lo había robado de la casa de Solberg, pero no había ningún motivo por el que mencionar aquel estúpido pasaje.

Él me hizo preguntas. Yo le conté más.

Él asintió con la cabeza, se puso en pie, y empezó a andar por la habitación. Yo me quedé mirándolo.

—Deberías dormir un poco.

Yo le miré parpadeando, más tiesa que un palo.

—Vamos —dijo él, tendiéndome la mano.

Yo la cogí. Me llevó al dormitorio y echó un vistazo a su alrededor.

—¿Dónde está tu pijama?

—¿Pijama?

La comisura izquierda de sus labios se levantó un milímetro.

—No dormirás desnuda, ¿verdad?

—Mi madre dice que las niñas buenas no hacen esto —dije yo, percatándome con retraso de que aquel hombre me estaba desabotonando la camisa. Bajé la vista—. ¿Qué estás haciendo?

—Creo que te estoy desnudando.

—Cómoooo… —Mi voz sonó a algo entre una pérdida de gas y una sirena. Retrocedí bruscamente. Tenía la camisa desabrochada hasta el ombligo—. No puedes desnudarme.

Él arqueó las ceja.

—Ahora estás despierta, ¿no?

—Sal de mi habitación.

Él lo negó con la cabeza.

—Esta noche me quedo contigo.

Yo solté una sonora carcajada. Sonó mejor que el «cómooo», aunque tampoco mucho. Me aboté la blusa con los dedos temblorosos.

—Ni hablar.

—Aquí o en la cárcel —dijo él.

Apreté los dientes y le di un empujón.

Él retrocedió un paso, tambaleándose, y acercó la mano a mi mejilla.

—¿Dónde narices has pasado la noche, McMullen? —preguntó él en voz baja. Sus ojos eran como oscuras bolas de cristal que me atraían hacia él—. Digamos que te he echado de menos. Una serie de sentimientos se despertaron en mi ávido sistema. Procuré retenerlos, pero mi sistema era débil.

—Aléjate de mí —le dije.

Él lo negó con la cabeza.

—Esperó que no seas de esas a las que les gusta acaparar las portadas.

Me quedé con la boca abierta. Él llevó la mano a mi mandíbula y me la cerró, se dio la vuelta con una risita y se dirigió hacia el salón.

Yo lo seguí en un silencio sepulcral. Cuando lo alcancé, ya se había quitado los zapatos y se estaba desabotonando la camisa. Tardé unos instantes en recuperar la voz.

—¿Qué estás haciendo?

—Tu virtud está a salvo, Chrissy. Dormiré en el sofá.

—No, no lo harás.

Él se quitó la camisa. Había pasado los últimos tres meses intentando convencerme de que, a pesar de los recuerdos morbosos, Jack Rivera no estaba construido como un dios griego. Sin apenas éxito. Con una sola imagen de él semidesnudo me acordé de por qué me abracé a la pared que tenía a mi lado.

—Tienes que marcharte —dije yo.

Él ladeó la cabeza en señal de desacuerdo y se quitó el arma. Seguí el movimiento; las manos morenas contra la madera granulada. En oscuro cañón de metal contra el telón de fondo de barras inclinadas.

La verdad es que me gustaría pensar que soy una mujer madura, sin ninguna tendencia a las fantasías infantiles y salvajes. Hace mucho que dejé atrás mi obsesión con Batman. Pero sentía algo temblorosas las rodillas, y mi mente estaba entonando algo así como «dame, dame, dame».

Él depositó el arma en otro extremo de la mesa y se enderezó.

—¿Necesitas algo, McMullen? —preguntó él.

Volví a quedarme boquiabierta. Asentí con la cabeza. El movimiento era algo brusco.

—Sí —dije valientemente—. Necesito… —Veía el mundo moverse sensualmente a cámara lenta—. Que te vayas.

Él se echó a reír. El sonido recorrió mi maltrecho cuerpo como un buen trago de ron caliente.

Él se llevó la mano al cinturón. Y de pronto, de algún modo, o no sé cómo, me encontré sosteniendo la hebilla entre ambas manos, sosteniendo sus pantalones como si fueran la infame caja de Pandora.

Él bajó la vista para mirarme.

—Te lo juro por Dios, Rivera —dije—. Si te quitas los pantalones, llamaré a la policía.

Le tembló la boca.

—Yo soy la policía, McMullen —ladeó la cabeza—. Y pienso hacerlo.

El tacto de su abdomen contra mis nudillos era firme y cálido. Tenía la garganta como si me estuvieran estrangulando .

—¿Hacer qué?

—Dormir desnudo.

Se me encogió el estómago.

—No, aquí no —dije sin aliento.

Sus manos se movieron. Las mías se cerraron en sus dedos y la ofensiva hebilla de su cinturón.

—No pretenderás que duerma con los pantalones puestos —dijo él.

—Con los pantalones y la camisa. —Creo que sentía el pulso latir en mis párpados—. Quizá con una armadura.

Él se rio entre dientes. Podía sentir el movimiento de su abdomen.

—Lo siento, pero la última que tenía se oxidó, McMullen.

—Iré a comprarte una corriendo.

—Las tiendas de armaduras cierran a las nueve. Creo que deberías echar una cabezadita.

—¡Cabezadita! —Empecé a emitir ruidos extraños. Algo entre un gruñido y un ataque de hipo—. No puedo dormir, si tú… —Retiré una mano de su cinturón y señalé frenéticamente al espacio entre nosotros y el tazón del váter—. No puedo dormir si tú…

Él levantó una ceja.

—Estoy aquí… sin…

—No voy a atacarte, si es eso lo que te preocupa —dijo él.

—Bueno —me eché a reír—, es un alivio. Quiero decir, ¡uff! Porque eso es… —Resollaba como una hiena exhausta—. Eso es lo que me preocupaba. Que tú… —Sentía pánico y estaba tan mareada como si fuera en un barco. Quizá me había echado algo en la comida, al fin y al cabo. Quizá no me quedaba otro remedio que dormir con él. Y, dios santo, la última vez que había habido un chico semidesnudo en mi casa había estado reparando el fregadero de la cocina y con el agua hasta el cuello—. Que tú… —volví a decir, pero entonces me besó.

Juegos artificiales subieron para explotar en mi cabeza y volvieron a bajar.

—Dios santo, me vuelves loco —susurró él.

Respiraba con dificultad. No estaba jadeando. Jadear sería ordinario.

—Ni siquiera eres mi tipo —dijo él, volviéndome a besar.

Creo que llegué a gemir, aunque sólo un poco.

—Rivera, échame. A veces… —Me humedecí los labios—. El autocontrol no es mi fuerte.

—¿De verdad? —Me besó en el cuello—. ¿Y qué es?

Eché la cabeza hacia atrás.

—¿La tuba? —sugerí.

Él retrocedió levemente, sin dejar de mirarme.

—Soy una tubista alucinante.

Él se rio entre dientes y trató de alcanzar mis botones. Intenté impedírselo. De verdad. Pero mis dedos estaban demasiado ocupados. Su pecho era mármol blanco bañado por el sol bajo el tacto de mis palmas mientras le quitaba la camiseta.

Él recorrió mis bazos con sus manos, retirándome la blusa. Yo me estremecí y lo estreché contra mí.

Él gimió. O quizá fui yo. Espero que no fuera yo.

—Dios, eres preciosa.

Espero que esta vez tampoco fuera yo.

Tenía las manos en el cierre de mi sujetador. Procuré escapar pero lo único que conseguía fue restregarme contra él. Entonces, de pronto, él se paralizó.

—¿No oyes nada? —preguntó él.

Lo negué con la cabeza y esperé que no fueran mis jadeos lo que le habían distraído, pero de pronto un arma apareció en su mano.

—¿Qué…? —Iba a decir, pero él hizo una señal pidiendo silencio y retrocedió con cuidado hacia la pared. Ahí estaba, con el torso desnudo y hermoso, y con el arma levantada hasta el hombro.

—Desactiva el sistema de seguridad, cierra la puerta con llave tras de mí y apártate de las ventanas.

—Que cierre la…

—Date prisa —dijo él.

Tecleé los números correspondientes. Él abrió la puerta bruscamente y salió afuera.

Yo cerré la puerta con los dedos temblorosos. Aquello era demencial. Como vivir con Tarzán. No estaba segura de estar preparada para ser Jane. Me parecía más a… la actriz Mildred Pierce.

Permanecí paralizada cerca de la puerta durante unos instantes. Cuando la situación se volvió insostenible, empecé a andar por la casa, sobresaltándome a cada ruido inexplicable.

Un par de décadas más tarde, alguien golpeó la puerta. Yo permanecí inmóvil, volví la vista bruscamente hacia el portal y detuve mi respiración.

—¿Quién es?

—Déjame entrar.

El ritmo de mi corazón estaba por las nubes.

—¿Quién hay ahí?

—Dios santo, McMullen. Soy yo. Déjame entrar.

Esperé. La voz sonaba lo suficientemente furiosa como para ser Rivera, pero quizá era un truco, y se suponía que debía estar alejada de la ventana, y quizá habían atrapado a Rivera y estaban...

—Déjame pasar, McMullen, o romperé tu maldita ventana.

Ah, sí, era Rivera.

Capítulo veintidós

El dinero habla. Casi siempre dice: «Hasta nunca, capullo».

PETE McMULLEN,
después de su cuarto divorcio.

*R*ivera no encontró a nadie merodeando por mi domicilio, pero la interrupción me dio la oportunidad de calmar mi sistema endocrino.

¿En qué narices estaría pensando? No necesitaba a ningún hombre para arruinar mi vida. Eso ya lo sabía hacer yo sola. Involucrarse con un hombre como Rivera sólo me llevaría derecha al desastre. Era un bárbaro; un guerrero del viejo mundo con armas del nuevo. Y qué armas.

Pero no le había dejado sacar la pistola. En lugar de ello, sentencié a una reclusión solitaria en la cárcel que me gustaba llamar mis aposentos.

Cuando se hizo de día, volvíamos a ser fríamente adultos, y a pesar de que Rivera parecía una máquina de sexo con el pelo alborotado y los ojos semicerrados, no lo arrastré hasta mi celda privada para enseñarle unas cuantas cosas.

En lugar de ello, me comí un cuenco de salvado de pasas mientras él se ataba los zapatos y me informaba de que yo tenía que hacer una declaración oficial. Yo asentí y mastiqué, con los nudillos alrededor de la cuchara mientras lo contemplaba inclinándose sobre su zapato. Él me hizo jurar la promesa de que mantendría las puertas cerradas, lo llamaría si notara algo sospechoso y me quedaría en casa todo el día.

Pensé en ello mientras me sentaba delante del primer paciente de la mañana del martes.

También pensé en la llamada de teléfono. Quien quiera que fuese no me había preguntado por Solberg o cualquier otra cosa. Me había preguntado por «él». Él tenía que ser Solberg. Pero ¿por qué? No querían Combot. Tampoco querían el dinero desfalcado. ¿Lo querían a él? La única explicación posible era que Solberg no había robado el dinero. De hecho, estaba convencida de que él había sido el que había descubierto a la persona que lo había hecho.

Apenas me di cuenta cuando mi paciente se marchó, aunque tendría que haberle escuchado, porque apenas había cumplido su vigésimo cumpleaños y ya tenía dos hijos, una drogodependencia y una hipoteca. En comparación, quizá hubiera conseguido que mi vida pareciera mejor.

Sé que los últimos pacientes de la mañana estuvieron a punto de hacerme parecer cuerda.

—Lo hicimos en el cine.

Mis pensamientos se detuvieron en seco. Volví la atención a los Hunt. Habían decidido venir dos veces a la semana. Martes y viernes. Ambos se sentaban en el sofá, apretujados el uno contra el otro como plátanos demasiado maduros.

La señora Hunt se puso colorada. Y si la mitad de lo que había dicho era cierto, era normal que lo estuviese, incluso si no lo fuera…

—¿En qué cine? —pregunté yo.

—En el cine AMC cerca de nuestra casa, justo después de los anuncios.

Ella se aferraba al brazo de su marido al tiempo que bajaba el tono de voz hasta convertirla en una risita nerviosa.

—Creo que el acomodador nos vio.

—Ya veo. —Parpadeé y descubrí que casi los podía imaginar, botando como dingos salvajes mientras se proyectaba *Tristán e Isolda* en la pantalla grande. Y ahora iba a tener que sacarme los ojos.

—Fue tan emocionante. Como volver a ser adolescentes.

O delincuentes.

—Le agradecemos mucho su ayuda, doctora —dijo la señora Hunt con seriedad. No pude evitar darme cuenta de que él también se había puesto colorado. Así que ya éramos tres.

—Es usted la mejor —dijo la señora Hunt, llevando la mano al pecho de su marido e inclinándose hacia mí con complicidad—. Estamos pensando en hacerlo en el salón de su trabajo.

Cuando se fueron me sentía como si hubiera sido fustigada por mil flagelos de goma. Dejé caer la cabeza sobre mi escritorio y me negué a creer que era responsable de la demencia temporal de los Hunt. Yo no les había dicho que se aparearan como conejos acelerados. Sólo les había sugerido que tuvieran en cuenta los deseos del otro, que se mantuvieran al margen de las presiones del mundo y...

«Ah, qué diablos», pensé. Eran adultos, estaban casados, y si querían follar como conejos, ¿quién era yo para ponerlo en duda? Yo ya tenía suficientes problemas.

¿Quién me había llamado por teléfono? ¿Y por qué? ¿Qué querían? ¿El dinero malversado? Aquélla fue la única conclusión a la que pude llegar. Pero entonces ¿qué? ¿Quería decir que Solberg estaba realmente involucrado? ¿Quería decir que había huido con el dinero?

Sonó el teléfono. Pegué un salto, y a continuación me senté en un silencioso aturdimiento. Volvió a sonar. Tardé un minuto en percatarme de que Elaine había salido a comer. Tardé un poco en responder el teléfono. Cogí el auricular, me lo acerqué a la oreja, le di la vuelta al cable, y solté el saludo correspondiente.

Pero la persona que llamaba habló antes de que pudiera terminar.

—Tenemos a tu amiga. —La voz era grave y gutural.

Los pelos del brazo se me pusieron de punta.

—¿Qué?

—Tu secretaria. La tenemos.

Sentí un escalofrío en la piel y una opresión en el pecho.

—Yo... no sé de qué me estás hablando.

—No queremos hacerle daño.

Tenía el auricular pegado fuertemente a la oreja.

—¿Elaine? ¿Tenéis a Elaine?

—La cambiaremos por tu amigo el *friki*.

—¿Por Solberg?

—La soltaremos cuando nos devuelva lo que es nuestro.

—No sé dónde está. Ni siquiera sé…

Él se echó a reír. El sonido recorrió mi espina dorsal.

—A pesar de que sois amigas suyas.

—No le hagáis daño. —Mi voz sonó extraña. Totalmente desnuda—. Por favor.

—Tráenos al *friki* a San Cobina a las dos de la tarde de hoy y todo irá bien.

—¿San Cobina? —Lo negué con la cabeza. Como si él lo pudiera ver—. No sé…

—Toma la autopista dos hacia las montañas. Hay una carretera secundaria que lleva al oeste justo después de…

—¡Espera, espera!

Busqué desesperadamente un pedacito de papel y empecé a escribir. Mi mano garabateó algo al azar. Empecé de nuevo, con cuidado, como un alumno de primaria con un rotulador.

Él detalló la ruta y, a continuación dijo:

—Te esperamos ahí a las dos.

—Pero si ya son… —Miré al reloj en la pared al lado de la puerta—. Pero si es la una. No puedo…

—Si no aparece, ya puedes ir buscándote otra amiga. Si se lo dices a la policía, ya puedes ir buscándote un ataúd.

El teléfono se cortó.

Me senté escuchando el sonido de la siniestra línea. Me dolía la mano de sujetar el auricular. Lo aparté de la oreja y me quedé mirándolo, como si fuera un objeto extraño, como si todo fuera a ir bien si pudiera identificarlo. Los pensamientos aparecían en mi mente de forma inconexa. No sólo había fracasado, sino que había magnificado el problema. Había puesto en peligro la vida de Elaine.

Laney.

Su nombre era un grito de agonía en mi cerebro. De pronto sentí el estómago revuelto. Me dirigí tambaleándome hacia el baño y devolví, entonces me apoyé en la taza del inodoro y me quedé mirando estúpidamente la única bombilla que brillaba en lo alto.

Y de pronto lo supe. Supe quién y supe por qué.

Poniéndome en pie temblorosamente, me dirigí tambaleándome hacia el escritorio. Al descolgar el auricular y teclear, mi mano estaba extrañamente firme.

—Universo Electrónico. Rex al habla.

Me sentía completamente tranquila, como si todo fuera como tenía que ser.

—Rex —dije yo—, soy Christina McMullen.

—Ah. Yo…

—Necesito que le des un mensaje a Solberg.

—No sé si…

—Yo sí. Ha pasado por la tienda últimamente. Y volverá a pasar de nuevo. Necesito entregarle un mensaje cuanto antes. Dile que Emery Black tiene a Laney. —Le di la dirección que su raptor me había dado—. Dile que si le ocurre algo a ella, estaría mejor muerto.

Colgué, y a continuación llamé al teléfono móvil y fijo de Solberg y le dejé el mismo mensaje.

Me metí en el coche en cuestión de minutos. El tráfico de mediodía era mortal. Empezó a llover, las gotas venían del suroeste. Conduje como si estuviera en estado de trance, lentamente, metódicamente.

Black tenía a Elaine. Estaba segura de ello. Pero él no le haría daño. Era demasiado inteligente. La necesitaba.

Tendría que haber sabido que él era el responsable de la desaparición cuando vi la pera dorada en su despacho. Lo tendría que haber sabido porque no era una pera. Era el Galardón de la Bombilla. Lo que significaba que había estado con J.D. la noche de la ceremonia. No habían salido a celebrarlo con unas chicas de Las Vegas, porque Solberg tenía a Elaine, y Black tenía a Solberg, o al menos eso creía él. Amigable, bebido, y cegados por su mutuo éxito, se dirigieron al vestíbulo, en el que Black había revelado sus secretos, desencadenando así todos los acontecimientos.

Tomé la autopista 210, virando al norte con la 2, siguiendo las indicaciones mientras conducía.

La carretera empezó a adentrarse como una serpiente de cascabel en las montañas. La carretera se tornó un camino de grava empinado. Los neumáticos del Saturn crujían contra la superficie inestable mientras la subían.

Un Pontiac verde estaba aparcado en un claro de forma circular rodeado por montañas escarpadas.

Un hombre fornido salió del vehículo. Era Jed. La valentía me abandonó cual agua por una alcantarilla, dejándome paralizada y sintiendo náuseas. Todo lo que pude hacer fue abrir la puerta del coche.

El agua de lluvia resbalaba encima de mí, enturbiando mi visión.

Había dos personas en el asiento trasero del Pontiac, pero no los veía lo suficientemente bien para identificarlos.

Solberg no estaba por ningún lado. Estaba sola.

Dejé la puerta del coche abierta. El Saturn pitó tras de mí, sonando patético y solitario en un fuerte golpeteo de la lluvia.

—¿Dónde está Elaine? —pregunté, pero mi voz no era más que un débil ronquido. Jed continuaba andando hacia mí. Había otro hombre montado en una roca al otro extremo del aparcamiento, vigilando.

Lo volví a intentar.

—Quiero ver a Elaine.

El vigía se volvió hacia mí, pero nadie respondió. El pánico creció como la bilis en mi sistema. Levanté una mano temblorosa y me sorprendió descubrir que sujetaba mi móvil.

—Detente dónde estás o llamaré a la policía. Juro que lo haré.

Jed dio otro paso hacia mí.

—Acabo de llamar —dije. No lo había hecho. O al menos creía no haberlo hecho. Pero en aquel momento me olvidé por completo del teléfono, así que no sabría decirlo con total seguridad.

El vigía bajó de la roca. Ambos hombres llevaban vaqueros y camisetas.

—Quiero ver a Laney. —Mi voz hacía gorgoritos, pero no me falló por completo.

—¿Dónde está el *friki*? —preguntó Jed.

—Llama a tu jefe por teléfono. Yo se lo diré.

Jed se echó a reír. Su risa retumbó diabólicamente en mi cuerpo.

—Tienes un buen par de huevos, puta. Aunque no los suficientes para mantener a tu amiga con vida —dijo él, volviéndose hacia el coche.

—Puedo conseguir el dinero —bramé.

Él volvió la espalda, con una ávida sonrisa en los labios.

—¿Qué dinero?

—Tú díselo a tu jefe.

—Oye…

—¡Díselo! —espeté.

Él se sacó el móvil del bolsillo y apretó un botón, sin apartar
los ojos de mí.

Sólo pude oír fragmentos de la conversación.

—Quiere hablar contigo —dijo Jed.

Y yo quería decirle unas cuantas cosas.

—Deja el teléfono en el suelo y retrocede.

Él sonrió.

—Hazlo —le ordené, levantando mi teléfono móvil—, o el
FBI se te echará encima antes de que te puedas rascar el culo.

Él retrocedió. Yo me deslicé hacia delante, con las rodillas re-
piqueteando, y me llevé el teléfono a la oreja.

—Lo sé todo, Black —dije yo.

Se hizo un silencio al otro lado de la línea.

—Mientes.

Emery Black sonaba como si no hubiera dormido demasiado últimamente. Pero tenía una buena razón para padecer in-
somnio, porque Solberg se había ido a Universo Electrónico, y
con la ayuda de su alucinante tecnología, había extraído el dinero desfalcado de la cuenta de Black y la había depositado en
un lugar secreto, hasta que pudiera, al final, explicárselo todo a
los policías.

O al menos eso era lo que yo creía. De hecho, me jugaba la
vida en ello.

—Es la verdad —dije—. Sé que fuiste tú quien malversaste
el dinero de NeoTech, y sé que Solberg lo sabe. Sé que él te sus-
trajo el dinero, y sé cómo recuperarlo.

—No te creo.

—Solberg confía en mí. Soy la única persona a la que llamó
cuando comprendió que tenía problemas. Pero tú eso ya lo sa-

bes, ¿verdad? Ésa es la razón por la que hiciste que tus matones me siguieran hasta Los Cuatro Robles.

El mundo proseguía vertiginosamente su curso. Yo contuve la respiración, sintiéndome desfallecer.

—Tengo que hablar con J.D. —dijo Black.

—¿Hablar con él? —Forcé una risa. El sonido retumbó demencialmente en la lluvia—. Lo que quieres es deshacerte de él. Pero a mí eso me importa un pimiento. Suelta a Laney. Ella no tiene nada que ver con todo esto. Puedo conseguir el dinero. Supongo que podrías desviarlo a una de las cuentas de Solberg y culparlo a él ante la policía.

—¿Qué te hace creer que haría algo así?

—No seas idiota. Ese dinero no va hacerte ningún bien una vez estés en la cárcel. Y te sentirás más que recompensado cuando el asunto Combot salga a la luz.

—¿Cómo…

Yo reí entre dientes.

—Dame el cincuenta por ciento y te lo diré.

—¿Decirme qué?

—¿Cómo lo sé… y dónde encontrar a Solberg?

—¿Dónde? —De repente su voz era profunda y ronca, poniéndome de punta el pelo de la nuca.

—Suelta a Laney y hablaremos.

—Eres una buena amiga, ¿no?

—Sí, lo soy. De Elaine.

—¿Y de J.D.?

—No todo el mundo lo encuentra tan atractivo como tú, Black. A ella le irá mejor sin él en su vida. —La desesperada franqueza del tono de voz debió de convencerle.

—De acuerdo —dijo él—. Soltaremos a la chica, pero tú ocuparás su lugar. Si cumples tu promesa, nosotros…

—Vamos a medias con el asunto Combot —dije yo.

Él dejó escapar un resoplido de incredulidad, y a continuación añadió:

—De cuerdo. ¿Por qué no? Pásame a Jed de nuevo.

Deposité el teléfono en el suelo y me eché hacia atrás, con el estómago encogido y todos los miembros entumecidos.

La conversación fue breve. Jed se guardó el teléfono en el

bolsillo, se volvió hacia el coche e hizo una señal con la mano.

Un hombre calvo con pantalones negros salió del Pontiac. Volvió a subir al coche. Elaine salió detrás de él.

Las rodillas me temblaban de alivio. Tenía el rostro pálido y los ojos muy abiertos, pero tenía buen aspecto. Parecía estar entera.

—Laney —musité

Su captor la dirigió hacia mí.

Ella andaba a trompicones. Pero cuando levantó la vista, nuestras miradas se encontraron.

—Te he echado de menos, preciosa —dije yo—. ¿Cómo estás, cariño?

Sus labios se abrieron y sus ojos se movieron ligeramente, pero ella captó el significado de mis palabras con una gran rapidez, y dijo las palabras que sabía que diría.

—Digamos que me he encontrado mejor. ¿Por qué has venido, Hawke? —preguntó ella—. No tendrías que haber venido.

Estábamos a 20 metros. Estaba paralizada de terror. La esperanza me hizo hablar.

—Yo… no podía mantenerme al margen, ¿verdad? —entoné.

—Puedes hacer lo que quieras —susurró ella—. Siempre lo has hecho.

—Da la casualidad que… —iba a decir.

—¿Qué es esta mierda? —preguntó Jed—. Ponla en el coche de la puta.

El calvito llevó a empujones a Elaine hacia el Saturn. Ella se volvió hacia mí mientras pasaban por mi lado.

—Te he echado de menos —dijo ella.

Nuestras miradas se encontraron en la tierra.

—Yo también.

Ella tropezó. El calvito la puso de pie, tirando de ella. Volví la atención a los hombres que tenía delante. Jed estaba más cerca, a pocos metros del Pontiac. El vigía estaba a diez metros a mi derecha.

Las puertas del coche continuaban abiertas.

Laney, estaba convencida, estaba a puno de llegar al Saturn. Estaba a un paso.

—Estuvo bien mientras duró —dijo ella de pronto. Me volví hacia ella. Ella soltó el brazo de su captor y se arrojó al suelo con todas sus fuerzas. Sentí un pinchazo en el estómago. El calvito fue a por ella. Ella se revolcaba en el suelo. Se le había abierto la blusa y sus pechos, grandes como melones, salieron disparados.

Vi que el hombre se ponía rígido, aunque no la vi a ella golpearle. Porque en aquel preciso instante le pegué un codazo con todas mis fuerzas. Sentí que le daba a Jed en la nariz. Y a continuación recé y salí al ataque. Me dirigí al asiento delantero del Pontiac como un cohete, busqué a tientas la llave y la hice girar.

El raptor de Laney yacía tumbado en el suelo. Ella se puso en pie apoyándose en las manos y se lanzó al Saturn. Pero el calvito la agarró por el tobillo. Ella gritó y le dio una patada en la cara. Su cabeza se echó hacia atrás.

Se oyó un disparo. Alguien gritó.

—¡Basta ya! ¡Basta ya!

Volví la cabeza apresuradamente hacia la izquierda, y ahí estaba Solberg, con una pistola tambaleándose en sus manos.

El mundo pareció detenerse. Todos los ojos se volvieron hacia él.

Y entonces la vida explotó. Todo pasó en pocos instantes. Un minuto éramos casi libres, y al siguiente Solberg yacía tumbado en el suelo con una pistola apuntando en su nuca.

—¡De acuerdo! —El vigía respiraba con dificultad, pero sus manos sujetaban el arma con fuerza, con las piernas extendidas encima de Solberg—. Salid del coche, señoritas, o el *friki* se termina aquí.

Podría haber corrido el riesgo, pero a pesar de la distancia oí a Elaine musitar el nombre de Solberg.

Puse las manos en alto y salí del Pontiac. El vigía me apuntó con su pistola.

Casi podía sentir el impacto de la bala, sentir el sabor de la sangre en mi boca.

«¿Cómo podía mi vida acabar así?», me pregunté vagamente. Tenía un doctorado. Era una psicóloga de primera clase. Bueno, quizá de primera clase no, pero…

—¡Policía! —alguien gritó.

Me volví hacia el grito. Un ejército de hombres se agolpaban en la maleza como sombras entre sombras.

—Arrojad las armas —gritó el policía que quedaba más cerca—. Llevaba escrito SWAT en letras blancas en su chaqueta negra—. Arrojadlas.

Contemplé como en un sueño cómo arrojaban las pistolas en el suelo lleno de agujeros. Mis piernas cedieron. Me dejé caer al suelo, apoyando la espalda descuidadamente en el Pontiac para evitar caer de bruces en el barro.

Los agresores fueron esposados y llevados entre palabras mal sonantes y fragmentos de la ley de Miranda.

Al otro lado de la ladera destartalada, Solberg se levantó temblorosamente. Llevaba las gafas torcidas y el pelo en vertical.

Cerca del Saturn, un chico de SWAT al que ya se le empezaba a notar la barba, reaccionó tardíamente ante Elaine. Las nubes se disiparon y un rayo de luz apareció, con destellos dorados. Tenía el pelo alborotado, y sus ojos, abiertos por el miedo y la adrenalina, eran tan grandes y brillantes como aguas turbulentas.

—Eh —dijo él, todavía apuntando con la pistola a los detenidos—. Quizá podíamos ir al cine o algo por el estilo… cuando todo esto haya terminado.

Capítulo veintitrés

> El dinero está muy bien, pero nada es comparable a levantarte en tu pequeña parcela de tierra con una mujer dispuesta a besarte por mucho que huelas a estiércol de cerdo.
>
> EL PRIMO KEVIN MCMULLEN,
> al que le gusta su mujer incluso más que sus cerdos.

—*S*ólo quería hacerte una visita para darte las gracias de nuevo —dijo Solberg.

Estábamos sentados alrededor de mi mesa de la cocina, bebiendo zumo de papaya cien por cien natural que Elaine había traído de casa especialmente para la ocasión. Se parecía un poco al orín de gato. Lo digo con conocimiento de causa, tengo hermanos.

—No hace falta que me agradezcas nada —dije yo—. Con medio millón de dólares es suficiente.

Él rebuznó como un asno. Elaine estaba sentada a su lado. Ella me miró y sonrió. Aquella vez iba en serio, sin trucos, sin lágrimas, verdadera felicidad. Suspiré para mis adentros.

—Eres muy astuta, Chrissy —dijo Solberg—, pero mucho me temo que el dinero vuelve a estar en manos de NeoTech.

—Así pues, tu jefe estaba estafando dinero —dije yo.

—Eso parece. —Él meneó la cabeza, y parecía confundido. Pero solía tener ese aspecto impreciso muy a menudo—. Emery Black. Jamás lo hubiera sospechado a menos que no se hubiera… —Él se calló y miró a Elaine.

—¿Si no se hubiera qué? —pregunté yo, aunque supiera la verdad.

—Bueno… —Volvió a menear la cabeza, nerviosamente esta vez—. Si no se hubiera emborrachado. —Hizo un gesto con la mano como si quisiera hacer desaparecer todo aquel asunto—. Cuando estuvimos en Las Vegas, contó algunas cosas que no debería haber contado.

—¿Cómo qué? —Le dediqué mi mirada inocente. Era cruel de mi parte hacerle confesar todo, pero soy una mujer cruel.

Él se puso colorado.

—Como que él valía mucho más de lo que la gente creía.

—¿Eso fue antes o después de que se te insinuara? —le pregunté.

Las mejillas de Solberg se encendieron como jugo de tomate. Él le lanzó una mirada avergonzada a Elaine. Yo sonreí, porque no me había equivocado con lo del dinero, embebidos por su mutuo éxito, Black y J.D. abandonaron el vestíbulo con La Bombilla de Oro y el secreto de los 500.000 dólares de Black.

—Dijo que tenía un huevecito que había robado del nido de Neo. Me dijo que lo quería compartir conmigo. No sé a qué se estaría refiriendo. ¿Acaso creería que soy gay?

Advertí que Solberg no estaba sorprendido de que Black pensara que él no sería capaz de denunciarle por lo del dinero sustraído.

—Las cosas del corazón son lo que son —dije dramáticamente, y a continuación—, así que le dejaste tu pera dorada a Black y corriste a protegerte.

—Pera…

—Tu galardón —dijo Laney, observándome. Sabía que hacía semanas que mentía como una cosaca. Sabía que yo había, mmm…, había llevado a la ficción el caso Solberg. Ella sabía por qué y me perdonaba.

—Continúo sin creer que pensara que yo… —Las palabras de Solberg se detuvieron en seco—. Tiene dos hijos.

Me reí de su ingenuidad. Al parecer Solberg no había salido con setenta y cinco hombres ni aprendido un millón de cosas sobre el lado oscuro de la vida.

—La vida a veces es rara.

—Pero ¿cómo supiste que era él quien estaba malversando fondos? —preguntó él.

—Al principio no tenía ni la más remota idea. Parecía una persona segura de sí misma… me dijo que tú y él habíais hecho cosas juntos en el pasado y que lo volveríais a hacer en el futuro. Me costó un poco, pero al fin comprendí que vosotros dos debíais haber estado trabajando en algo especial. Algo con una recompensa lo suficientemente grande como para hacerte caer en la tentación de aceptar la pasta. Estaba convencido de que volverías a finales de mes.

—Pero él estaba robando de NeoTech —dijo Solberg, todavía indignado.

—A lo que creyó que tú no pondrías ninguna objeción, pero cuando lo hiciste, supo que tenía que deshacerse de ti. Así que llamó a sus matones para que te encontraran. Aunque yo no tenía ningún modo de averiguar de quién eran aquellos matones. Black parecía perfectamente normal… hasta que lo vi con Laney.

Solberg frunció el entrecejo.

—¿De qué estás hablando?

—Él nos hizo una visita al despacho y… —Elaine había llorado por Solberg. Llorado de verdad. Justo en la mesa de recepción. Dios Santo. Algún día tendría que admitir que ella está loca por aquel enano inadaptado al que podría cargarme a la espalda y llevarlo como si fuera una mochila—. Bueno, él hizo que Elaine se disgustara —dije yo— y ni siquiera le ofreció un pañuelo.

—Ángel. —Solberg se volvió hacia ella, afectado y pálido, apretándole la mano con su mano huesuda—. ¿Qué te hizo?

—Nada —negó con la cabeza ella—. No fue nada.

—Fuera como fuese —dije yo—. Sabía que si no le estaba besando los pies ni le ofrecía su primogénito, tenía que ser gay.

—Pero ¿qué tenía que ver eso con…?

—Hablé con una chica de Las Vegas que me dijo que no te habías marchado con ninguna de las bailarinas. Me dijo que en realidad te fuiste con otro hombre. Sabía que tenías tus motivos.

—Lancé una mirada harto significativa a Elaine. Por lo que yo sabía, ella era absolutamente perfecta, y la conocía de hacía mucho tiempo—. Sólo podía poner en duda los motivos del hombre que te acompañaba. Pero todavía no terminaba de atar cabos.

Solberg meneó su huesuda cabeza, todavía desconcertado.

—¿Cómo podía pensar que yo era gay?

Evité poner los ojos en blanco.

—Mi pregunta es, ¿por qué no lo entregaste a la policía?

—Yo sólo… —Él se movió en la silla, cuyos movimientos de su escuálido cuerpo fueron sometidos a mi riguroso examen. Había estado perfeccionando mi mirada diabólica—. Bueno, no tenía la completa certeza de que había robado. Lo sé, suena algo extraño que él me dijera que había robado medio millón… ¡Emery Black! Ya sabes… tiene una impresionante fortuna… e hijos. —Lo decía como si no supiera qué era más increíble: que un millonario quisiera aún más dinero o que un padre de dos hijos le hubiera echado el ojo a su culo.

Por lo que yo sabía, ambos eran buenos candidatos para la dimensión desconocida.

—Ajá. Pero ¿por qué no llamaste a la policía? —repetí la pregunta.

—Bueno… —Volvió a mirar a Elaine—. Una vez hube descubierto lo que estaba pasando, supe que podría manejar la situación yo solo. —Se encogió de hombros y se sorbió un poco la nariz—. No resulta fácil acceder a cuentas bancarias suizas, sobre todo cuando no puedes hacerlo desde tu equipo personal, pero tenía mis recursos.

Mi mente estaba haciendo horas extras.

—Pero ¿por qué no dejaste que fuera el FBI, o quienquiera que fuese, quien se ocupara de descubrir si todo estaba en orden?

—Bueno… —él frunció el ceño—. Tal como iba diciendo…

—No tenía nada que ver con Combot, ¿verdad? —pregunté. Solberg palideció.

—¿Cómo puedes saber de la existencia del Bot?

No pude reprimir una sonrisa. A decir verdad, ni siquiera lo intenté.

—Tengo mis recursos —dije yo.

—¿Qué es un bot? —preguntó Laney.

Él se volvió hacia ella como un hombre viviendo una pesadilla, lentamente, como si cuando se volviera, no la fuera a encontrar allí. Tenía los nudillos de la mano blancos.

—Escúchame, Laney —dijo él, y dejó escapar aire lentamente—. Creía que teníamos todos los derechos legales para hacerlo.

A ella la expresión no le cambió un ápice, pero a juzgar por el rostro de Solberg, uno pensaría que ella le había escupido en el ojo.

—Te lo juro por Dios, Laney —dijo él, hablando rápidamente—. Emery se ocupaba de las cuestiones legales. Verás, años atrás, él y un tipo llamado Franklin descubrieron el Compubot. Es algo así como un ordenador interactivo. Fuera lo que fuese, Franklin estuvo tanteando con el proyecto durante un tiempo, y finalmente se cansó. Así que Black se hizo cargo. Dijo que tenía los derechos sin ningún género de dudas. Sabía que Frankie le había ayudado en la fase inicial. Pero nada importante. ¿Sabes? Sobre todo cuando él consiguió un ascenso y se trasladó a Texas. En aquel entonces, el Bot no era nada. Así que Black me invitó a participar. Me dijo que debería mantenerlo en secreto, porque no quería que nadie fuera a pensar que me estaba otorgando un trato especial. Políticas de empresa y todo lo demás… y yo pensé que podía ser un proyecto muy interesante. Estuve trabajando en ello durante cinco años. Cinco años enteros. Sólo lo hacía por diversión, ya sabes. Pero entonces las cosas empezaron a funcionar y Black sugirió que lo vendiéramos por Internet. Yo pensé que quizá lo podríamos comercializar a través de Neo, pero Black me dijo que no, que no quería entregar a nuestro bebé y que podíamos ganar más dinero así. Así que vendimos unos cuantos. Ya sabes, por aquí y por ahí. Entonces Technoware nos hace una llamada y nos dice que está interesado en comprar todo el tinglado. Que tenemos la oportunidad de ganar mucho dinero, y que quieren que nos asociemos a ellos a…

—A finales de mes —dije yo.

Él me miró con la boca abierta, a continuación se volvió hacia Laney y prosiguió.

—Así que pensé que por qué no. Y yo… —Fue perdiendo ímpetu gradualmente, con el rostro pálido como el papel—. No sabía que estuviéramos haciendo nada ilegal. Black me lo dijo aquella noche, en Las Vegas, después de que hubiera hecho explotar la granada del medio millón de dólares, me dijo que Franklin todavía poseía algunos derechos acerca del Bot. Me enteré… —Él hizo un gesto de dolor—. De un montón de mierda. —Tragó saliva, y le apretó todavía más la mano—. Cosas —corrigió él—. Muchas cosas. Yo no quería hacer nada ilegal. Yo sólo estaba desarrollando… mi creatividad.

—¿Tan creativo que quizá te fueras derechito a la cárcel? —Resultó difícil contener una sonrisa. Pero quería decir que había pasado por un infierno por aquel pequeño *friki*.

—Nada de cárcel —dijo él, con aspecto frágil y asustado—. Nada de cárcel. No hay nada que pueda implicarme.

Le miré arqueando las cejas.

—Universo Electrónico debe de tener un equipo de primera.

—No. —Él volvió la mirada bruscamente hacia Laney y luego hacia mí—. Quiero decir que sí, me aseguré de que no hubiera nada que me pudiera relacionar con los delitos de Black… sólo para poder estar seguro. Y ello me llevó un tiempo. Pero voy a entregar mi parte de los derechos a Franklin. Y el dinero que ganamos. La totalidad del dinero, si lo quiere.

Elaine permaneció en absoluto silencio.

Solberg dejó caer los hombros como un soldado herido.

—Lo juro por dios, Laney —dijo él con voz ronca—. Jamás haría algo ilegal. Nunca jamás. No haría nada que… —En su rostro había semejante dolor y adoración que se hacía difícil mirarlo—. No haría nada que te decepcionara —susurró él.

El silencio se prolongó, y a continuación ella levantó la mano y le acarició el rostro lentamente.

—Lo sé —dijo ella.

Él parecía que fuera a deshacerse en el suelo de un momento a otro.

—¿Me crees?

—Sí.

—Oh, Dios. —Él cerró los ojos—. Estaba tan preocupado, Laney. Aterrorizado. No sabía qué hacer. Black me amenazó con culpabilizarme del robo de derechos del Bot si le hablaba a alguien del desfalco. Y yo pensé… Dios… quiero decir… oh, Dios mío… ¿y si me enviaban a la trena? —Se calló, con la mirada perdida—. ¿Y si no pudiera verte? No tenía más opción que ocultarme hasta recuperar el dinero y probar mi inocencia.

Elaine le dedicó una sonrisa nostálgica.

—Me lo tendrías que haber dicho —dijo ella—. Te hubiera ayudado.

Él parecía que estuviera a punto de morir.

—No —dijo él con un movimiento de cabeza—. De ninguna manera. En Neo no sabían nada acerca de ti y…

—¿Por qué? —pregunté, todavía desconcertada acerca de aquel punto.

Él me miró antes de volver la mirada rápidamente hacia ella.

—Porque yo… bueno, quizá les había contado alguna que otra historia de mujeres anteriormente. Ya sabes, cuentos chinos. No iban a creer que tenía a mi lado a alguien tan perfecta como tú, y no quería cagarla ni nada por el estilo. Así que cuando todo esto ocurrió, me alegré de no haber estado fanfarroneando, porque podría haber puesto en peligro la vida de mi ángel. Pero continuaba sin atreverme a llamarte, por si él descubría que había estado saliendo contigo.

—Pero a mí me llamaste —dije yo.

—No podía soportarlo más. Estaba tremendamente preocupado por Laney —dijo él—. Tenía que asegurarme de que estaba bien, y me había encontrado con algunos problemas para resolver el tema del dinero. No sabía que habías estado preguntando por mí, así que no tenía forma de saber que Black te había intervenido el teléfono.

—O que sus matones me habían seguido hasta el restaurante.

—Estaba esperando en Los Robles, escondido, pero vi que te seguían y me marché. Uno de ellos vino detrás de mí, pero logré huir. Intenté llamarte, para advertirte, pero era demasiado tarde. Casi me muero al ver que se te llevaban. Intenté detenerles, pero no pude llegar al lugar a tiempo.

—Ajá.

—Llamé a la policía —dijo él sin convicción, y le dedicó a Laney una mirada llena de angustia—. Pero llegaron al lugar demasiado tarde.

—¿De verdad? —dije yo, recordando el terror.

Él me dedicó una sonrisa torcida.

—Llamé a la policía hablándoles de Black, también. Anónimamente. Les dije que tenía unos fondos malversados. Esperaba de este modo que lo encerraran, pero no podían probar nada, y entonces él intentó cargarme la culpa a mí.

—¿Así que todo este tiempo has estado escondido? —pregunté.

—En hoteles baratos cerca de Universo Electrónico. No podía utilizar las tarjetas de crédito, porque temía que Black encontrara el modo de seguir su rastro. Así que tuve que pagar en metálico mientras intentaba poner mis asuntos en orden así como el dinero de Neo, de Franklin y Combot. Él no va a presentar cargos. Y... —continuaba pálido— corre la voz de que me van a dar el puesto de Black.

—Me alegra saber que no perdiste mucho tiempo preocupándote por mí —dije yo.

Me dedicó una sonrisa avergonzada.

—La verdad es que sabía que te las arreglarías sola, nena.

—Ajá. —Volví a decir, ahuyentando recuerdos de ajos y tampones—. Bueno, la próxima vez te agradecería que me dejaras al margen de tus asuntos sombríos.

Él abrió la boca como si fuera a protestar, entonces volvió su mirada empalagosa a Elaine una vez más.

—Todo es un poco sombrío, supongo, excepto Laney —dijo él, dedicándole una mirada ensoñadora. Contuve el reflejo de vomitar—. Ella es todo luz.

Entonces me di cuenta de que había llegado el momento de que se fuera. Hacía dos días que no fumaba y tenía los nervios un poco alterados.

Mi madre me había llamado cinco veces en el mismo número de horas. Había dejado que el contestador automático se hiciera cargo de cada una de ellas, y a pesar de que ella nunca mencionó la razón por la que me llamaba, el tono de su voz era lo suficientemente ácido como para chamuscar los circuitos del pobre aparato. Parecía ser una apuesta segura que se había enterado de mi consejo a Holly.

—Bueno —dije, poniéndome en pie—. Bien está lo que bien acaba.

—Sí, es verdad. —Solberg levantó la vista como si hubiera despertado de un sueño—. Tú y yo, y Laney deberíamos tener una doble de vez en cuando.

—¿Doble qué?

—Doble cita.

—¿Eso no sería más bien una triple? —Y escalofriante. Abrí la puerta de entrada.

Él rebuznó como un caballo.

—Podría conseguirte una cita. Estaba pensando, tengo un colega en NeoTech. Se llama Bennet, Ross Bennet. Te gustaría.

Oh, mierda. Sentí un retortijón en el estómago. El talonario de Bennet continuaba en mi posesión. Entre los comprobantes de ingresos había encontrado la fotografía de un yate. Tenía la terrible sospecha de que la cuenta no era nada más escandaloso que los ahorros para un yate impresionante.

Desde que sabía que no había asesinado a Solberg y no tenía ninguna intención de decapitarme con sus cuchillos de cocina, tendría que llamarlo… pronto… o quizá podía arrojar su talonario en el coche o algo por el estilo.

—No, gracias —dije yo.

—Venga, preciosa —dijo Solberg—. Será divertido. A Laney le gustaría mucho, ¿verdad, ángel?

Ella me miró. Tenía los ojos risueños. Ella le soltó la mano, me estrechó entre sus brazos, y me abrazó.

—Te quiero, Mac —dijo ella.

Las lágrimas me asomaron a los ojos inmediatamente. Debieron de ser las alergias.

—Tú tampoco estás mal, cariño.

Ella se echó a reír, pero cuando se retiró, también tenía los ojos húmedos.

—Ves, a esto es a lo que me refiero —dijo Solberg, sin entender la broma pero mirándonos a mí y a Elaine consecutivamente como un feo cachorro—. Juntos nos lo pasaríamos de fábula.

—Nos tenemos que ir —dijo Elaine.

—Pero… —iba a decir él.

Ella le cogió del brazo y lo arrastró hacia el camino agrietado de la entrada.

—Ah, de acuerdo —dijo él, siguiéndola como un perro de juguete.

Cerré la puerta y volví a la cocina. Parecía un poco vacía. Lo cual, considerando a Solberg, podía ser una buena señal. Pero considerando los matones que habían intentando asesinarme recientemente, no me parecía tan bien. De hecho…

Oí un ruido en el vestíbulo y me paralicé.

Unos pasos lentamente por el linóleo. Dirigí la mano al cajón a mi derecha y me hice con un cuchillo de carnicero.

—McMullen.

Salté como una rana de San Antonio.

Rivera me miraba desde la entrada, haciéndome combar de alivio.

—¿Qué es lo que ocurre, Rivera? —le pregunté. Llevaba unos vaqueros azules que se habían tornado grises con el tiempo y un jersey marrón de la misma edad aproximada.

Dejé escapar aire en dos, sólo para demostrarme que podía hacerlo.

—¿De qué estás hablando…?

—¿Por qué narices no cierras la puerta con llave? —preguntó él, avanzando a paso firme.

—Elaine se acaba de machar —dije yo. Quise sonar envalentonada, pero creo que la voz me chirrió un poco.

—¿Quién te dice que un drogadicto demente con un cuchillo no te va a asaltar en la próxima media hora? ¿Crees que hay una franja horaria para estas cosas?

Intenté mirarlo desafiantemente al tiempo que dirigía una mirada de preocupación a la puerta. Ningún drogadicto demente con cuchillo a la vista.

—¿Qué estás haciendo aquí? —le pregunté.

—Sólo pasaba a hacerte una visita —dijo él, y dirigiéndose al armario en busca de un vaso, se sirvió un poco de zumo de papaya. Después de probarlo, hizo una mueca, miró el brebaje y levantó la mirada—. ¿Qué narices estás haciendo con esa cuchara?

Miré en dirección a mi mano derecha. No había ningún cuchillo de carnicero. Pero llevaba un pesado utensilio para mezclar.

Lo miré con el ceño fruncido y a continuación volví la mirada hacia él.

—Estaba pensando en hacer un pastel.

Él emitió algún tipo de sonido indefinible que hubiera indicado incredulidad.

—Espero que hayas hecho alguna compra desde la última vez que estuve aquí.

—Así lo he hecho.

—Ajá. —Se acercó a la despensa, se inclinó, y echó un vistazo en ella. Tenía el trasero tan duro como una nuez—. ¿Qué tipo de mujer no tiene harina en su casa?

—Ah, la que está demasiado ocupada por mantenerse viva porque los policías locales no pueden asegurar la seguridad de una chica en su propio patio.

Él se volvió hacia mí con una sonrisita.

—¿Has estado practicando esta frase?

—No

Él arqueó las cejas.

—Bueno… sólo un poco.

Sus labios se curvaron maliciosamente. Se acercó.

—¿Cómo te va con Bennet?

—Yo, mmm… —¿Cómo podía ser que aquel neandertal siempre oliera tan bien? Debería apestar a estiércol de vaca y carne podrida—. Bien —dije—. Nos va bien.

—¿Ah, sí? ¿Lo has vuelto a ver?

Me obligué a encogerme de hombros.

—Pues claro. Es un chico muy majo —dije yo.

Él inclinó la cabeza sin comprometerse.

—Dice que te presentaste en su casa vestida sexy y actuando de un modo un tanto extraño.

Me puse rígida. ¿Por qué narices un hombre le diría a otro hombre algo así? ¿Es que no había nada sagrado?

—Yo no me vestí… —Me callé, hice una mueca, y cambié de tema—. Ni tuve un comportamiento extraño.

Él esbozó una media sonrisa.

—Le aseguré que es normal en ti.

—Creo que te has hecho una idea equivocada, Rivera. Iba a mi casa camino de la… iglesia cuando…

—Cree que le has robado el talonario.

Me quedé boquiabierta. Volvió los ojos bruscamente hacia la puerta de entrada.

—¿Es cierto que le robaste el talonario, Chrissy?

—¿Por qué iba a…? —Mi voz sonaba quebrada, y estúpida. Lo volví a intentar—. ¿Por qué le iba a robar el talonario?

Él se encogió de hombros.

—A mí no me entran en la cabeza la mitad de las cosas que haces. Así pues, ¿juras que no te lo llevaste?

Mis labios se movieron. Nada salió de ellos.

—Quizá cayera accidentalmente en mi bolso.

Le lancé una mirada fulminante.

—Yo no lo robé, exactamente.

—Entonces qué hiciste… exactamente.

—Bueno, Solberg seguía sin aparecer y…

—Creías que Bennet lo había asesinado. Así que fuiste a su casa con ropa sexy y le robaste la cartera. Lo comprendo perfectamente…

Sólo pude pensar que estaba siendo muy gracioso.

—Tenía la intención de devolverlo…

—No me cabe la menor duda.

—De verdad. Yo…

—No lo pongo en duda.

—Juro que no… —iba a decir, cuando le dirigí una mirada llena de dudas—. ¿Me crees?

Él se encogió de hombros.

—No eres del tipo malvado, McMullen —dijo él, y haciendo a un lado el zumo, apoyó el trasero en mi encimera. Afortunada ella.

—¿De verdad?

—Eres más bien del tipo ingenuo que termina involucrado con el tipo malvado. —Sus ojos estaban arrugados en las comisuras. Tengo debilidad por las arrugas en las comisuras de los ojos—. Aunque debo admitir que tengo una extraña habilidad para sacar a la gente de sus casillas.

—Yo no. Puedo ser extremadamente diplomática.

—¿De verdad?

—Sí.

—¿Cómo lo has sido con Hilary Pershing?

—¿Cómo…? —me interrumpí—. No sé de qué me estás hablando.

Él se rio entre dientes. Aquel sonido provocó cosquillas en mi interior.

—Dice que una supuesta chiflada intentó pasarse por un agente de policía.

—Qué raro.

—Estoy de acuerdo —dijo él—. Tiffany Georges amenaza con demandar a la ciudad.

—¡Oh, mierda!

Él se rio de mí.

No me gusta que se rían de mí, y enderecé la espalda. Él me observó con media sonrisa en el rostro.

—Entonces, ¿qué, Chrissy? —preguntó él—. No habrían tantos temidos gatos de exposición en una casa y tipos raros que entierran cosas en sus patios.

Afilé la mirada y mantuve la boca firmemente cerrada.

—Todo el mundo tiene un secreto —dijo él—. Tú tenías un montón. Es por ello que hace una semana puse a alguien para que te vigilara detenidamente.

—Tú has…

—Todd creyó que lo habías visto en el Toyota, así que tuvimos que cambiar constantemente de vehículo.

—¿Hubo también un SUV?

—Siempre hay un SUV

—¿También estuviste vigilando mi despacho?

—Todd sabía todo lo que solía pasar al minuto. Elaine llegó dos minutos tarde de la pausa de la comida. Creo que él estuvo esperando a que apareciera con sus hijos. Fuera como fuese, tan pronto como cerraste la parada en mitad del día, él comió y pidió refuerzos.

—Es por ello que el equipo del SWAT apareció con tanta presteza —dije, pero de pronto oí un ruido extraño en el vestíbulo. Unos instantes más tarde un monstruo apareció dando saltos por la entrada de la cocina. Era del tamaño de una pequeña ballena. Levanté la cuchara en defensa propia.

Rivera se inclinó y levantó la bestia en brazos.

—Aquí lo tienes.

Yo bajé la vista. Al parecer el ogro no tenía mucha hambre ahora.

—¿Qué es esto? —pregunté.

—¿Qué es esto? —Se enderezó lentamente, con los vaqueros ceñidos a las caderas. Qué vaqueros más afortunados—. Es un perro. ¿Qué creías que era?

Su lomo llegaba a la encimera. Tenía orejas como velas multicolor y una boca lo suficientemente grande como para tragárseme entera.

—¿Un cruce entre un oso y una vaca marina? —aventuré.

—Sólo es un cachorro.

—Estoy segura de que te equivocas. —Los examiné mientras retozaban juntos. Rivera contento. Qué raro. Y no estaba intentando seducirme. De verdad.

—Un tipo de Tagle Rock se lo encontró tratando de comerse el laurel del jardín —dijo él, levantando la vista—. Estas plantas son venenosas, sabes. Así que no plantes ninguna en tu jardín. Continúa con los cactus. Pueden sobrevivir a cualquier cosa. Incluso a ti. —Tiró de sus orejas blancas y negras—. No he tenido un cachorro desde que *Rockette* era pequeña.

—*Rockette*. —La excusa de Rivera para dejarme plantada apenas unas semanas antes—. Vaya —dije cautelosamente—. ¿Y qué está haciendo esta cosa en mi cocina?

—El pobre se está muriendo de hambre. —Le dio una palmadita en las costillas. Él movió la cola y empezó a dar vueltas en círculo extasiado. Aquel maldito ser parecía que continuaba hambriento.

—¿Y por qué está aquí? —pregunté de nuevo.

Él se puso recto. Había un destello de algo diabólico en sus ojos.

—Te olvidaste de cerrar la puerta con llave.

Yo lo negué con la cabeza. Me resultaba incomprensible.

—Te sueles olvidar de activar el sistema de seguridad.

—¿Cómo?

—Tus ventanas no están debidamente aseguradas.

—Que…

—Eres incapaz de advertir la presencia de una mariposa.

—Sí, sí puedo.

—Necesitas un perro.

Me quedé boquiabierta. Me quedé mirándolo y dejé escapar una risotada de incredulidad.

—Necesito muchas cosas —dije yo—. Una manicura. —Puse las manos en alto para demostrarlo—. Un nuevo sistema séptico. Pero no…

—Necesitas un perro.

—No necesito ningún perro.

Aquella cosa salió disparada hacia el salón, trotando como un elefante propulsado por el viento.

—Ni siquiera tienes que armarlo.

—Ni siquiera me gustan los perros.

Él dio un paso hacia mí.

—Y a mí no me gusta tener que preocuparme por ti todos los malditos segundos del día.

—Bueno tú… —Respiré hondo y me puse a pensar. Cualquiera hubiera dicho que ya era hora—. ¿Te preocupas por mí?

Él dio otro paso hacia mí. Aquel día tenía los ojos de marrón caramelo.

—No tienes la intuición de un caniche.

Pensé que quizá debería ofenderme, pero estaba escandalosamente cerca de mí.

—¿De verdad te preocupas por mí? —le pregunté.

Él me retiró la cuchara, me llevó al sofá y me obligó a sentarme a su lado. El llamado perro ocupaba la mayor parte del espacio, así que hubimos de sentarnos apretujados. Quizá los perros no estuvieran tan mal, al fin y al cabo.

—Ésta es la razón por la que debería pasar la noche aquí. Para protegerte de todos esos locos con cuchillos.

Me quedé boquiabierta.

—¿Cómo?

Él sonrió y me acarició la palma de la mano con el pulgar.

—No lo he ensayado demasiado —dijo él—, pero concentrémonos en la parte de que debería pasar la noche aquí.

—Bueno, yo sólo… —Me costaba respirar. ¡Hombres! Tienden a hacer cosas perjudiciales para mi equilibrio y mi aparato pensante—. No sé si estaría…

Él me apartó un mechón de pelo de la cara, acariciando mis mejillas con las puntas de los dedos. Sentí que se me deshacía el cerebro.

—Si quieres puedo dormir en el sofá.

—Bueno, no sé… —Tragué saliva—. ¿Has traído tu armadura?

—Pues no. De hecho creo que también me he olvidado los calzoncillos —dijo él, y entonces me besó.

Lois Greiman

Nació en Dakota del Norte, pero en su juventud se trasladó a Minnesota para dedicarse a la compra de caballos árabes. Además de preparadora de caballos, Lois ha sido también instructora de *fitness* y ayudante de veterinario.

Su primera novela fue publicada en 1992 y desde entonces se ha dedicado por completo a la escritura. Autora de gran versatilidad, ha cosechado innumerables éxitos con sus novelas y ha sido galardonada con los principales premios del género.

www.loisgreiman.com